スタンドアップ！

五十嵐貴久

PHP
文芸文庫

○本表紙デザイン+ロゴ=川上成夫

スタンドアップ！　目次

ラウンド1／ドメスティック・バイオレンス

1

凄《すご》い力で髪の毛を摑《つか》まれて、体が浮いた。

畳の上を引きずられ、キッチンのフローリングで仰向《あおむ》けになった拍子に、長い茶髪が束になって抜ける音がした。一本一本じゃなくて、何十本もごっそり。血が出たかもしれない。

でも、痛みは感じなかった。怖《こわ》くて、それどころじゃない。

真利男《まりお》の腕を摑んで、許してって叫んだんだけど、どうせ止《や》めないのはわかってたから、それ以上逆らったりしなかった。余計なことしても長引くだけだし。

風呂場のドアを左手で押し開いた真利男が、右手一本であたしの体を突き飛ばした。キャミソールが破れて、肩が剝《む》き出しになる。

何も言わず、真利男があたしの頭をシャワーヘッドで思い切り殴った。狭いバスルームに逃げる場所なんてない。嫌な音が響いた。

頭を守ろうとして両手でかばったら、足が滑って浴槽の縁《ふち》に脇腹から落ちた。全体重がかかって、息ができなくなる。

頭を右手で、お腹《なか》を左手で押さえたまま、海老《えび》みたいに体を丸めた。頰《ほお》にタイルが当たる冷たい感触。

いきなりシャワーの冷たい水を浴びせられて、全身がずぶ濡れになった。部屋着のキャミとキュロットスカートだけしか着てない。九月の終わりだけど、冷たかった。

「何が気に入らないんだよ」

真利男があたしの髪の毛を摑んで、上を向かせた。シャワーはそのままだから、鼻や口に大量の水が入ってきて、息ができない。

むせて咳《せ》き込むと、真利男がシャワーの水を全開にして、何が気に入らないんだよ、ともう一度同じことを言った。

「働かないからか？　昼からぐだぐだ寝てるって？　むかつくんだよ、お前みたいな女に言われたくねえよ」

そう言って、あたしのお腹を踏み付けた。胃から今朝食べたトーストのかけらが逆流して、口から溢《あふ》れる。汚ねえな、と真利男があたしの顔をタイルに押し付けた。

「ちゃんときれいにしろよ。聞こえてんのか?」

トーストはすぐにシャワーの水で流れていったけど、言われた通りにしないと何されるかわからないから、あたしはタイルに口を近づけて、舌でなめた。

ちゃんとやれよ、と真利男がシャンプーのボトルで頭を叩きながら楽しそうに笑った。プラスティックのボトルは硬くて、避《よ》けようとしたら、逃げんなよってまたお腹を蹴《け》られた。声も出ない。

それからいつものループが始まった。真利男はあたしの顔を殴らない。誰かに気づかれると面倒なことになるって知ってるから、そんなことはしない。

代わりに、頭やお腹、足とかを集中的に殴り、蹴り続ける。痛めつけたいのではなく、苦しめたいんだろう。

五分で終わることもあるけど、際限なく続くこともある。それは真利男の気分次第で、だからあたしは祈るしかなかった。

今日は早く終わりますように。真利男が飽きて、止めてくれますように。

でも、今日の真利男は最悪だった。よほど虫の居所が悪いのか、延々と蹴り続けて、止める気配はない。

いつの頃からか、痛いとか止めてとか、そういうことは言わないようにしていた。何か言えば、ますます面白がって、あたしをいたぶり続けるってわかったからだ。

だから反応しない。動かない。声も出さない。痛くないって思うようにしてた。慣れると、痛みは我慢できる。感じなくなる。

ここにいるのはあたしじゃない。あたしの形をした人形だ。人形は殴られても、痛いなんて言わない。

黙って、されるがままにしていれば、そのうち真利男は飽きる。そのはずだったけど、今日は違った。頭を、腹を、足を殴っては蹴り、蹴ってはまた殴った。

何か言ってるけど、何言ってるのかわかんない。きっと自分でもわかっていないんだろう。人間の顔じゃなくなっていた。

真利男が髪の毛を引っ張って、あたしの体を持ち上げた。真利男は痩《や》せてるけど、身長は一八〇センチ近い。あたしは一六〇ないし、体重だって軽い。逆らえなかった。

真利男の膝があたしの腹部を抉《えぐ》り、体に力が入らなくなった。もう一発膝が入る。口から胃液が飛び散った。

汚ねえな、と真利男があたしの体を突き飛ばす。そのまま、タイルの上に崩れ落ちた。

どうすんだよ、と真利男が怒鳴《どな》ってる。ジーンズが汚れちまった、とうつ伏せのあたしを何度も蹴った。意識が遠のいていく。

ドアが開いて、娘の唯愛《ゆあ》が飛び込んできた。まだ六歳、一メートルちょっとしかないし、体重だって二〇キロぐらい。そんな唯愛が真利男の背中に飛びついて、パパ止めてと叫んだ。

小さな手で体中を叩いたけど、真利男がそのままあたしにのしかかってきた。両腕を膝で押さえて、首に肘《ひじ》を押し付ける。息ができない。何も見えなくなった。

痛《いて》えと声がして、真利男が離れた。目を開けると、頬の辺りに引っ掻《か》き傷があった。唯愛がやったのだ。

真利男が無造作に手で払うと、バランスを失った唯愛の頭が浴槽の縁に当たって、大きな音がした。

顔を真っ赤にした唯愛が、火がついたように泣き出した。クソガキが、と吐き捨てた真利男が平手で張った。

あたしは唯愛の小さな体を抱きしめて、真利男に背を向けた。止めてください、この子のことはぶたないでください。お願いしますお願いしますお願いします。

舌打ちした真利男があたしの背中に思いきり蹴りを入れ、最後にシャンプーのボトルを叩きつけた。掃除しとけよと命じて、バスルームから出ていく。

全身びしょ濡れのまま、あたしは唯愛の顔を見つめた。

「大丈夫？　怪我《けが》してない？」

唯愛があたしにしがみついて、大声で泣き出した。

もう無理、とつぶやいた。これ以上、無理。

2

風呂場をきれいにして部屋に戻ると、真利男はいなかった。いつものことだ。荒れ狂った後は外へ飲みに行く。時間なんて関係ない。

夜はもちろん、今日みたいな昼でもそうだ。最近はアルコールを出すファミレスなんかもあるから、そういう店に行くのだろう。

部屋を掃除して、洗濯を済ませると夕方になっていた。神奈川県横須賀《よこすか》市の外れ、奈久井町《なくいちょう》にある１ＬＤＫのアパート。家賃六万円。

ここで暮らすようになったのは四年前で、唯愛はまだ二歳だった。あの頃は希望があった。

今は何もない。残ったのは唯愛だけだ。この子を守るためなら、何だってする。

少し早かったけど、夜ご飯を作って唯愛と二人で食べた。テレビを見て一緒に風呂に入り、九時に寝かしつけた。

いつもと変わらない夜。あたしもすぐ布団に潜《もぐ》り込んだ。

真利男が帰ってきたのは十二時過ぎだった。部屋に入ってくると、酒臭い匂いが漂ってくるからすぐわかる。

何か声をかけてきたけど、寝たふりをしていたら諦《あきら》めたらしい。水を何杯も飲んで、そのまま布団に入ってきた。

それでもあたしは動かなかった。唯愛を抱きしめたまま、ひたすら夜が明けるのを待った。

結局、二、三時間は寝ただろうか。スマホのアラーム音で目が覚めた。朝七時、大きな口を開けたままの真利男が死んだように眠っていた。

唯愛を起こして、顔を洗わせてから、朝食の準備をした。真利男はいつでも二日酔いで、朝は食べない。ハムとレタスのサンドイッチを作って、二人でもそもそ食べた。

身支度を整えて、八時になるのを待った。出勤の時間だ。あたしは横須賀市内にある広西《ひろにし》総合病院に勤務する看護師で、今日は通常の朝番だった。

「行ってくるね」

いつものように声をかけると、布団の中から真利男の手が伸びてきた。ゴメン、とあたしは財布を開けながら頭を下げた。

「昨日、銀行行けなくて……これでいいかな」

千円札を四枚渡すと、むっくりと起き上がった真利男が無言で財布を取り上げた。入っていた一万円札を抜き取って、そのまま財布を放り投げる。

それならそれでいい。あたしは右手で唯愛の手を握り、左手でゴミ袋を摑んで部屋を出た。

ゴミを捨ててから、一〇〇メートルほど離れたバス停へ行くと、数人のお母さんと子供たちがそこにいた。この辺りに住んでいる市立快晴《かいせい》小学校の児童は、バスを使って学校へ通うから、いつも同じ時間にバス停で待っている子供が何人かいる。

当たりさわりのない世間話をしていると、すぐにバスがやってきた。気をつけてね、とママたちが手を振っている。バスを見送ってから、あたしは歩いて奈久井駅に向かった。

JR横須賀駅まで、京浜急行と横須賀線を使って三十分ほどだ。いつもの時間、いつもの電車。

だけど、乗り換えの京急久里浜《くりはま》駅で降りて、そのまま駅近くにあるファストフード店に入った。

体調が悪いので休む、と病院には電話していた。看護師長さんは真利男の連絡先を知らないから、連絡を取ることはできない。だいたい、そんなことするはずもなかった。

それからの三時間は長かった。でも、アパートの近くに戻るわけにはいかない。奈久井町で下手《へた》にうろうろしてたら、万が一真利男に見つかった時、言い訳ができない。息を潜《ひそ》めて、じっと待っているしかなかった。

昼十二時、あたしは電車で奈久井駅へ戻り、アパートへ向かった。覚悟は決まっていた。もう逃げるしかない。

部屋の鍵を開けた時が一番緊張した。真利男の生活パターンはわかっている。あたしと唯愛が部屋を出た後で、ずるずると起き出し、十時にパチンコ屋へ行く。朝取られた一万円はその軍資金だ。

たまにバカ勝ちすることもあって、そういう時は閉店まで店にいる。だけど、そんなことはめったになくて、だいたい午後二時か三時ぐらいにすっからかんになる。

少しでもお金が残っていれば、三時からやってる駅前の居酒屋へ行ったりもする。でも、本当に一円もなくなったら、家へ帰ってくることもあった。

十二時過ぎに帰ってきたことは一度もなかったけど、パチンコで負ける時は一万円なんてあっと言う間だ。店で知り合ったオジサンとか、近所の主婦なんかがいれば休憩室でだらだら話して時間を潰《つぶ》したりもできるけど、相手をしてくれる人が誰もいなかったら、十二時でも帰ってくるかもしれない。

見つかったら、とんでもないことになる。怖かった。

もし真利男がいたとしても、忘れ物をしたと言えばいいのだけど、勘だけは鋭いから、何かおかしいと気づくだろう。そうなったら、もう逃げることはできない。チャンスは一回だけだ。

祈る思いでドアを開けた。真利男はいない。大きなため息が漏れた。

でも、いつ戻ってくるかわからない。今見つかったら、本当に殺されるだろう。時間はなかった。

大急ぎで自分と唯愛の服、身の回りの品、唯愛の勉強道具と教科書、もちろん下着なんかも忘れずに、全部ボストンバッグに詰め込んだ。どうしても必要な物以外、持ち出すつもりはなかった。

それでも、かなりな重さになった。ボストンバッグだけでは足りなくて、トートバッグや唯愛のリュックサックも使わないと持ち切れない。最後にスマホの充電器をサイドポケットに突っ込んで、家を出た。

そのまままっすぐ近所のコンビニへ行って、宅配便の伝票に教えられた住所を書き、ボストンバッグを送る手配をした。右肩にトートバッグ、背中にリュックサックを背負っているあたしのことを、店員が不思議そうに見てたけど、そんなのどうでもいい。

店を出て、辺りを見回した。真利男の姿はない。知ってる顔もいなかった。顔を伏せたままバスに乗り、唯愛の学校へ向かった。

着いたのは二時前で、午後の授業が始まったばかりの時間だったけど、職員室に直行して、そこにいた教頭先生に祖母が危篤《きとく》ですと嘘をついた。

あたしの母親はとっくに死んでいるし、真利男の母親は老人ホーム暮らしだ。元気でいると聞いていたから、危篤なんてあり得ない。

でも、教頭先生はすごくいい人で、あたしの話を素直に信じてくれた。二人で教室に行くと、担任の岡崎《おかざき》先生が合唱の指導をしているところだった。

大きな声で歌っていた唯愛を呼んで、おばあちゃんの家に行くよと言うと、目をぱちくりさせて、それでもおとなしくついてきた。よかった、おばあちゃんって誰とか言い出したら、どう説明していいかわからない。

事情を聞いて心配そうな表情を浮かべていた岡崎先生と教頭先生に見送られて、教室を後にした。振り向かなかった。

もう、この学校に来ることはない。ごめんなさいと頭の中で百回繰り返して、正門前のバス停に停まっていたバスに乗った。

体中から力が抜けて、涙が溢れた。唯愛があたしの手をしっかり握っていた。

3

真利男と結婚したのは七年前だ。あたしは二十六、真利男は二十八だった。あたしは高校を出て、専門学校に三年通い、看護師の資格を取った。最初に勤めたのは横浜の大きな病院だった。

働き始めて五年ぐらい経った頃、真利男と出会った。ナンパされたのだ。真利男は文具メーカーの営業マンで、背が高くて、スーツがよく似合っていた。

何であたしなんかに声をかけてきたのか、わからなかった。それまでナンパされたことなんかなかったし、声をかけてくるのは宗教の勧誘かホストクラブのキャッチぐらいだったから、ちょっと嬉しかった。

あたしはそれまで、一人しか男の人とつきあったことがなかった。顔だってスタイルだって全然良くないし、貧乳だし、頭も悪いし、何にもいいところがないから、当たり前の話だ。

おまけに引っ込み思案で、男の人はもちろんだけど、女の子と話すのも苦手だった。友達もいない。いつだって一人だった。

両親が離婚して、母一人子一人だったから、お金もなかった。ケータイを買ったのは、高校を卒業する直前で、クラスで一番遅かったかもしれない。

友達ができなかったのは、コミュニケーションをうまく取れない性格だからで、小学校の時からそうだった気がする。

気の利いたことが言えないいし、何か声をかけられても、一回考えてからじゃないと言葉を返せない。愛《あい》ちゃんといてもつまんないって、いつの間にか誰もいなくなっていた。

それならそれでよかったし、一人でいる方が好きだったから、別に構わなかった。あの頃は本ばかり読んでいたし、そんなあたしでも二、三人は友達がいたから、それで十分だった。

中学に入って、ホントに誰とも話さなくなったのは、酷《ひど》いアトピーになったせいだ。年中重症の花粉症の人みたいに、顔が腫《は》れぼったくなって、鏡を見ることも怖くてできないくらい。

あとで看護師になって、もっと症状の重い患者さんと接するようになると、自分なんてたいしたことなかったってわかったけど、あの頃は思春期だったから、必要以上に気になってしまった。その年頃によくあるニキビも悩みの種だった。

中学生の女子がルックスにコンプレックスを持ったら最悪だ。そしてあたしは何でも気に病む性格だったから、とにかく誰とも喋《しゃべ》らないようにして、体を縮めているしかなかった。

それは高校生になっても同じだった。もっと酷くなっていたかもしれない。中高の六年間、誰かとちゃんと話した記憶はない。クラスメイトの誰もが、あたしを悪気なく無視してた。

もちろん、友達なんかできなかった。たった一人、高校の同級生のタジマヨシオを除いては。

タジマはほとんど学校に来ないような、不良とさえ呼べないような落ちこぼれだった。週の半分はサボってたし、来ても寝てるだけ。

噂だと、横浜の不良グループのメンバーってことになってたけど、本当は家が塗装業だったから、シンナーを持ってこいとか、パシリに使われていただけだ。

でも、高二の夏休み明け、そんなタジマに声をかけられた。あたしもタジマも一人ぼっちだったから、何か通じるものがあったんだろう。何度かタジマの家に行って、そのうち何となく関係ができた。

その頃、同じクラスの女子たちの半分ぐらいが、男の子とつきあっていた。話さなくても何となく雰囲気でわかったし、大声で自慢する子もいた。羨《うらや》ましかった。

あたしだって、誰かとつきあいたい。

たぶん、タジマはエッチがしたかっただけなんだろう。それが悪いなんて言ってない。あたしだって、そう思ってたし。

何にもいいことがない毎日。何にも楽しくない。何かが変わるかもしれない。だからタジマとそういうことをした。

でも、そんなの長く続くはずもない。タジマは高二の冬休みに退学して、横浜からいなくなった。それから一度も会ってない。またあたしは一人になった。

成績がよかったわけでもないし、スポーツは苦手だし、大学に行っても意味ないって思ってたから、看護師になることにした。あの頃、母がガンにかかっていて、入退院を繰り返してたから、それもあったんだろう。

専門学校に通って、看護師の資格を取った。別に何が変わるわけでもなくて、相変わらず誰とも話さず、友達もできなかったけど、看護師の仕事ってチームプレイの部分があるから、最低限のコミュニケーションは取らなければならない。

それは患者さんに対しても同じで、気が利かないとか何にもわかっていないとか、怒られたり悪口を言われたこともあったけど、少しだけ他人と話ができるようになった。真利男がナンパしてきたのは、そんな時だった。

後でわかったことだけど、真利男はナースフェチみたいなところがあって、看護師なら誰でもよかったらしい。その日、あたしはナース服を着てコンビニにお昼を買いに行っていて、その帰りにナンパされた。

あたしの顔なんか、真利男には見えてなかったんだろう。目に入っていたのはナース服だけだったのかもしれない。

だけど、あたしにはそんなことわからなかった。その日は平日で、真利男は町の文房具屋さんに納品をした帰りで、スーツ姿だった。真面目そうに見えたし、ルックスだって悪くなかった。

断る理由がないまま、あたしはケータイの番号を教えた。その週末、勤務明けにデートした。そうやってつきあうようになった。

仕事中にナンパしてたぐらいだから、真利男が真面目な営業マンだとは思わなかった。背は高いけど、痩せて頼りない感じもした。

でもすごく優しくて、口べたなあたしの話をちゃんと聞いてくれたし、二回目のデートで、好きだよって告白してくれた。

あたしのこと好きだなんて、この人は神様なんだって思った。だから嬉しくて、真利男のためなら何でもしようって決めた。

母の体調が悪くなり、入院が長引いていたこともあって、あたしは家を出て真利男のアパートに転がり込んだ。同棲《どうせい》生活の始まりだ。

あたしは結婚したかった。親が離婚したのは四歳の時だったから、父親の顔は覚えていない。連絡も取っていなかった。家族が欲しかった。主治医からは、その時点で余命一年と宣告されていた。

母のガンがどんどん進行しているのもわかっていた。一人になるのが怖かった。真利男しか頼れる人はいない。

母が死んだら、あたしは本当の一人ぼっちだ。

子供も欲しかった。友達はできなかったけど、家族ができれば何もかもが変わる。そう信じてた。

安全日だって嘘ついたり、他にもいろいろやって、同棲してすぐ妊娠《にんしん》した。真利男はまだ二十八歳で、自信がなかったんだろう。堕《お》ろせって言われた。

でも、絶対産むって言い張った。だって産みたかったから。

真利男は優柔不断で、何も決められない人だから、ずるずるそんなことを繰り返してたら本当に堕ろせなくなった。

それで踏ん切りがついたのか、結婚しようって真利男が言った。もちろんうなずいた。たぶん、あの頃が人生で一番幸せだったと思う。

勤めていたのは病院だから、出産について不安はなかった。周りも協力的で、シフトも楽なローテーションにしてもらった。

結局、働いていた病院で女の子を産んだ。それが唯愛だ。母親が亡くなったのはその半年後で、唯愛を抱かせてあげられたのが、あたしの唯一の親孝行だった。

それから半年ぐらい休んで、奈久井町に引っ越した。真利男の担当エリアが横須賀に変わったのと、家賃の安いアパートが見つかったからだ。

紹介してもらって、あたしも横須賀の病院で働くことにした。あの時までは、いろんなことがどうにかうまく回っていた。

真利男の機嫌が悪くなったのは、それからしばらくしてからだった。唯愛が一歳になった頃だったから、よく覚えてる。

唯愛の夜泣きがうるさいとか、可愛《かわい》げがないとか言うようになった。唯愛がよく泣く子だったのは本当だけど、可愛くないっていうのは全然違う。そんなことないよって言ったけど、真利男は何もかもに苛《いら》つくようになっていた。

こんなはずじゃなかったっていうのが、その頃の口癖だった。毎日つまらない。仕事が下らない。会社の連中は馬鹿ばっかしだ。家に帰っても何にも楽しくない。嫌だ嫌だ嫌だ嫌だ嫌だ嫌だ嫌だ嫌だ嫌だ。

子育てはもちろん、家事も何ひとつ手伝わなくなった。会話もない。家に帰ってもずっとパソコンでゲームしてるか、スマホをいじってるだけ。

結婚なんかするんじゃなかった。騙《だま》された。おれは失敗した。

夜中、一時間でも二時間でもずっとそんなことを言い続けた。心の中に溜まっているゴミを吐き出すように。

その頃、真利男が勤めていた会社の経営が苦しくなって、給料の遅配とかリストラなんかが起きていた。横須賀に担当エリアを変更されたのも、そのためだ。

真利男は怖かったんだろう。何人も同僚がリストラされ、明日は自分かもしれない。気持ちが塞《ふさ》ぐようになって、その鬱憤《うっぷん》をぶつける相手はあたししかいなかった。

でも、そんな事情は知らなかったから、どうしてそんなことを言うのか、人が変わったように乱暴になったのか、わからなかった。きっとあたしが悪いんだって思ったし、機嫌を取ることしかできなかったから、何でも言われた通りにした。

毎日毎日謝って、それまで以上に家事とか子育てとか、真利男の負担にならないようにした。だって捨てられたくなかった。あたしは真利男のことが好きだったから。

そんな時期がしばらく続いた。一年か二年か、それぐらい。結局、真利男は三十歳の時にリストラされた。

あの時、あたしは間違っていたのかもしれない。リストラされた真利男に、何も気にしなくていいからって言った。

まだ若いんだし、仕事なんかすぐ見つかる、今まで頑張ってきたんだから、少しはのんびりしてよ。あたしは働いてるし、失業手当だって出るし、全然大丈夫だから。

慰《なぐさ》めるつもりでそう言ったのだけれど、あれが真利男の最後のプライドを傷つけたのかもしれなかった。

真利男はちゃんと大学も出てるし、それなりにうまくやってきた。リストラされた直後は、新しい仕事を探したり、やり直そうって気持ちもあったはず。

だけど、お坊ちゃん育ちだったから打たれ弱くて、再就職先が決まるまでのつなぎにコンビニやファストフード店でバイトしたけど、年下の子に指図されるのが嫌で辞めた。横須賀のスナックで働いたり、エロＤＶＤボックスの店員になったり、いろいろやってみたけど、どれもうまくいかなかった。

あの頃は不景気の底で、再就職っていっても面接までこぎつけることすら難しかった。そんなことを繰り返しているうちに、だんだん部屋から出なくなった。

時々パソコンを開いて、次の仕事を探してると言ってたけど、本当は何もしていなかった。見てるのはエッチなサイトとか、どうでもいい掲示板とか、芸能人が誰とつきあって誰と別れたとか、根も葉も無い噂を撒《ま》き散らしている下らないサイトだけ。

そのうち開き直って、本格的に何もしなくなった。ただテレビを見てるかパソコンやスマホで時間を潰すか、あとはあたしにお金をせびって飲みに行くか。我慢できなくなって、それじゃヒモじゃんって一回だけ言ったことがある。ものすごい勢いで怒鳴られた。

お前のせいだ、会社をリストラされたのも仕事が見つからないのも、何もかもうまくいかないのも、全部お前のせいなんだぞって。

おれにはもっと違う人生があったはずだ。お前みたいなブスじゃなくて、もっといい女とつきあって、いい会社で働いて、もっと幸せになれたんだ。

勝手に妊娠して勝手に産んで、無理やり父親にさせられた。お前のせいなんだから責任取れって、大声で怒鳴って、部屋中メチャクチャにして出て行った。

正直、そうかもしれないって思った。真利男は顔だって悪くないし、きちんとした会社に勤めるサラリーマンだった。もっといいことがあったかもって。

唯愛のことがあったから、あたしと結婚するしかなくなった。あたしのワガママに、真利男はつきあってくれたんだ。だから、全部あたしのせいだって怒るのは間違っていない。

夜遅く帰ってきた真利男に、土下座して謝った。ゴメンね、あたしのことなんか、好きじゃなかったんだよね。かわいそうにって思ってくれただけなんでしょ。だから結婚してくれたんだよね。全部わかってる。ゴメンなさいゴメンなさい。

だけど、一緒にいてくれるよね。結婚したんだし、唯愛だっているし、あたしが頑張ればそれでいいんだから。お願いだから一緒にいて。お願いしますお願いします。

それで一応真利男は機嫌を直したけど、元には戻らなかった。それどころか、しばらくして暴力が始まった。

あたしは真利男に何もさせるつもりがなかったし、してほしいって言ったこともない。だけど、一日病院で働いて、家に帰ってくると、唯愛が泣いてたり部屋が散らかっていたり、テーブルの上に朝食べた食器がそのまま残っていたりして、思わずため息をついてしまうことがあった。

真利男はそれを聞き逃さず、文句があるのかと絡《から》んだり、怒って手や足が飛んでくるようになった。最初のうちは手加減してたけど、すぐにそれもなくなった。本気で殴ったり、蹴ったりしてくる。

止めてって言っても、全然止めてくれない。鼻血が出たり、アザになったり。一番酷い時は、手首を捻挫したこともあった。

ため息とかそんなレベルじゃなく、テレビのボリュームが大きいとか、食器を洗う音がうるさいとか、とにかく気に入らないことがあるとあたしを殴るようになった。どんなに謝っても許してくれない。気が済むまで暴力をふるって、あたしの財布を奪って、そのまま出て行って何日も帰らないこともあった。

病院の人があたしの怪我に気づいて、何かあったんじゃないかって心配してくれた。手首を捻挫した時には、先輩の看護師が家まで来たこともある。

本当のことを話すのが恥ずかしかったし、その時は適当なことを言ってごまかしたけど、真利男もまずいってわかったんだろう。それから顔は殴らなくなった。

その代わり、見えないところだけを殴るようになった。服を着てたらわからないお腹とか背中とかお尻とか足とか。今でもそうだけど、服を脱いだらあたしの体は青アザだらけだ。

それでも、我慢しようって思った。月に一、二度ぐらいだけど、真利男はもう殴らないとか、反省してるとか言ったし、優しくしてくれた。

あたしが努力していれば、いつか真利男もまた笑ってくれるようになる。そう信じてた。

もう耐えられないって思うようになったのは、半年ぐらい前、真利男が唯愛のことを殴るようになってからだ。

それまでも叩いたり、つねったり、そんなことはあった。どんな親でも叱ったりすることはあるはずだから、それぐらいは仕方ないって思ってた。

でも、まだ小学校にも上がっていない小さな子供を本気で平手打ちしたり、蹴ったり、罵《ののし》ったりするのは駄目だ。そんなことはしちゃいけないし、それだけは止めないと。

あたしはいいけど、唯愛にだけは手を上げないで。何度もそう言ったけど、真利男は毎日のように唯愛を殴るようになった。

もう駄目だって思って、警察に相談しに行った。あたしが言えば言うほど、暴力は酷くなっていく一方だったから。

警察の人は民事不介入とか何とか言ったけど、さすがにまずいと思ったのか、民生委員の人を紹介してくれて、しばらくしたらその人たちが家に来た。

だけど、真利男はものすごい気弱な笑みを浮かべて、ボクがそんなことするわけないじゃないですかって涙を浮かべながら言った。元営業マンだから、口はうまいし、ルックスだけでいうと暴力なんかふるうタイプに見えない。

民生委員の人たちは唯愛にも話を聞いたけど、怯《おび》えて何も答えなかった。それで納得したのか、何かあったらまた連絡してくださいと言って、そのまま帰っていった。

その日の暴力は凄《すさ》まじかった。真利男はあたしと唯愛を殴り、水を一杯にした浴槽に突き落として頭から沈め、今度余計なことを言ったら、二人とも殺すぞって凄《すご》んだ。あんなに怖かったことはない。

明らかに真利男は正気じゃなかった。何をするかわからなかった。それであたしは何も言えなくなった。

その後も暴力はエスカレートしていく一方だった。直接殴ったり蹴ったりするのは最小限に留《とど》めるようにしていたけど、代わりにもっと酷いことをするようになった。

両腕を水平に上げろって言って、三十分でも一時間でもそのままにしてろと命じた。ちょっとでも腕が下がると、唯愛の顔にコップの水を引っかけたりするから、我慢するしかなかった。

他にも空気イスとか言って、中腰の姿勢を一時間続けさせたり、どこから仕入れてきたのかわかんないけど、いろんな方法であたしを苛《いじ》めた。たぶん、あれは真利男にとって暇つぶしだったんだろう。

命令に従わないと、唯愛に何をするかわからない。人質を取られているようなもので、逆らえなかった。

あたしが見ていないところで、唯愛に同じことをしてるのもわかった。言う通りにしないとママのことを苛めるからなって、唯愛も言われていた。

そうやって、真利男はあたしと唯愛を支配していた。無間地獄《むけんじごく》のような毎日だった。

勤めていた病院に入院していた大崎《おおさき》さんっていうオバさんと知り合ったのは、二カ月ほど前のことだ。あたしは病院に友達がいない。看護師や医者にも、真利男のことは言えなかった。

疲れてるんじゃないかとか、何か悩みがあるのとか、心配してくれた人はいたけど、相談するような関係じゃなかった。DVで苦しんでいるなんて、誰にも言えない。

そう思ってたけど、大崎さんは養護施設で働いている社会福祉士の資格を持つソーシャルワーカーで、仕事柄DV被害の実態に詳しかった。入院した時からあたしの様子がおかしいと感づいていたらしい。シーツ交換の時にナース服から見えた足がアザだらけだったことに気づいて、間違いないって思ったと後で教えてくれた。

大崎のオバさんは、少しお節介で過剰に親切で、困っている人を放っておけない性格だった。初期の腎不全《じんふぜん》で一カ月入院してたのだけれど、退院した翌日、わざわざ病院まで来てあたしを呼び、全部話しなさいって言った。DV被害を受けてるのねと確信を持って言われて、否定できなかった。

その時、あたしは生まれて初めて人に頼った。大崎さんにすべてを話して、どうすればいいか教えてくださいと頭を下げた。話していて、涙が止まらなかった。

大崎さんは詳しく状況を聞いて、ひとつ対処を間違えば、本当に大変なことになるかもしれないから、今すぐ逃げなさいとアドバイスしてくれた。

だけど、あたしには友達も知り合いもいない。助けてくれるような親戚もいなかったし、心当たりさえなかった。

それに、唯愛のこともある。今すぐ家を出なさいと言われても、そんなわけにはいかない。

子供のことは難しい、と大崎さんがうなずいた。

「唯愛ちゃんは小学校に入ったばかりだっていうし、友達だっているでしょう。いきなり環境が変わるのは良くないっていうのはよくわかる。でも、それは生きてるからそんなことが言えるの。もし何かあったら、それどころじゃなくなる」

でも、とあたしは首を振った。六歳の子供が学校に行かないなんてあり得ない。

もちろんそうだけど、と大崎さんがあたしの肩に手を置いた。

「あなたたちがいなくなったら、父親は間違いなく血眼《ちまなこ》になって捜《さが》す。見つかるのは子供の学校から、というケースが圧倒的に多い。子供が通う学校がわかれば、父親はそこを見張る。子供の後をついていけば、住所がわかる。連れ戻されて、また地獄が始まる」

あたしも何度か逃げようって考えたことがあったたし、いろいろ調べたりもした。

だけど、やっぱり学校のことがネックになって、どうしても踏み切れなかった。

もし見つかったら、そして連れ戻されたら。真利男がどれだけ酷いことをするか、想像もつかない。

暴力の矛先《ほこさき》はあたしだけじゃなく、唯愛にも向かうだろう。今までの比じゃない、凄《すさ》まじい暴力だ。そんなの、耐えられない。

しばらく考えていた大崎さんが、それじゃこうしたらどうかと言った。東京に原《はら》西《にし》さんという知り合いがいるから、その人を頼って、横須賀を出てはどうかという提案だった。前にも大崎さんと原西さんは、DVを受けていた親子を助けたことがあったという。

できるものならそうしたいって思ったけど、さすがに今日明日というわけにはいかない。もっと考えてみたかったし、大崎さんや原西さんって人を信じていいのかどうかもわからなかった。

大崎さんはひと月前に知り合ったばかりだし、入院している間もそんなに親しく話したりはしていなかった。見た目は普通のオバさんだけど、何か裏があるかもしれない。

あたしは生まれも育ちも神奈川県で、東京にはほとんど行ったことがない。いろんな意味で不安があった。

大崎さんも無理《むりじ》強いしようとはしなかった。東京の原西さんに確認を取っておくから、その間に考えなさいと言って、その日はそれで終わった。

それからも連絡を取り続けていたけど、半月後、あたしは東京へ逃げるって決めた。真利男の暴力が止む気配はなかったし、むしろ酷くなっていた。このままでは唯愛が大怪我することもあり得る。

大崎さんのことも少し調べた。病院の入院患者だったから、そんなに難しくなかった。勤務先が横須賀の養護施設だってこともわかってたし、信頼できる人だって他の看護師が教えてくれた。

今しか逃げるチャンスはない。だから大崎さんに連絡した。その頃には、原西さんも協力を約束してくれていた。

大崎さんと原西さんからは、お金の面での援助はできないと言われていた。それはそうだろう。そんなことしてたら、いくらお金があっても足りない。

原西さんが部屋を用意してくれることになったけど、その家賃だとか当座の生活費とか、ある程度まとまった金額が必要だった。でも、あたしの銀行口座も預金通帳も真利男が管理しているから、下手にお金を動かすことはできない。

どうしようもなくなって、あたしは病院の看護師さんたちに頭を下げ、お金を貸してくださいって頼んだ。親しいわけでもないあたしにそんなことをされて、みんな困っただろう。

ほとんどの人に断られたけど、何人かは気持ちが通じたのか、借りることができた。どれだけ感謝したかわからない。必ず返しますって約束した。この町から逃げだそうとしている今も、本当にそう思ってる。

横須賀を出る時、銀行に寄って、キャッシュカードで預金を下ろすつもりだった。東京でキャッシュディスペンサーを使うのは、引き落としの履歴から、どこにいるか見つけられるかもしれないので、大崎さんに止められていた。

とにかくまず逃げる。完全に行方をくらまして、どこへ行ったかわからないようにする。DVへの対策はそれしかない、というのが大崎さんの考えだった。

最後まで迷ったのは、唯愛の学校のことだ。あたしがネットで調べた範囲でも、DV被害を受けた家族は、多くの場合逃げることで問題を解決しようとするのだけど、半分以上が見つかってしまう。その理由のほとんどが、子供の学校だった。

住民票は移さないにしても、子供は学校に通わせなければならない。助けてくれる人がいて、名字を借りることができたとしても、下の名前は変えられない。

最近転校してきた唯愛という名前の小学一年生はいませんかと問い合わせがあれば、学校も答えてしまう場合がある。全部が全部、そんなパターンばかりではないだろうけど、子供がきっかけで見つかってしまうのはよくあるケースだという。

大崎さんの解決策はかなり乱暴で、来年の四月まで学校へ行かせない、というものだった。真利男はあたしに東京の知り合いや親戚がいないことを知ってるし、土地勘がないこともわかってるから、すぐに東京の小学校を捜すことはないだろうけど、油断してはいけないって大崎さんは言った。

真利男は粘着気質だから、本当に日本全国の小学校をすべて調べかねないところがある。だから大崎さんが言ってることは間違いじゃないけど、それにしても六歳の女の子を半年も休ませていいのだろうか。

でも、それで二年生に上がれなかったとしても、今の状態が続くよりよっぽどましだ。実の父親に殴られたり、酷い言葉でいじめられる方が、唯愛にとっては苦しいだろう。

逃げるしかないって決心して、大崎さんに伝えた。まず逃げよう。とにかく今、目の前にある危機を避けるのが先だ。東京へ逃げて、落ち着いたら警察や児童相談所へ行けばいい。

今は役所にＤＶ相談課みたいな部署があるから、まずそこへ行くべきなんじゃないかっていう人もいるかもしれない。でも、そういう人は現実を何もわかっていない。

相談すれば、警察や役所はＤＶの実態について、調べてくれるかもしれない。どんな酷い暴力が行われているか、わかるかもしれない。裁判所が接近禁止命令を出すこともあり得るし、暴力行為の度合いによっては、逮捕だってしてくれるだろう。

だけど、そんなのは気休めみたいなもので、刑務所に入ったとしても一、二年で出てくる。その後のフォローは誰もしてくれない。最悪、出所した真利男がまっすぐあたしと唯愛のところに来て、その場で殺されたっておかしくない。

実際にＤＶ被害に遭ったことのない人に、暴力の恐ろしさはわからない。逃げるしかなかった。

大崎さんが東京の原西さんと連絡を取って、アパートの用意ができたと知らせてくれたのは先週のことだ。不思議なもので、その日から昨日まで、真利男はあたしたちに暴力をふるわなかった。

もしかしたらって思った。もしかしたら、真利男は心を入れ替えてくれたんじゃないか。もう殴ったり蹴ったりしないんじゃないか。

だとしたら、逃げる必要なんてない。唯愛の学校だって、あたしの仕事だって辞めなくていい。

でも、それは儚《はかな》い願いだった。昨日の暴力で、気持ちが固まった。

唯愛の手を握って、窓の外を見た。奈久井の駅が近づいている。もうここへは戻ってこないのだと思うと、涙が止まらなくなった。

4

京急線に乗って、一時間ほどで品川に着いた。意外と近いし、品川までは何度も来たことがあったけど、そこから先はよくわからない。

もっとも、いくらあたしでも山手線に乗ったことはあったし、路線図を見れば目指す新大久保《しんおおくぼ》駅が外回りで九駅目だってことはすぐわかった。

ただ、新大久保駅で降りたことはなかった。神奈川県民は横浜という巨大ターミナルがあるから、東京に行く意味をあまり感じない。

たとえばコンサートだったり、スポーツの試合だったり、どうしても東京じゃなきゃ駄目な場合もあるけど、大体のことは横浜、もしくは県内で用が足りる。銀座や渋谷、新宿や池袋に行くことはあっても、新大久保なんて駅に用はない。だから、新大久保について知っていることはほとんどなかった。

それでも、スマホのありがたいところで、大崎さんに教わっていた住所を入力すると、ちゃんと道を指示してくれた。北西に向かって約一・五キロ、所要時間約二十五分。唯愛の手を引いて歩きだした。

正直言って、きれいな町じゃなかった。チェーン居酒屋とか、ファストフードとか、カラオケとか、そんな店しかないし、オシャレなカフェとか洋服屋さんがあるわけでもない。ごみごみしてるし、駅前なんかゴミだらけで、きれいにしようと思ってる人は誰もいないんだろう。

何となくだけど焼き肉臭《くさ》いのは、夕方のニュースでよくやってるように、いわゆるコリアンタウンがあるからなのか。よくわからないけど、すれ違う女の人たちも日本人じゃないような気がした。

しばらく歩いていると、住宅街に入った。でも、どこかで道を間違ったらしく、いつまで経っても目指すアパートは見つからなかった。

そうこうしているうちに、雨がぱらついてきた。足が痛い、と唯愛がぐずりだした。

いつもこうだって、雨粒を顔に受けながら思った。何もいいことなんてなかったし、これからもないんだろう。

でもいいや。だって唯愛がいる。この子がいてくれたら、それで十分だ。それだけで幸せ。

結局一時間ぐらい歩いて、ようやくアパートにたどり着いた。希望荘という名前だけど、見るからにボロボロで、築何十年なのかもわからない。見ているだけで絶望的な気分になった。

今時珍しい共同アパートで、玄関も共有だ。こんな物件が令和の時代に残ってるなんて、奇跡かもしれない。

玄関で靴を脱いで、靴箱にしまった。その上に八つの集合ポストがあった。部屋は八つあるんだろう。

教わっていた通り、２０２号室の蓋《ふた》を開けると、封筒が入っていた。中に部屋の鍵があった。

唯愛を抱っこして二階に上がり、右から二番目の部屋に入った。六畳の１Ｋ。風呂とトイレはついている。

畳敷きのその部屋に、一枚の毛布があった。そしてひと口コンロの上に古ぼけたヤカン。それだけが家財道具だった。

毛布の上に白い角封筒が載っていて、表書きに、大崎愛さまと書いてあった。あたしのことだ。

あたしの本名は沢口《さわぐち》愛で、大崎というのはもちろんソーシャルワーカーの大崎のオバさんの名前だった。名字を借りることは、事前に相談して決めていた。

中に入っていた手紙を読むと、原西さんが仕事の都合で明日まで来られないという。電気、ガス、水道だけは使えるようにしておいたけれど、布団の用意はできなかった。とりあえずひと晩だけ我慢してほしい、そんなことが小さな字で書かれていた。

幸い九月で、雨こそ降っていたけど、寒いってわけじゃない。夕方四時。疲れたのか、唯愛はあたしの腕の中ですやすや眠っていた。

あたしも疲れていた。毛布にくるまって目を閉じると、唯愛の体が温かいのと、緊張が解けたのと、そんなことが重なって、すぐ眠りに落ちた。

いきなり蹴飛ばされたり、叩き起こされたり、物が飛んでくることもない。体が溶けるような安心感があった。

目が覚めると、七時になっていた。どうしようかと思ったけど、唯愛が汗をかいているのがわかって、二人でお風呂に入ることにした。

ユニットバスの備え付けのボタンを押すと、十分ほどでお湯が溜まった。お風呂がいっぱいになるのを待つ間、唯愛は何も言わなかった。

六歳でも、だいたいのことは理解しているのだろう。父親の暴力に怯える毎日から逃げたとわかっているようだ。余計な説明とかしたくなかったから、それは助かった。

バスルームというと聞こえはいいけど、たぶん半坪もない。よくこんな小さな浴槽を見つけてきたと感心するぐらいだった。

でも、風呂は風呂だ。二人でお湯に浸《つ》かっていると、全身から力が抜けていった。こんなにのんびりとお風呂に入るのは、どれぐらいぶりだろう。思い出せなかった。

唯愛と洗いっこをして、洗面器のお湯で体を流した。石鹸《せっけん》もないし、シャンプーもないから、きれいになったかどうかわからないけど、とりあえずさっぱりした。風呂を出て、トートバッグに入れていたタオルで体を拭《ふ》き、さっき脱いだ服をまた着た。

お腹すいた、と唯愛が言った。夜八時。何か食べさせなければならない時間だ。

部屋には何もないから、二人で外へ出て店を探した。大久保通りまで出れば商店街があるってわかっていたけど、途中にコンビニがあったから、そこで菓子パンとカップラーメンを買って部屋に戻った。

ヤカンでお湯を沸かし、カップラーメンを作って菓子パンと一緒に食べた。これでよかったのだろうか。

お腹がいっぱいになって眠くなったのか、唯愛がしがみついてきた。小さな体を抱きしめながら、あたしはまたぼろぼろ泣いた。

5

翌日の昼、大崎さんが原西さんを連れてアパートに来てくれた。原西さんと会うのは初めてだ。六十歳にはなってないと思うけど、線の細い初老のオジさんだった。

もともとは学校の先生だったそうだけど、今は塾の講師をしているという。悪い人ではなさそうだ。

「夕方ぐらいに、あんたがうちに送ってきた荷物と、昔使ってた布団を届けるから」

小刻みな咳を繰り返しながら、原西さんが言った。癖なのか何なのか、その咳はずっと止まらなかった。

本当にありがとうございます、とあたしは頭を下げた。聞いてると思うけど、と原西さんが大崎さんと遊んでる唯愛に横目を向けて囁《ささや》いた。

「この子、学校やっちゃダメだから。ホントだったら、一年ぐらい様子を見たいぐらいなんだよね」

今は九月で、二学期が始まったばかりだ。一年なんて待てない。あたしとしては、来年の四月までに唯愛を学校へ行かせるつもりだったけど、とりあえず今はうなずくしかなかった。

「学校に行けないの？」

大崎さんの膝の上にちょこんと座った唯愛が聞いた。そうだよと答えると、残念そうな顔になった。

唯愛はあたしと違って友達がたくさんいる。学校へ行きたいだろうけど、しばらくは我慢してもらうしかない。

ミッシーはどこ、と唯愛が辺りを見回した。もこもこの犬のぬいぐるみで、唯愛のお気に入りだ。でも、小型犬ぐらいの大きさがあるので、奈久井のアパートに置いてきていた。

答えられずうつむくと、悲しそうな表情を浮かべていたけど、何か察したのか、それ以上何も言わなかった。六歳の娘にそんな顔をさせてしまう自分が嫌でたまらなかった。

それからしばらく原西さんの説明が続いた。希望荘の近所に何があるとか、そんな話だ。

他に、スマホを解約して新しく買い直すとか、その時の名義は大崎さんにするとか、細かい話もいろいろ出たけど、それはだいたい聞いていたことだった。

最後に原西さんが言ったのは、この部屋のことだった。大家さんにどう話をつけたのかわからなかったけど、とにかく敷金や礼金はいらないし、光熱費は家賃に含まれているという。こんなボロアパートでもワイファイが入っていて、ネットの通信費なんかも無料だそうだ。

家賃は七万だよ、とあっさり言った原西さんが一枚の紙を差し出した。

「一週間以内に、二カ月分で十四万、ここに書いてある振り込み先に払っておいてほしいって大家さんが言ってる。それでいいね？」

よくないです、とあたしは首を振った。こんな1Kの狭苦しいボロアパートが七万？

でも、ホントに七万だからって言われた。東京は恐ろしい。奈久井辺りだったら、五万でも借り手がつかないだろう。

「だけど、あたし、お金ないから……」

そりゃそうだろうけど、と大崎さんが唯愛を抱っこしながら言った。子供の扱いは慣れているのだろう。唯愛がにこにこ笑っている。

「手持ちのお金は、二十万ぐらいしかないんです」

そのほとんどは病院の知り合いから借りたお金だった。横須賀を離れる直前、銀行に寄って預金を下ろそうとしたけど、残高は五万円ほどしかなかった。少なくとも五十万円ぐらいはあったはずだけど、真利男が勝手に使ってしまったんだろう。

事情を話すと、一カ月分で済むように大家さんと交渉してみるよと原西さんが言ったけど、うまくいくかどうかわからなかった。それに、今のあたしには七万円だって大金だ。

唯愛と東京で暮らしていくためには、下着だったりシャンプーだったり、あるいは最低限の食器とか、食べ物だって買わなきゃならない。十万二十万円なんて、あっと言う間になくなるだろう。

もちろん働くつもりだったけど、すぐに仕事が見つかるかどうかわからない。仕事といえば、と原西さんがかさかさに乾いた唇《くちびる》を動かした。

「働くっていうのは、また看護師をやる気かい？」

そのつもりです、とうなずいた。資格だって持ってるし、経験は十年近くある。看護師不足はどこの病院だって同じだろうから、探せば働かせてくれるところは必ず見つかるはずだ。

あたしがそう言うと、止めた方がいいと原西さんが首を振った。

「ご主人があんたと娘さんを捜すとしたら、一に学校、二に仕事だ。普通に考えて、ご主人は真っ先にその二か所を捜すだろうさ。東京に逃げたかもって感づくかもしれない。看護師の勤務先は病院しかないんだから、捜す範囲は狭い。すぐ見つかっちまうよ」

何でもいいからアルバイトしなさい、と大崎さんが横から言った。

「コンビニでもハンバーガー屋さんでも、それとも清掃業とか警備員とか、そんな仕事もあるでしょう。この辺でどんな働き口があるか知らないけど、そういう仕事に就いた方がいいと思いますよ」

清掃業はともかく、他の仕事は無理ですと首を振った。特に接客業はできない。他人と話すのが苦手だし、仕事場には大勢の人がいるだろう。うまくやっていけるとは思えなかった。

「でもね、月に二十日も働けば、二十万ぐらいになる。それだったら、愛ちゃんと唯愛ちゃん、二人で暮らしていけるでしょう」

難しいです、ともう一度首を振った。そんなこと言ってたら、東京じゃ暮らせないよって原西さんが不機嫌な表情になったけど、あたしが対人恐怖症気味の性格だって知っている大崎さんがとりなしてくれた。

「愛ちゃんに接客業が向いてないのは本当なの」病院でもそうだった、と大崎さんが説明した。「他の看護師さんに怒られたり、患者さんからクレームが入ったりすると、それだけで震え出すような子だから……」

そうは言うけど、と原西さんが腕を組んだ。働かなければ食べていけないのは本当だ。

非常勤でも何でも、病院で働けばどうにかなるって思ってたけど、絶対止めなさいと原西さんは意見を変えなかった。似たような経験があるそうだ。

真利男が捜すとすれば、病院を真っ先に考えるというのはその通りだから、看護師として働くのがまずいのはあたしもわかっていた。

しばらく話し合って、何本か電話をかけていた原西さんが、知ってる会社が事務のバイトを探しているとガラケーを折り畳んだ。

「内勤だって言ってる。そりゃあ、会社の上の人とか、同僚なんかとは話さなきゃならないけど、どんな仕事だってそうだろ？　それも無理だっていうんなら、内職で造花作るとか、そんな仕事しかないよ。あれは時間ばっかり食って、全然金にならないんだ。それでもいいかね？」

内職だと一日十時間働いて、日給三千円ぐらいだという。それで母娘二人、暮らしていくのは無理だ。

「とにかく、一度その会社に行ってみたらどう？」

大崎さんがあたしの肩を叩いて、それで話が決まった。社内の人間と話さなければならないのは、病院だって同じだし、最低限生活していくだけのお金を稼ぐには、これ以上わがままも言えない。お願いします、とあたしは頭を下げた。

ひとつ咳をした原西さんがガラケーを開いて、リダイヤルボタンを押した。大崎さんの膝から降りてきた唯愛があたしの後ろに回って、背中に顔を押し付けた。

この子のためならできる。背中に唯愛をおぶって、あたしは小さくうなずいた。

ラウンド2／オープン・ザ・ドア

1

　ＪＲ山手線の新大久保駅は、日本で一、二の大きさを誇る新宿駅の隣にあるのだけど、メジャーとは言えない。

　昨日降りた時も思ったけど、駅自体小さいし、周りに何かあるわけでもない。何となくだけど、アルコール臭くていかがわしそうな匂いがする。立ち飲み屋とかＤＶＤボックスとかラブホとかスナックとか。

　見えないところでは、もっとよくわからない店とか、よくわからない人たちが蠢《うごめ》いているのかもしれない。何か肌が合わない感じがした。

　ファストフードで少し遅めのモーニングを食べてから、昨日原西さんに書いてもらった地図を頼りに、唯愛を連れて駅から十分ほど離れたところにある雑居ビルに向かった。五階建てで、聞いていた感じより大きかった。

一階はチェーンのカラオケ屋で、二階から上は各フロアに店舗が入っている。目指していたのは四階にある〝コミックとアニメの殿堂・アニメスラム〟という店だ。

古ぼけたエレベーターに乗り、四階で降りた。店の説明は原西さんから聞いていた。説明は全体的に曖昧《あいまい》だったけど、要するにマンガとアニメオタクが集《つど》う店だ。

約束は十時で、着いたのは五分前だった。入り口のドアを開けると、猫耳をつけた等身大の女の子のディスプレイが目の前にあった。いらっしゃいませだニャン、と吹き出しがついている。

おそるおそる中を覗《のぞ》くと、通路に四、五台のテレビモニターが並んでいて、画面にはそれぞれアニメ番組が流れていた。いくつも声が重なっていて、何を言ってるのかわからない。

店はかなり広く、棚は向かって右側がコミック、左がアニメ関連商品と、一応分かれていたけど、陳列は凄まじく乱雑だった。たとえばコミックの側には単行本が並べられているけど、五十音順でも作家名別でもない。ただただどんどん並べていっただけ、という感じだ。

それはアニメの棚も同じで、ＤＶＤやら昔のビデオカセットやら、ＣＤだとかグッズの箱なんかがランダムに置かれている。面出ししているものや、背が見えるものはともかく、下段にあるDVDなんかは、タイトルさえ見えない。

アニメスラムというこの店は、コミック、アニメ、ゲームの中古品販売店だ。秋《あき》葉原《はばら》の本店を中心に、全国七大都市で二十店舗以上展開しているという。この世界ではかなり有名な店らしい。

まだ開店したばかりのようで、客はちらほらとしかいなかった。全員、判で押したように同じファッションで、ネルシャツと大きめのサイズのジーンズ、リュックサックを背負い、顔色は真っ白だった。

こんなところに六歳の女の子を待たせておいていいのかって思った。だけど、子連れで面接するわけにはいかない。

仕方ないから、右奥にあった〝営業仕入課〟というプレートのかかっているドアの前で待ってて、と唯愛に言った。面接が終わるまで、ちょっとだけ我慢してもらうしかない。

心配そうに唯愛があたしを見ている。ドアをノックすると、どうぞ、という男の人の声が聞こえた。

アニメスラムは歴《れっき》とした株式会社だから、社内はそれなりに整理整頓されていると思っていたのだけど、ドアを開くと売り場以上に酷い光景が目の前に広がっていた。はっきり言ってゴミ屋敷以下だ。

社会生活不適合者のアパートのように、そこらじゅうに雑誌やら本やらビデオやらDVDやらゲームやら、ありとあらゆる物が積み重ねられたまま放置されている。足の踏み場もないとはこのことだ。

大崎ですと声をかけると、こっちこっち、という声がどこかから聞こえた。こっちってどっちなのか、さっぱりわからなかったけど、無理やり隙間を見つけて前に進んだ。探り探り歩いていくと、ようやくデスクが並んでいる一角に出た。

何人かの男女がパソコンに向かって、膝の上でキーボードを叩いている。デスクの上にキーボードを置くスペースがないので、それが基本姿勢になっているようだ。

「大崎さん？　面接の件だよね」

一番奥の席で、中年の男の人が立ち上がった。腰まである長い髪、口ひげ、コーヒーを煮詰めたような顔色、どこから見てもインド帰りのバックパッカーのその人が、店長の柴田《しばた》ですと名刺をくれて、商談室で話そうと脇にあった小部屋のドアを指さした。

そこは三畳ほどの狭い部屋で、小さなテーブルとパイプ椅子が二脚あるだけだった。でも、他には何にも置かれていないから、それなりにスペースはあった。

座って座って、と柴田店長がパイプ椅子に腰を下ろした。どこか物言いが軽かったけど、気になる感じではない。

大崎ですともう一度名前を言って、用意していた履歴書を渡した。知らない人と話すのは下手で、特に面接みたいなことは苦手だ。

黙っていると、大崎愛さん、三十三歳、と店長が口を動かしながら目を通し始めた。名字は大崎さんから借りたもの、住所は昨日から住んでいる希望荘。保証人は原西さんだ。

勤務時間と時給の説明をした上で、大崎さんには仕入れスタッフのアシスタントをやってほしいんだ、と柴田店長が言った。どういう仕事なんですかと聞くと、それはおいおい教えるからと言われた。難しい仕事ではないらしい。

店長もあまり話すのが得意ではないのか、細かいことは聞かれなかった。原西さんがうまく説明してくれたのだろう。

ひとつだけ聞かれたのは、マンガとかアニメは好きなのかということで、詳しくはないけど、娘が見る番組は一緒に見てますと答えた。それで十分だったらしい。

「じゃ、明日から来てよ」

それで面接は終わった。こんなに簡単に決まっていいのかって思ったけど、文句を言うのもおかしいだろう。

何度もお礼を言って、ダンジョンみたいな通路を通り、営業仕入課の外に出た。

待っていた唯愛の手を握ると、ほっとしたのか嬉しそうに笑った。

2

明日からの仕事に備え、まず駅前の携帯電話販売店へ行き、今まで使っていたスマホを解約した。昨日から、必要な時以外電源は切っている。

真利男から電話が入っていたはずだけど、確認さえしていない。声も聞きたくなかった。

そのまま駅の反対側へ行って、違うキャリアの店で新しいスマホを買った。これで番号を変えることができたし、後でメールアドレスなんかも今までとは全然違うものに変更するつもりだった。たったそれだけのことだけど、真利男があたしを捜すのは難しくなるはずだ。

親戚や前の病院の知り合いに、連絡するつもりはなかった。とにかく数カ月は、過去に関係があった人たちとの連絡を完全に絶たなければならないと大崎さんに強く言われていたし、その方がいいってあたしもわかってた。

真利男は執念深い性格だから、ずっとあたしと唯愛を捜し続けるだろう。一切、手掛かりを残したくなかった。

それからアパートに戻る途中にあった百均ショップで、唯愛との生活に必要な物を買い揃《そろ》えた。コップひとつ、皿一枚もないし、歯ブラシだってシャンプーだってない。母一人子一人でも、そこそこいろいろ買わなければならなかった。

改めて部屋の掃除をしたり、コインランドリーで洗濯したり、何だかんだで忙しく過ごし、気がつけば夜になっていた。夕飯はコンビニでお弁当を買って、二人で食べた。

こんなこと、いつまでも続けられないのはわかってたけど、唯愛にも我慢してもらわなければならない。落ち着いたところで、学校へはしばらく行けないと改めて話した。

「明日から、ママはお仕事に行かなきゃならないの」

うん、と唯愛がうなずいた。今までもそうだったから、それは気にならないようだ。

「ママが仕事に行ってる時は、この部屋から出ちゃダメだから」

おとなしくしててと言うと、どうしてと目を丸くした。何と答えればいいのかわからなかったけど、とにかく約束して、と唯愛の手を強く握った。

希望荘の部屋には何もない。テレビもDVDもゲーム機も何もかもだ。唯愛のお気に入りだったぬいぐるみも置いてきていたし、読み聞かせの絵本や遊び道具もそのまま残していた。

だけど、この部屋にいてもらわなければならない。真利男に見つかるとか、そういうことじゃなくて、大久保は知らない土地だし、大崎さんと原西さん以外知り合いもいない。そして、あの二人も仕事があるから、唯愛のことを預けることはできない。

東京は怖いとか、大久保辺りを歩いている人はみんな悪い人だなんて思ってないけど、得体の知れない人がうろうろしているのも本当だ。日本人だけじゃなくて、外国人も多い。

唯愛に何かあったら、何のために逃げたのかわからなくなる。しばらくは部屋から出さないようにするしかなかった。

ひと月ぐらい様子を見ていれば、何となく勝手もつかめるだろう。安全な場所、危険な場所の区別もつくようになる。それまで、一人で外出させるわけにはいかなかった。

食事については大丈夫だろう。朝は一緒に食べればいいし、昼はお弁当を作っておこう。アニメスラムの勤務は夕方五時までだから、晩ご飯は帰って二人で食べることもできる。

今日、家電量販店で小さな冷蔵庫を買っておいたから、明日には届く。そうすれば、飲み物なんかもどうにかなる。

ただ、一日中部屋にこもっているのは、唯愛も寂《さび》しいだろう。退屈になるのは目に見えていた。バイト代が出たら、テレビを買うなりしなきゃならないとわかっていたけど、今のところはどうしようもない。

あたしの説明に、唯愛は不満なようだったけど、そうしないともうママとは暮らせなくなると言うと、わかったとうなずいた。年齢のわりに、聞き分けはいい方だ。

もっと考えなければならないこともあったし、しなければならないこともあったのだけど、何もする気になれないほど疲れていた。

明日から初めての仕事が始まる。知らない人たちと席を並べて働くことになるし、わからないこともたくさんあるはずだから、質問とかしなければならないだろう。

緊張やプレッシャーが重なって、十時過ぎには唯愛を抱いたまま眠っていた。

3

アニメスラムの勤務時間は、朝九時から夜五時までだ。希望荘から店までは歩いて三十分ほどで、特に早起きする必要はない。

柴田店長に言われていた通り、九時五分前に店に着くと、ちょっと太った女の子が出入り口の鍵を開けて中に入っていくところだった。

今日からよろしくお願いしますと店長に挨拶《あいさつ》すると、ネームプレートを渡された。営業部仕入課、大崎愛と名前が入っている。そこで初めて詳しい仕事の内容を説明された。

アニメスラムは中古商品の販売店だ。アニメとかコミック関連の商品を買う人は、もちろんネットで買ったりもするのだけれど、専門店であるアニメスラムにはヘビーユーザーというか、マニアックな客が多い。

あたしには店長の説明の半分もわからなかったけど、そういう客は商品を自分の目で、あるいは手で確認しないと気が済まないらしい。だから、こういうリアル販売のショップが必要なのだそうだ。

中古販売店であるアニメスラムのメインは販売だけど、そのためには売るための品物を仕入れなければならない。そうでなければ、すぐ品切れになってしまう。

世の中は需要と供給で成り立っているから、買いに来る者がいれば売りに来る者もいる。仕入課の主な仕事というのは、買い取り価格の交渉だった。

「でも、あたしはアニメとかマンガのこと、何にも知らないんですけど」

大丈夫、と店長がパソコンの画面を開いた。《アニメスラム商品買い取りマニュアル》というファイルがそこにあった。

たとえばコミックの単行本なら、商品の状態であるとか、作品の人気度、作者の人気度、発行年度など、さまざまな項目があり、マニュアルに従ってパソコンに必要事項を打ち込んでいくと、すぐに適正価格が算出されるという。

もちろん、たとえばテヅカオサムの初版本とか、アンノヒデアキが初めて描いたセル画とか、素人《しろうと》には判断のつかない物もあったりするのだけど、それは客の側から必ず何か言ってくるし、その時は柴田店長やベテランのスタッフが対応するから問題はない。

あたしが担当するのは、もっと簡単な、それこそひと山いくらの、でも数だけはたくさんある商品のスペックをパソコンに打ち込んでいく作業で、とりあえず他のスタッフについて、やり方を教わることになった。

あまり店長の説明はうまくなかったけど、だいたいのことはわかった。見た目はバックパッカーでも、本社から絶大な信頼を得ている凄腕バイヤーで、商品知識に関して右に出る者はいないそうだ。

九時半から昼過ぎまで、朝一緒に店に入った桃園《ももぞの》モモコという冗談みたいな名前の太った女の子と実際に買い取りの現場に立ち会って、いろいろ教えてもらった。

平日の午前中という時間帯だから、店を訪れる客は少なくて、三時間で二人だけだった。二人とも二十代後半ぐらいだ。

彼らが持ち込んできたのは、段ボール数箱という大量のコミック単行本だった。まだあたしには何もできないから、力仕事ぐらいしないとまずいと思って、段ボール箱の搬出や搬入を手伝った。

力あるんだねとモモコが感心していたけど、看護師って力仕事だし、腕力だけはあるつもりだ。箱から商品を出してテーブルに並べたり、何だかんだで結構働かされた。

あの連中は常連だよ、とモモコが教えてくれた。いわゆるオタクらしい。

「オタクは楽でいい。面倒なのは一般客」

持ち込んでくる量こそ多いけれど、オタクたちは自分の商品の適正価格を知っている。だから、価格交渉にそれほど時間がかからない。

時には向こうから、今日は箱ひとつ千円でいいとか、そんなふうに言ってくることもあるそうだ。信頼関係があるから、言い値で買い取る場合もあるし、大きく外すこともない。

その点、普通の客は面倒で、一冊一冊で価格交渉をしていると、とにかく時間がかかってしまう。相場をわかっていないから、場合によっては揉《も》めることもあるという。オタクは楽でいい、というのはそういう意味だった。

客のほとんどは、引っ越しで邪魔だからとか、いらなくなったからとか、極端な話、持ち主が死んでしまったからという理由で、商品を持ち込んでくる。チェーン店の新古書店より高値で買い取ると知っているから、アニメスラムに引き取ってもらう方が得だと考えているのだろう。

彼らの判断基準は新しいとか美品であるとか、今人気があるからとか、そんなことだ。実はマニア垂涎《すいぜん》のゲームソフトだとか、古書として希少価値があっても関係ない。

商品知識がないから、汚れている商品なんかはタダでもいいから引き取って欲しいと言ってくることもあるそうだ。だけど、そういう中にとんでもないレア物があったりするから、買い取った後で検品しなければならなくなる。面倒なのは確かだけど、だから面白いんだと店長が言った。

「場合によっては、十円で買い取った昔のマンガ雑誌が一万円になったりする。大変だけど、頑張ってね」

そんな世界があるなんて知らなかった。ちょっと興味が湧いた。

価格交渉は対面でするのだけど、とりあえず今の仕事は商品ひとつひとつのスペックをパソコンに打ち込むだけだから、ほとんど話さなくていい。単純作業は苦にならない方だし、これならあたしにもできるだろう。

職場の人たちも問題はなかった。配属された仕入課にはモモコの他に女性がもう一人、そして若い男の子が二人いたけど、全員が見るからにオタクだった。

人のことは言えないけど、みんなちょっとコミュニケーション能力が低いらしく、挨拶もまともにできないし、目も合わせない。苦手なんだろう。あたしもそうだから、むしろ楽だった。

彼らは、ただただパソコンに向き合い、マニュアルに従ってひたすら数字を打ち込んでいる。ほとんど話さないし、それで仕事は順調に進んでいく。あたしに向いてる職場だった。

昼の十二時過ぎ、大口の買い付けに行くことになっていた店長が、後は桃園さんに任せると言い残して店を出ていった。

モモコはスタッフの中で一番若いけど、コミュニケーション能力はある方だ。店長もそれをわかっているから、あたしのことをモモコに任せたのだろう。

午後になると、自分で商品を持ってくるお客さんに加えて、メールでリストが送られてくるようになった。アイテムの数が多すぎるとか、時間がなくて店まで運ぶことができない人たちのためのシステムだ。

アニメスラムのホームページにある所定のリストに作品名や作者名、品物の状態行く。

とか必要事項を書き込んで送信すると、あたしたちスタッフがマニュアルに照合して価格を算定する。商談が成立すれば、店のトラックで自宅まで商品を引き取りに行く。

こだわりが強いオタク層はともかく、一般のライトな人たちは、この形を取ることも多いそうだ。廃品回収にもいくらか手数料を払わなければならない時代だから、メール一本で引き取ってもらえて、多少でもお金になるとわかれば、利用する人が多いのもわかった。

今日から働き始めたあたしが言うのも違うかもしれないけど、この業界は買い手が強いらしく、ほとんどの場合、客は店の提示した金額を了承するそうで、その意味でも難しい仕事ではなかった。

たまに手ごわい客がいて、商品の歴史とか背景を延々と説明して価格を吊り上げようとする人もいるらしいけど、そういう時は店長が相手をするから、気にしなくていいとモモコが教えてくれた。

もちろん、もっと単純に不用品処分の感覚で頼んでくる人も多かったし、そういう客に対しては決まりきった価格を言うだけだから、むしろ簡単だ。そんなふうにして、初日が終わった。

とはいえ、慣れない仕事なのも本当だ。売りにくる客はどういうわけかみんな若いくせに太っていて、冷房が効いている店内でもやたらと汗をかき、しかも興奮すると早口になって、何を言ってるのかわからなくなるタイプが多かったから、受け答えするだけでも結構疲れた。

ゲームなんかはともかく、セル画とか本とか、たくさんあるとすごく重くて、それを片付けるのもあたしの仕事だったから、心身ともにへとへとになった。世の中、楽な仕事なんてない。

希望荘まで約二キロの道を足を引きずりながら帰った。ドアを開けると、部屋の隅で唯愛が座っていた。

この部屋にいるしかないのだから、退屈だったろう。六歳の子供だって、退屈は退屈だ。

何も言わず、飛びついてきた唯愛を抱きしめて、ゴメンねゴメンねって謝った。自分が情けなかった。あたしは正しいことをしてるのだろうか。

でも、とにかく今はこうするしかない。真利男の暴力は限界を超えていたし、大人のあたしはともかく、唯愛には耐えられないだろう。逃げるしかなかった。

部屋から一歩も出さない暮らしなんて、正しいはずないのだけれど、外は危ない。奈久井みたいな小さな町とは違って、大久保界隈《かいわい》は大きな道路もあるし、交通量もかなり多い。

不良外国人とか変質者も怖いけど、車はもっと怖かった。事故に遭ったりしたら、取り返しがつかなくなる。しばらくガマンしてね、と言うしかなかった。

朝、作っておいたサンドイッチはもう食べたという。すぐに夕ごはんにするからと、コンビニで買ってきた肉野菜炒めと卵焼きを紙皿に移し替えた。唯愛はそんなに甘える方じゃないのだけれど、よほど寂しかったのか、あたしから離れようとしなかった。

足にしがみつくようにして、思いつくままずっと喋っている。窓から外を見たり、昼寝したり、空になったペットボトルで遊んだり、そんな感じだったらしい。

六歳の子供にまとまりのある話なんて期待してないけど、夢の話を何度も繰り返すのを聞いていると、胸が痛んだ。

買ったパックのごはんを、店のレンジで温めてそのまま持ち帰ったから、まだ湯気が立っていた。畳の上に直接皿を載せて、いただきます、とそのまま食べた。

ピクニックみたいだと唯愛が笑って、あたしも少し笑った。ゴメンね、ホントにゴメンね、唯愛。

いきなり、隣の部屋で大きな物音がした。奥だから、201号室だろう。

壁は薄く、怒鳴り声も聞こえた。ケンカかな、と唯愛が箸を持ったまま怯えた表情を浮かべた。

「ひるまも、ずっとうるさかったんだよ。唯愛、なんども起こされちゃった」

怒鳴っているのは女だった。一人ではなく、たぶん三人。

二人の女が口げんかをして、物を投げたりつかみ合ったりしている。それをもう一人が止めているみたいだ。

何を言ってるのかよくわからなかったけど、声の感じでいうと殺してやるとか、そういうことらしかった。日本語じゃないみたい、とあたしは言った。

「韓国語かな？　この辺、韓国人が多いっていうし」

わかんない、と唯愛が首を傾《かし》げた。英語ではないようだけど、韓国語とか中国語とも違う気がした。

しばらくすると、いきなり静かになった。ドアを開く音がして、けたたましい笑い声があたしたちの部屋の前を通り過ぎていった。

うるさいね、と唯愛が顔をしかめた。そうだね、とあたしもうなずいた。

やっぱり、唯愛を外に出すわけにはいかない。このアパートの住人のことさえまだよくわかっていないし、外国人もいるみたいだ。うかつなことはできない。

夕ごはんを済ませて、二人でお風呂に入った。真利男と暮らしていた時にはなかった解放感があった。お風呂の中でも、唯愛はひっきりなしに喋っていた。

風呂から上がり、パジャマに着替えてから、駅近くの本屋で買ってきた童話の絵本を読み聞かせた。正直、眠くて眠くて死にそうだったのだけれど、たっぷり昼寝をしていた唯愛は元気いっぱいで、いつまでも続きをせがんだ。

困ったなあって思ったけど、笑っている唯愛を見ていると、それだけで幸せな気分になれた。だから、あたしはいつまでも絵本を読み続けた。

4

アニメスラムで働くようになって、半月が過ぎた。ようやくいろいろなことに慣れ、暮らしも落ち着いてきていた。

原西さんが柴田店長に頼んでくれていたので、あたしの給料は週払いだ。一日八時間労働、時給九百円。休みは週に二日。

週五日働いて、三万六千円、十分とは言えないけど、母娘二人でぎりぎり暮らしていける金額だ。

アニメスラムの親会社は、もともと中古品販売の卸売《おろしうり》業者で、傘下《さんか》にテレビスラムという中古家電販売店のチェーンもあった。柴田店長に紹介してもらって、最初の給料が出た日に小型のテレビを買った。三万円だったけど、それで唯愛の寂しさが紛れるなら安いものだ。

それ以外にも、店がワゴンセールで売っているコミックとか子供向けの小説とか、そんなものを社員割り引きで安く手に入れたり、大崎さんや原西さんが自分の子供や孫のために買っていた童話集とか、絵本なんかを持ってきてくれたので、ずいぶん助かった。

あたしはどうでもいいけど、唯愛のことだけはきちんとしていたかった。小学校に一年行けないのはほぼ確定だったから、せめて字ぐらいは教えておきたいということもあった。学校の先生だった原西さんが、勉強を教えられると言ってくれたので、少しだけ気が楽になった。

思っていた以上に、アニメスラムは働きやすい職場だった。柴田店長もそうだけれど、マニア層を顧客にしているこの店では、豊富な商品知識が必要とされる。社員として採用されているのは、モモコにしても他のスタッフにしても、客として出入りしているうちに、気づけば社員になっていた、みたいな人たちだった。つまり、そもそもがオタクなのだ。

彼らに共通しているのは、他人とのコミュニケーションを積極的に欲しないところだ。いい悪いの話ではなく、その方が楽なのだろう。

だから、新しいアルバイトが入ってきたからといって、いきなり距離を縮めようとか、根掘り葉掘り個人的なことを質問するとか、ランチ一緒に行こうとか、そんなことは言わず、放っておいてくれる。あたしもコミュニケーション能力が低いから、それはすごく助かった。

冷たいってことじゃない。わからないことを質問すれば、みんな親切に教えてくれるし、気持ちの優しい人ばかりだった。

何となく、オタクって排他的な人種なんじゃないかって思ってたけど、それは偏見で、決してそうじゃなかった。心根は優しいのに、それをうまく表現できない人たち、ということなのかもしれない。

二人の男の人はどちらも二十七、八歳で、もう一人の女性は三十歳ちょうどだった。その中でモモコは二十三歳と飛び抜けて若いのだけれど、柴田店長の信頼は厚かった。

他の三人にはそれぞれ得意な分野があって、ゲームソフトに詳しい萩原《はぎわら》くん、コミック本のことなら何でも知ってる矢口《やぐち》くん、元アニメーターだった橘《たちばな》さんと、自分の専門については豊富な知識があるのだけれど、モモコは真性の二次元オタクで、オールジャンルすべての情報に満遍《まんべん》なく詳しい。

決して得意ではないけど、接客なども含め、他人とコミュニケーションを取ることはできたから、柴田店長があたしの教育係に指名したのは当然だった。

モモコは国立大学を首席で卒業して、有名なＩＴ会社の内定まで取っておきながら、何となくという訳のわからない理由でアニメスラムに入社したらしい。

一般企業でも十分にやっていける子だと思ったけど、ファッション感覚は常識離れしていて、アニメキャラのコスプレみたいな服を着て出社してくる。IT企業を蹴ったのも、そういう会社に入ったらこういう服を着られなくなる、というのが大きな理由のようだ。

どんなファッションを好むのかは個人の自由だから、それはどうでもいいのだけれど、あたしから見て問題なのは、どれもまったく似合っていないことだった。モモコが好きなのはヒロイン役の服だけど、背も低いし太っているから、無理があり過ぎた。

アニメスラムで働くようになって半月、何となくモモコといろいろ話すようになった。本人も自分の着たい服と体型が掛け離れていることはわかっていて、ふた言目にはダイエットしなくちゃと言っていたけど、たぶん無理だろう。

モモコのデスクの引き出しにはコンビニのラック並みの量のスナック菓子がぎっしり詰め込まれ、仕事中でも構わず食べ続けていたし、備え付けの冷蔵庫にはコーラの二リットルボトルを二本常備していて、一日が終わる頃には二本とも空になるほど食欲が旺盛《おうせい》だからだ。

ヤバいよ、今月は三キロ太った、と真剣な表情でモモコが打ち明けたのは三日前のことだった。あたしは自分が元ナースだという話をしていたので、アドバイスが欲しいらしい。

とりあえずコーラを止めてはどうか、と言った。炭酸飲料に含まれる砂糖の量って、二リットルボトルだと約二三〇グラム、角砂糖七十個分だ。モモコは毎日百四十個近くの角砂糖を体内に取り込んでいるのだから、太らない方がおかしい。

真剣にうなずいたモモコが、その日の午後になって、ゼロカロリーコーラに替えたと胸を張って自慢したけど、どっちにしても体にいいとは思えない。

でも、とにかく気持ちの優しい子なのは間違いなかった。明らかに挙動不審な客が来ても、クレーマーみたいな客に対しても、きちんと対応するし、後で悪く言ったりもしない。あたしと比べたら、天使みたいな子だ。

優しいというのは、柴田店長も他の三人も同じだった。オタクがコミュニケーション下手だというのは、むしろ優し過ぎるからなのかもしれない。傷つくのが怖くて、だから他人と距離を取るようにしているのだろう。

お客さんの中にはいろいろおかしな人もいたから、全部のオタクがそうだとまでは言わないけど、アニメスラムのスタッフがいい人ばかりなのは本当だった。優しくて、だから寂しくて、ホントは他人との繋《つな》がりを求めているのに、どうしてもできない人たち。

今まであたしの周りにいた人たちとは、何もかもが違っていた。少しでも早く仕事を覚えて、みんなの役に立ちたい。そんなふうに思ったのは、生まれて初めてだった。

5

だんだんと大久保という町にも慣れていった。雑多な雰囲気がして、最初は好きになれなかったけど、住めば都とはよく言ったもので、暮らしてみればそれなりに住みやすかった。

あたしは希望荘から三十分かけてアニメスラムに通っている。途中に、古い商店街があった。

商店街というとおおげさかもしれない。昔ながらの店が寄り集まっている一角、と言った方が正しいだろう。

最初の給料では炊飯ジャーを買えなかったので、ご飯はコンビニで買うしかなかったのだけれど、商店街の真ん中にあるお弁当屋さんの方が安いし、美味《おい》しいってわかって、そこで買うようになった。ご飯だけっていうのも気が引けるから、総菜とかも買うことにした。

ひと月ほど経った頃には、鍋やフライパンみたいな調理器具もだいたい揃ったので、自炊を始めた。そうなると商店街は強い味方で、肉屋も魚屋も八百屋もあるし、鮮度も良くて安いから、せっせと通うようになった。

大久保は下町ではないけど、商店街の人たちは人情が厚かった。買い物には唯愛も一緒に連れて行ったから、何となく母一人娘一人だとわかったのだろう。あたしというより、唯愛に対する同情があったのかもしれない。どこのお店屋さんでも、それとなくちょっとずつ量を多くしてくれたり、おつりの端数《はすう》をおまけしてくれたり、そんなふうにしてくれた。

アニメスラムは夜十時まで営業していて、正社員には早番遅番のシフトがあり、早番はあたしと同じで、五時に仕事が終わる。週に二、三回はモモコと帰りが一緒になって、そんな時は二人で帰った。

アニメスラムの採用基準のひとつは、自宅が店に近いことだそうで、経営者が交通費を惜しんだ結果、そうなったらしい。モモコも住まいは大久保で、だからついでに商店街に寄っていくこともあった。

モモコの実家は東中野で、中学の頃から大久保近辺がテリトリーだった。だからこの辺のことはよく知っていて、いろいろ教えてくれた。

商店街の正式名称は〝くれよん商店街〟という。そのネーミングセンスはどこか古かった。

モモコの記憶では、九〇年代から今の場所にあったそうだ。おそらくもっと前から、この一角に存在していたのだろう。

他にはクリーニング屋、文具店、マッサージではなく指圧の店、そしてボクシングジムなんかが軒を連ねている。最初の三つはわからなくもないけど、ボクシングジムはどこから見ても浮いていた。

でも、モモコによれば、そのジムもやっぱり昔からあったらしい。アタシの記憶が正しければ、と古いテレビの言い回しで説明してくれたけど、昭和四十年代だか五十年代だかにチャンピオンだった、何とかというボクサーが経営しているそうだ。

全然わからないと言うと、うちもだよ、とモモコが笑った。

「だって、興味ないし」

激しく同意、とあたしはうなずいた。ボクシング好きの女子なんて、聞いたことない。

希望荘の住人たちについても、すれ違ったり挨拶したりされたり、だんだん顔なじみになっていった。

あたしと唯愛が暮らしている部屋の隣、２０１号室に住んでいるのはフィリピン人の女の子四姉妹だった。彼女たちは新大久保のフィリピンパブで働いているそうで、しょっちゅうケンカしてるって思ってたけど、そうじゃなくてただ声が大きいだけだってわかった。

彼女たちはカタコトの日本語、そしてタガログ語と英語をかわるがわる話すから、ところどころ意味がわからなかったけど、悪い人たちじゃなかった。四人のうち二人はフィリピンに子供を置いて出稼ぎに来ているそうで、唯愛を見るたび泣き出したり抱きしめたり、毎回大騒ぎだった。

その他に住んでいるのは、八十過ぎの一人暮らしのおばあちゃんだったり、ゲイのカップルだったり、顔がまったくそっくりな韓国人の兄弟だったり、東大受験を七回繰り返している浪人生なんかもいた。

はっきり言って、吹きだまりというか、いわゆる負け組の砦《とりで》みたいなアパートだけど、その方があたしにとっては暮らしやすかった。

特に仲良くなったのは、フィリピン人の四姉妹だった。彼女たちはあまり日本語がうまくなくて、つっかえつっかえ喋るのだけど、それはあたしも同じだ。その分気楽につきあえた。

困るのは唯愛を徹底的に甘やかすことで、お菓子とかオモチャとかを持ってきて、毎日部屋へ上がろうとする。あたしがいない時でもだ。

気持ちはありがたいって思うけど、いかにもアメリカっぽい原色のスナック菓子とか、ショッキングピンクのジュースを飲ませようとしたりするのは、本当に止めてほしかった。

それに、彼女たちは外国人だ。それは韓国人兄弟もそうで、偏見だってわかってるけど、部屋に上げちゃダメだし、あの人たちの部屋に行ってもダメって唯愛には言い聞かせた。

希望荘に住んでいる小さい子供は唯愛だけで、みんなが可愛がってくれる気持ちはわかるけど、どこまで信じていいかわからない。

その意味で安全だと思えたのは、八十過ぎの村岡《むらおか》さんっていうおばあちゃんだけだった。日本人だし、年寄りだし、女の人だし、唯愛に何かするとは思えない。

だから、あたしが仕事で留守にしている時、唯愛のことを見てもらえないかと一度お願いしに行った。でも、それは断られた。

村岡さんはリューマチで、歩くのも不自由だから、とても六歳の女の子の面倒なんて無理だと言った。ちょっと冷たい感じがしたけど、あたしの都合でお願いしたのだから、断られても仕方ない。

そんなふうにして、毎日が過ぎていった。モモコが職場で倒れたのは、十月中旬の月曜日のことだった。

6

その日、朝からずっとパソコンの入力作業をしていたモモコが、いきなり立ち上がったと思ったら、その場に崩れ落ちるようにして倒れて、本気で焦った。柴田店長とあたしで近所の病院に運んだ。その時には、もう意識を取り戻していたのだけど、やっぱり心配だった。

小さな個人病院だったけど、腕は確かそうな六十代の院長先生が血圧を調べて、頭を抱《かか》えた。上が一七八、下が一四〇ジャスト。立派な高血圧だ。

店長は男性だから遠慮してもらって、診察室にはあたしが一緒に入り、モモコと並んで先生の話を聞いた。愛ちゃんはナースだから、わかんないことがあったら教えてとモモコが言ったこともある。

「あんた、何歳なの」

ちょっとぞんざいな口調で先生が聞いた。二十三、とモモコが答えた。

その年齢でこの数値はひどいよ、と先生が顔をしかめた。

「いつ脳溢血《のういっけつ》になってもおかしくない」

あたしもうなずいた。これでも元看護師だから、高血圧の怖さはよくわかってる。

「今まで血圧測ったことある？」

ないけど、とモモコが口を尖《とが》らせた。自慢してどうする、と先生が呆《あき》れたように言った。

「会社勤めなんだよね？　検診は受けてないの？」

むにゃむにゃ、とモモコが口を動かした。後で聞いたら、ちゃんとアニメスラムにも集団検診の制度はあるのだけれど、医者嫌いのモモコは有休を取って休んだそうだ。

「最近の若い子は、どうなってるのかね」

その後、身長と体重、それから体脂肪率を調べた。モモコは公称一五〇センチ、体重七九キロだったけど、一四八センチ、八二キロというリアルな数字が判明した。体脂肪率に至っては四九パーセントという驚異的な数字だった。彼女の体の半分は脂肪なのだ。

君ね、と先生が真剣な顔になった。

「体重が重過ぎるよ」

それセクハラじゃないのとモモコが言ったけど、冗談じゃ済まんぞ、と先生が首を振った。

「脅《おど》かしでも何でもなくて、このままだと死ぬよ。わたしの親戚だったら、強制的に入院させるレベルだ」

またまた、とモモコが手を振って笑ったけど、先生の表情はぴくりとも動かなかった。

「いいかね、本来、あんたの身長なら適正体重は四九キロだ。つまり今のあんたは三〇キロ以上重い。どういう意味か、わかるかね？」

痩せろってことでしょ、とモモコが頰を膨《ふく》らませた。三年だな、と冷たい声で先生が宣言した。

「賭けてもいい。三年以内に、動脈瘤《どうみゃくりゅう》で脳の血管が破裂するだろう。運がよくても半身不随だ。それでいいなら、今まで通りの生活を続ければいい。医者に自殺を止める権利はないからね」

リスクが高いのはその通りだけど、三年で死ぬっていうのはちょっとおおげさ過ぎる。でも、先生としては脅すつもりで言ったのだろうから、あたしは黙っていた。

さすがにモモコもびびったらしい。今にも泣き出しそうな顔で、あたしと先生の顔を交互に見つめている。どういう食生活してるの、と先生が聞いた。

「食事は？　何を食べてるのかね」

朝はコーヒーだけ、とモモコが答えた。それも良くない、と先生が首を振った。

「三食きちんと摂《と》るのが基本だよ。それから？」

フツーだよね、と同意を求められたけど、あたしは何も言わなかった。嘘は苦手だ。昼はコンビニ弁当とか、とモモコがもごもご言った。

「あとは……駅前でラーメン食べたり」

間食は、と先生が容疑者を尋問する刑事みたいな顔になった。答えないモモコに、ホントのこと言いなって、とあたしは肩を突《つつ》いた。そりゃ少しは、とモモコが自白を始めた。

「わかるでしょ？　仕事してるとストレスも溜まるし、女の子はどうしたって――」

先生が顔を向けたのはあたしだった。

「君、同じ職場なんだよね。どうなの、正直に言いなさい。この人、どういう食生活してるのかね」

助けを求めるように、モモコが手を合わせている。そんなに量は食べてないと思うんです、と仕方なくあたしは答えた。

「あの……つまり、コンビニでお弁当買って食べるのは、みんな普通にしてることですし……」

「それだけじゃないだろ？」

黙ってて、とモモコが拝んでいる。だけど、あたしも元ナースだ。嘘はつけない。

「……毎日、スナック菓子みたいなのを買って、ずっと食べてます」

ポテチ、煎餅《せんべい》、チョコ、スイーツ、と指を折って数えたあたしに、裏切り者、とモモコが叫んだ。

「あと、ファストフードも大好物だし、コンビニのフランクフルトとか肉まんとかポテトフライなんかはほぼ毎日……」

他には、と先生が机を叩いた。全部吐け、ということらしい。

「二リットルのコーラのペットボトルを、毎日二本飲んでます」

あれはゼロカロリーでしょうに、と席を蹴って立ち上がったモモコの腕を先生が摑んだ。

「あんたねえ……そういう行為を、我々医者は緩慢《かんまん》な自殺って呼んでるんだよ。冗談で言ってるんじゃない。夜食は？　酒は飲むの？」

そんな食べてばっかりじゃないって、とモモコが先生の手を振り払った。

「ゼンゼン食べない日だってあるんだし、たまにはカツ丼とラーメンとか、そういう日もあるけど……お酒だって、ホントたしなむ程度っていうか」

「食生活が不規則過ぎるって自覚はないのかね。夜中にお菓子を食べたりしてるね？　運動もしてないんだろう。タバコは？」

　吸いません、とモモコが答えた。本当は時々喫煙するのを知ってたけど、それは黙ってた。先生のこめかみがひくひくしてて、モモコより先に脳の血管が切れちゃうんじゃないかって思ったからだ。

「さっきの話だが、訂正する。三年じゃない、二年だ」間違いなくあんたは二年で死ぬ、と先生が深刻な顔で断言した。「若いのにかわいそうだが、自業自得だ。仕方ない」

「待ってよ、先生」さすがにモモコが真っ青な顔になった。「うち、まだ二十三だよ？　何とかして」

　無理だな、とつぶやいた先生が、君が何とかしなさいとあたしに顔を向けた。どういう意味だろう。

「同じ仕事場で働いてるんだよね？　君が監視しなさい」

「監視？」

「彼女が自分で生活を管理できるとは思えない」周囲がケアしなきゃならん、と先生があたしの肩に手を置いた。「食べ過ぎたり飲み過ぎたり、そういう時は注意してあげなさい。このまま好き放題に食べ続けていたら、本当にまずいことになるよ。友達なんだろ？　だったら助けてあげるのが人の道ってもんだろう」

どうしよう、とあたしは顔を上げた。何とかしてよ愛ちゃん、とモモコが両手を合わせている。

乗り掛かった船だ。やってみます、とあたしはうなずいた。

7

会社に戻ったモモコが真っ先にしたのは、デスクのスナック菓子と冷蔵庫のペットボトルをゴミ箱にたたき込むことだった。医者の脅しがよほど効いたのだろう。これからはミネラルウォーターしか飲まないと宣言した。

決意は結構だけど、いつまで続くか心配だった。会社にいる間は、あたしがケアすることもできる。何か食べてたら、あるいはジュースとかを飲んでいたら、取り上げたっていい。

だけど、一歩会社を出たらそんなことは無理だ。四六時中、監視できるわけじゃない。

でも、あたしが思っていたより、本人の決意は固いようだった。二日後、ちょっとつきあってよと早番だったモモコが声をかけてきた。

「あれから、いろいろ調べてさ」会社を出たモモコが速足で歩きながら言った。

「食生活の改善が必要なのは間違いない。でも、それだけじゃダメ。運動して、体重を落とさないとヤバい」

モモコはオタクの例に漏れず、ネット中毒の気がある。何でもネットに依存しているのだけど、逆に言えば調べ物は得意だ。検索をかけて、ダイエットについてあらゆる知識を収集したようだった。

その方がいい、とあたしはうなずいた。元看護師として、肥満治療についてある程度の知識は持っているつもりだ。

ダイエットって、理屈だけで言えばわりと簡単で、要するに摂取カロリーより消費カロリーの方が多ければ体重を落とせる。

単に食事の量を減らすだけでは、なかなか体重は落ちない。カロリーを消費するのは主に筋肉だから、筋肉量を増やさなければならない。そのためには運動するしかないのだけれど、それが難しかった。

エクササイズスタジオに通うとか、専門のトレーナーの指導を受ければいいのだけど、それにはお金がかかる。だから自己流でやるしかなくて、結局続かなくなり、元の木阿弥《もくあみ》になってしまう。

あたしが前に勤めていた横浜の総合病院では、肥満外来もあったのだけれど、挫折《ざせつ》する人を何人も見ていた。モモコに運動なんてできるだろうか。

　モモコが向かったのは、くれよん商店街だった。ダメだよ、とあたしは袖を引いた。

「あんなとこ行って、何か買い食いする気？」

　そうじゃない、とモモコが指さした。

「あそこに通うことにした」

　目の前にあったのはボクシングジムだった。今まで意識して見たことがなかったから、名前も知らなかったけど、永倉《ながくら》ボクシングジムとガラスのドアに大きく書かれていた。

「ボクシング？」

「ボクササイズ」

　モモコが看板に目を向けた。隅に小さな字で〝ボクササイズスクール開講中〟と書いてあった。

「ボクササイズって……」

　調べたんだ、とモモコが胸を張った。

「愛ちゃんも言ってたけど、食事改善は当然として、脂肪を燃やさないとマズい。そのためには有酸素運動が一番で、ホントは水泳がベストみたい」

「そうらしいけど……」

でも、この辺ってプールないんだよねえ、とモモコが外国人みたいに肩をすくめた。

「グランドスカイホテルならあるって？　あんなとこに通える金なんかないっつうの」

そりゃそうだ。東京でも最高級クラスのホテルのプールなんて、上級国民しか使えない。

「ジョギングって手もあるけど、うち膝が悪いからさあ」モモコがパンパンに張っている内股《うちもも》を叩いた。「それに、続かないってわかってる。走るの大キライだし」

威張《いば》られても困るけど、モモコの体重だと走るのは厳しいだろう。でも、だからってボクササイズっていうのも、ちょっと違うんじゃないか。

大久保近辺にはスポーツジムやダイエット教室なんかもある。そっちの方がいいんじゃないだろうか。

それも考えたんだけど、ぶっちゃけ会費が高い、とモモコが指で丸を作った。

「ただ通って、ウエイトトレーニングのマシンを勝手に使って、みたいなところなら安いかもしんない。だけど、教えてくれるわけじゃないから、そんなとこ行ったって続くわけないし」

自分のことはよくわかっているようだ。その点、ここは会費も安いと顎《あご》で看板を指した。

〝今だけの特典！　月会費一万円！〟

赤いペンキでそう書いてあった。ずいぶん褪色《たいしょく》しているから、今だけの今って、相当前なんだろう。昨日電話で問い合わせた、とモモコが言った。

「そしたら、お客様はラッキーですって。今月は感謝月間で、入会金は無料、最初のひと月の会費も無料だって」

「それって……たぶん毎月が感謝月間なんじゃないかな」

「それで思ったわけよ。とりあえず入ってみて、ひと月通ってみようって」そしたらタダなわけだし、結果が出なかったら辞めればいいじゃん、とモモコが言った。

「ちゃんと体重が落ちるようなら続けたっていいし。いい考えだと思わない？」

お金のことはわかるけど、とあたしは首を傾げた。

「ひと月無料っていうのはいいよ。続ける気になっても、月一万円なら払えない額じゃない。だけど、ボクシングだよ？　殴られたら痛いじゃない」

殴られるわけじゃない、とモモコが苦笑を浮かべた。

「ボクササイズって、サンドバッグっていうの？　あれを叩いたりとか、そんな感じらしいよ。ストレス解消にもなるし、一石二鳥かなって。週三回、一時間のコースだから、会社帰りに寄ることもできる。そういうわけで、愛ちゃんも一緒に入ろう」

「はあ？」

何を言い出すのか。前段の説明はいいとしても、どうしてあたしまで入らなきゃならないのだろう。

「だってお医者さんに言われたじゃん、あたしをケアしなさいって。愛ちゃんだって、やってみますって答えてたでしょ」

「それとこれとは――」

違わないよ、とモモコがあたしの肩を叩いた。

「自慢じゃないけど、うち、意志弱いからさ。誰かと一緒じゃないと続かない。いいじゃん、別に。一時間だけだし、痛いわけでもないし。電話で聞いたんだ、子供がいるんですけどって」

「モモコ、子供いるの？」

「いないって。愛ちゃんの代わりに聞いたの」

モモコには唯愛のことを話していた。全然ノー問題だって、とモモコが言った。

「ジムだからさ、中には空きスペースもあるし、子供がその辺走り回ったって、誰も文句言わないってさ」

とにかく見学だけでもつきあってよ、と背中を押された。モモコ自身、入会すると決めたわけじゃないのだろう。汚かったり臭かったら止めると言った。

ボクシングジムなんて覗いたこともないし、ましてや足を踏み入れたこともない。好奇心じゃないけど、見学ぐらいならいいかもって思った。だから抗《あらが》わずに、スイングドアを押して中に入っていった。

あたしの周りにボクシングをやっていた人はいなかった。だからまったくのイメージだし、想像レベルのことだけど、汗臭かったり、血の跡があったり、そんな感じかなって思ってたら、全然違った。

受付と書いてある三畳ぐらいのスペースがあって、そこはまるで歯医者さんの待合室みたいに清潔だった。床も壁も真っ白で、テレビも置いてある。

エントランスと書いてあるドアを開けると、そこがボクシングジムだった。結構広いスペースの真ん中にリングがあって、ウエイトトレーニング用のマシンなんかも置かれている。

その他にサンドバッグとかパンチングボールなんかもあったけど、イメージと違って、まあまあきれいなフィットネスクラブ、ぐらいの感じだ。

よく見ると壁の一部が剝《は》がれていたり、床に穴が開いてたりしたのだけれど、印象は悪くなかった。壁の上部に窓があって、そこから入ってくる光が明るかったからかもしれない。

夕方五時過ぎという時間で、中にいたのは高校生ぐらいの男の子一人だけだった。他には誰もいない。その男の子もシャドーボクシングっていうのか、鏡の前でパンチを繰り出しているだけだったから、全体的に静かだった。意外にキレイじゃん、とモモコが鼻をひくつかせた。あたしも匂いを嗅《か》いでみたけど、臭くはなかった。

悪くないかも、とうなずいていたモモコが、すいませーんと声をかけると、奥にあったドアからスーツ姿の男の人が飛び出してきた。

四十歳ぐらいだろう。小柄で、ちょっと顎がしゃくれている。お世辞にもルックスがいいとは言えない。

あたしたちを見るなり、その人がいきなり腰を落として揉み手をしながら、わかりやすい営業スマイルを浮かべて駆け寄ってきた。

「いらっしゃいませ！　いらっしゃいませ、ようこそ永倉ジムへ！」

身長はあたしより少し高いから、一六五センチぐらいだろうけど、腰を屈《かが》めるとモモコより小さくなった。あの、とモモコが言うと、わかっておりますわかっておりますとうなずいた。

「昨日お電話いただいた桃園様でございますよね？　お待ち申しておりました。一《いち》日千秋《じっせんしゅう》の思いとは、まさにこのことでございましょう」

二重敬語どころか四重敬語ぐらい丁寧な言葉遣いだった。差し出してきた名刺に、永倉ジム会長・永倉義正《よしまさ》と書いてあってびっくりした。会長って、こんなに腰が低いの？

「桃園モモコ様。素晴らしいお名前ですね」フルーティと申しますか、と口に手を当てた会長が甲高《かんだか》い声で笑った。「こちらは、昨日おっしゃっていたお友達の方ですね？」

そうだけど、とモモコがうなずいた。ウエルカムでございます、と会長があたしの手を握った。

「ぜひよろしくお願いします。どうしましょう、本日から入会ということで、よろしゅうございますか？」

待ってくださいと言う隙を与えない、凄まじい早口だった。デパ地下で実演販売をやってる人みたいだ。

それから永倉会長が、ボクササイズの説明を始めた。週三回、一回一時間の利用ができて、ジム内の器具はどれを使っても無料、トレーナーがマンツーマンで指導します、ということだった。

「いやもう、桃園様も大崎様もラッキーと申しましょうか、世の中、運がいい方はいらっしゃいますよねえ。羨《うらや》ましいあやかりたい」

何しろ今月限りの特別謝恩セールでございます、と会長が更《さら》に腰を低くした。頭頂部がすごく薄くなっているのがわかるぐらい低い体勢だ。

「正確に申しますと、実は明後日《あさって》までなのですが、今お申し込みいただきますと、何と来月分の会費も免除いたします。つまり二カ月間無料、タダ、フリーなのです!」

タダより怖いものはないって言うよね、とモモコが言った。とんでもございません、と会長がほとんど床に這《は》いつくばった。

「むしろわたくしとしては、運命的なものを感じます。わたくしとお二人の間には、前世で何か縁があったのでしょう。袖振り合うも多生《たしょう》の縁と申します。とにかくご入会ください。サインだけしていただければ結構です。いえ、もうサインもいりません。うなずいていただければそれだけでオッケーでございます!」

どうしようかなあ、とモモコが肩をすくめた。それでは体験入学してみませんか、と会長がグローブを棚から取り出した。

「ボクササイズと言ってますけど、要するにサンドバッグを叩いて、ストレスを発散していただくだけです。難しいことは何もございませんし、運動不足の解消にはもってこいです。わたくしも嫌なこと辛《つら》いこと悲しいことがありますと、サンドバッグを殴ったり蹴ったり、それで夜は快眠目覚めはスッキリ、食事も美味《おい》しくいただけますし、ガンコな宿便もすべて落とせます。しかも家庭円満金運バッチリ、宝くじも万馬券も当たりまくります！」

そんなはずもないのだけれど、乗せられてしまったのか、モモコがサンドバッグに向かってパンチを打ち始めた。ナイスパンチ！　と会長が手を叩いた。

「素晴らしい、牛でも倒れるでしょう。桃園様、素質がありますよ。どうです、オリンピックを目指してみては？」

そうかなあ、とまんざらでもない顔でモモコがまたパンチを繰り出した。大崎様もご一緒にどうぞ、と会長があたしにもグローブを握らせた。

こんな時、断れないのがあたしの性格だ。曖昧《あいまい》に微笑《ほほえ》んで、グローブをはめてみた。

よくお似合いでございます、とセレクトショップの店員のように会長がまた大きく手を叩いた。

ラウンド3／ボクササイズ

1

永倉会長の持ち上げぶりはすごかった。よく廻《まわ》る口からは、マシンガンのようにお褒《ほ》めの言葉が溢れ出し、止まることはなかった。

「あたしは彼女の付き添いで来てるんです」

モモコを指さして、自分の立場を説明したのだけど、まったく聞くつもりがないようで、いかにボクササイズが美容と健康にいいかをさまざまな表現で伝えてくる。圧倒されて、とても抵抗なんかできなかった。

「シューティングスター・パンチ！」

隣では、モモコがさまざまなポーズからパンチとキックを繰り出している。ボクシングって蹴っちゃダメだろうと思ったけど、初めて歩いた孫を見たおじいちゃんのように、永倉会長が手を叩き続けていた。

モモコが真似しているのは、〝魔法少女・シスタープリンス〟というタイトルのアニメの主人公、シスター・ルナのポーズで、しょっちゅうルナのコスプレで出社してくるほどだから、あたしも知っていた。とにかく楽しそうにサンドバッグを殴っては蹴り、頭突きまで繰り出して、あらゆる攻撃を仕掛けている。

オタクって、ストレスが溜まっているんだろう。アニメスラムはスタッフも客も仲間のようなものだけど、一歩外に出れば理解してくれる人はほとんどいない。

モモコにはネットで知り合った友達が千人単位でいる。職場では仕事もそつなくこなすし、客との交渉もうまい。でも、リアルの友達は一人もいなかった。

きっと、辛いことも多いのだろう。ストレス発散という意味で、ボクササイズが合っているのは本当かもしれない。

フォームが素晴らしいです、と永倉会長が拍手した。

「もう言うことなし！　完璧！　パーフェクト！　百点！　日本一！」

そんなことはないだろう。そもそも、パンチよりキックを放つ回数の方が多いくらいだ。でも、会長にはそんなこと関係ないらしい。

「桃園様、入会目的はダイエットでございますね？　少しご説明申し上げてもよろしいでしょうか」

疲れたのか、膝に手を当てたまま、どうぞとモモコがうなずいた。パンチ一発、二キロカロリーですと会長が右手でサンドバッグを叩いた。

「運動量と消費カロリーについて、ボクシングほど優れたスポーツはございません。ジョギング？　こんなこと言うと怒られますけど、あんな非効率的なものはありませんよ。たとえばですけど、桃園様が一キロ、ジョギングしたとして、消費カロリーはどれぐらいだと思います？」

一〇〇〇キロカロリーぐらいかなあ、とモモコがせわしなく息を吐きながら答えた。とんでもございません、と会長が手を振った。

「約五〇キロカロリーです。一キロ走ってですよ？　桃園様、一キロ走れます？」

ムリ、とモモコが舌を出した。ですよねえ、と会長が揉み手をした。

「運動が健康によろしいのは言うまでもありませんから、ジョギングを否定しているわけではございません。ですが、ダイエットのためとなると話が違います。あんなものはやるだけ無駄ですよ」

無駄じゃありません、とあたしは小声で言った。これでも元ナースだ。それぐらいの知識はある。

ただ、ジョギングで消費できるカロリーが、それほど大きくないのは本当だ。簡単に言えば、体重×距離という計算式で、消費カロリーは算出できる。速く走った方がいいと思ってる人が多いけど、スピードはあんまり関係ない。

もっとも、運動だけでダイエットするのは難しい。有酸素運動、無酸素運動を問わず、消費できるカロリーには限界がある。エアロビクスだろうがハードなウエイトトレーニングだろうが、基本的には同じだ。でも、それはボクササイズだって同じだろう。

「とんでもございません」ボクササイズは違います、とまた会長がサンドバッグを叩いた。「先ほど申し上げましたように、パンチ一発で二キロカロリーが消費されます。ボクシングは全身運動ですから、他のスポーツとは比較になりません」

ほとんどのスポーツが全身運動だろうと思ったけど、とりあえず黙っていた。

今、桃園様は三十発ほどパンチを打ちましたと会長が言った。

「簡単な掛け算でございます。二×三〇イコール六〇。つまり、一分で六〇キロカロリーを消費したことになります。さて、十分続けたらどうなります？　正解！

六〇〇キロカロリーでございます」

会長が勝手に話を進めていく。そうなるよね、とモモコがうなずいた。

「二十分では？　三十分では？　永倉ボクシングジムのボクササイズコースは、六十分でございます。休まずパンチを打ち続ければ、どんなに低く見積もっても三〇〇〇キロカロリーが消費されることになります」

六十分ずっとパンチを打ち続けるなんて、プロだってできないだろう。それに、一発二キロカロリーというのは、明らかな誇大《こだい》表現だ。ただ、さっき自分でパンチを打ってみてわかったけど、ボクシングの運動量は馬鹿にならない。左右で三発ずつ打っただけで、腕が重くなっていた。モモコがサンドバッグを叩いていたのは、一、二分のことだったけど、まだ息は上がったままだ。運動不足のせいもあるんだろうけど、この疲れ方は尋常じゃない。それぐらい、パンチを打つのはエネルギーが必要だった。

「桃園様が今と同じだけパンチを放てば、それだけで一〇〇キロカロリーを消費できます」

よほど慣れているのか、会長の説明は立て板に水で淀《よど》みがなかった。

「一〇〇キロカロリーといえば、三〇〇ミリリットルのペットボトルのコーラ一本分ですよ。それがたった数分で落ちます。ひと月も続ければ、筋肉量が増えますから、ますますカロリーの消費量も上がります。わたしの経験から断言できますけど、ふた月でございましょうね。二カ月で三〇キロのダイエットに成功し、結果にコミットいたします。間違いございません！」

いくら何でもそんなことは不可能だと言おうとしたけど、モモコの目は恋する乙女のようにキラキラと輝いていた。僅《わず》か五分で、完全に説伏《せつぷく》されてしまったようだ。

「あたし入る！」

そう叫んだモモコの手を、会長が両手で握って頭を何度も下げた。愛ちゃんも入ろうよ、とモモコが顔を向けた。

「いいじゃん、つきあってよ。どうせ二カ月分はタダなんだし」

そう言われても、とあたしは視線を床に落とした。

「よくわかんないけど、やったことないし……」

何でも初めての経験はあります、と会長が重々しくうなずいた。

「誰でもそうではありませんか？　大崎様、人類の歴史を考えてください。それは挑戦の歴史であります。よろしいじゃありませんか、トライしてみて、向いてない好きになれない、そういうことならお止めになっても結構です。引き留めたりはしません。去る者は追わず、これは永倉家の家訓でございます」

どうしようって思ったけど、モモコのキラキラ輝く目を見てしまうと、断りにくかった。あたしも三十三歳で、運動不足は否《いな》めない。何かしなきゃって思ってたのはホントだ。

「とりあえず、ひと月だけなら……」

どこに持っていたのか、会長が素早くパンフレットを差し出した。さっさと自分の名前を書き込んだモモコからボールペンを受け取って、サインしようとした時、後ろで声がした。

「止めとけ」

振り向くと、ジャージ姿のおじいさんが立っていた。

2

異常なまでに痩せこけた体つきだった。身長は一八〇センチ近いけど、たぶん体重は五〇キロない。骸骨《がいこつ》に皮だけ貼り付けたら、こんな感じになるかもしれない。髪の毛は五分刈りで、半分以上白髪《しらが》だった。分厚い老眼鏡《ろうがんきよう》をかけている。おじいさんだと思ったのはそのせいで、よく見ると六十歳になったかならないかぐらいだった。

「勘弁してよ、沖田《おきた》さん」

永倉会長が苦い表情を浮かべた。あたしたちに対する声音と違って、ちょっと苛《いら》ついた感情が伝わってくる。

沖田と呼ばれた人がゆっくり近づいてきた。少し右足を引きずるような歩き方だった。

「会長、いいかげんにしませんか」

沖田が包帯を巻いた手で、すぐ横にぶら下がっていた大きなボールを叩き始めた。リズミカルな音がジムに響いた。

「ボクササイズ教室までは、自分も了解してます。そこは時代なんでしょう。ですが、準備運動もせずにサンドバッグを叩かせちゃまずいですよ」

別にそんなつもりじゃないよ、と会長が洟《はな》をすすった。

「こちらのお二人は、本格的にボクシングをやろうっていうんじゃないんだ。やってみなけりゃわからないことだって、あるじゃないの」

「どこから見たって、運動不足のOLじゃないですか」手を止めた沖田があたしたちを遠慮のない目付きでじろじろ見た。「いきなりサンドバッグを叩いたら、怪我するかもしれません。正式な練習生だって、拳《こぶし》を痛めるのはしょっちゅうです」

そこまでさせるつもりはないよ、と会長が唇を突き出した。

「いいところで止めるさ。そんなことはわかってるんだ、余計な口出ししないでよ」

確かにそうです、と沖田が唇の端を歪《ゆが》めた。笑っているつもりらしい。

「たった一分で息切れするぐらいですからね。怪我する方が難しいでしょう」

すみませんでしたと軽く頭を下げて、最後にサンドバッグを一発思いきり叩いた沖田がその場を離れていった。

何なのあのジジイ、とモモコが不愉快そうに言った。どうもすみません、と会長が機嫌を取るように笑みを浮かべた。

「うちのトレーナー兼コーチなんです。元プロボクサーでして」

感じ悪いよね、とモモコがあたしの耳元で囁いた。本当に申し訳ございません、と会長が深く頭を下げた。

「正直、わたしもそう思ってるんですよ、早く辞めさせたいんですけど、元とはいえプロですし、それなりに実績もあります。このジムはわたしのオヤジが作ったんですけど、オープン当初からのスタッフなんでね……その辺り、なかなか難しくて」

怖いんですけど、と体を震わせたモモコに、態度が悪くてわたしも困ってるんですよ、と会長がおもねるように言った。

「何ていうか、古い体育会気質っていうんですかね。よく言うじゃないですか、卒業したのにしょっちゅう練習に顔出して、余計なお説教する高校の野球部ＯＢ。あんな感じなんですよ。でも、沖田さんはボクシングを教えてるんで、ボクササイズ教室とは関係ありませんから、心配しなくても大丈夫です」

それならいいけどとうなずいたモモコが、お父さんがジムのオーナーなんだと首筋の汗を拭《ぬぐ》った。そうです、と会長が壁を指した。そこには賞状が入った額がいくつか飾られていた。

「親父は永倉修一《しゅういち》といいまして、なかなか強かったんですよ。世界のベルトには手が届きませんでしたけど、東洋太平洋ボクシングのフライ級チャンピオンまでいったんです」

それってどのぐらい強いの、とモモコが聞いた。

「グシケンより凄い？」

とんでもない、と会長が苦笑した。

「具志堅用高《ぐしけんようこう》さんは、今じゃ面白いオジサンですけど、ジュニアフライ級（現ライトフライ級）の世界王者として十三回王座を防衛しています。あの人、世界的なチャンピオンなんですよ」

全然知らない、とモモコが首を振った。うちのオヤジなんか足元にも及びません、と会長が肩をすくめた。

「時代的には、具志堅さんよりちょっと上になるのかな？　オヤジの現役時代っていうのは、五十年ぐらい昔ですからね。実績っていったって、たいしたもんじゃないんですけど、一応チャンピオンになってますから、そこそこ強かったというのも嘘じゃないんです」

今はどうされてるんですかと聞いたあたしに、亡くなりました、と会長が鼻の辺りをこすった。

「もう十年ほど前になります。六十になったばかりで、ちょっと早いなとは思いましたけど、寿命ですからね。仕方ないですよ」

ごめんなさい、とあたしは謝った。聞かない方がよかったかもしれない。

でも凄いよね、と珍しくモモコが気を遣《つか》った発言をした。

「チャンピオンになって、ジムまで開いたわけでしょ？　立派じゃん」

そうでもないんですよ、と会長が情けない笑みを浮かべた。

「ボクシングジムっていうのは、プロの経験があれば、極端に言うと誰でも開けるんです。ＪＢＣ、日本ボクシングコミッションの認可は必要ですけど、オヤジはチャンピオンだったんで、資格もありましたしね」

あたしもモモコも、ボクシングについて何も知らない。初めて聞くことばかりで、その意味では面白かった。

言っても伝わらないと思いますけど、と会長が唇をすぼめた。

「オヤジの頃のボクシング界は、酷かったらしいですよ。わたしは子供でしたから、そこまで詳しいことはわかりませんけど、オヤジの周りにいたのはおっかない人ばっかりで。もちろん、今は全然違いますけど」

さっきの沖田さんみたいな人でしょ、とモモコが言った。会長は否定も肯定もしなかったけど、そういうことなんだろう。

「オヤジもその意味じゃ典型的なボクサーで、チャンピオンになったところまではよかったんですが、負けたら何にも残りません。冷たいもんで、引退したら誰も洟《はな》も引っかけてくれない。他に何ができるわけでもないし、こうやってジムを開くしかなかったんです」

ボクシングなんてつまらんですよ、とジムの会長としては不穏当《ふおんとう》なことを言った。でも、選手寿命も短いというし、時には命に係わる事故が起きることもあるというから、そんなことを言うのは不思議じゃなかった。

「十年前、ちょうどわたしが三十になった年に、親父が亡くなりましてね。わたしは保険会社で営業をやってたんですけど」ちょっとこっちでしくじりまして、と会長が小指を立てた。「これもタイミングなんだろうって、オヤジの跡を継いだと、そういうわけなんです」

会長もやるよねとモモコが言った。沖田さんはオヤジが所属していたジムの後輩だったんです、と会長が小さくため息をついた。

「素質は凄かったったって、オヤジはしょっちゅう言ってました。でも網膜剥離《もうまくはくり》っていって、パンチで視力が落ちていたのに、それを隠して試合に出て、一発で相手にノックアウトされて……その時に足の腱《けん》を切って、引退したんですよ。それで、オヤジがこのジムをオープンした時、トレーナーとして雇ったんです」

マジかよ、とモモコが口を尖らせた。

「ヤバいじゃん、そんな怪我するなんて聞いてない。愛ちゃん、帰ろう」

待ってください、と前に回った会長が両手を広げた。

「そんな殺生《せっしょう》なこと言わないでくださいよ。昔、危険なことがあったのは事実です。でも、今じゃドクターだって必ずついてますし、ストップのタイミングも早くなってます。試合前後のメディカルチェックだって厳しくなってるし、危ないことなんてありませんよ」

絶対怪我なんかしたくない、とモモコが出口に向かった。お願いですから、と会長が手を合わせて拝んだ。

「百歩譲って、ボクシングに多少の危険があることは認めます。でも、お二人はボクササイズ教室に入るんですよ？　目的はダイエットとか運動不足解消で、それだけのことじゃないですか。危ないことなんて、ひとつもありません。信じてください」

そりゃまあ、とモモコが足を止めた。

「サンドバッグを叩くだけだもんね、怪我なんかしないだろうけど」

お願いします、と会長が悲鳴のような声をあげた。

「今なら入会金は無料ですし、さっきも言いましたけど、二カ月分の会費もタダですし、その後の月会費だって、一万円ですよ？　スポーツジムより全然安いですし、ウエイトの器具だって揃ってます。怪我なんて、絶対させません。約束します」

どうする、とモモコが言った。わからないけど、とあたしは答えた。

「モモコは運動をした方がいいと思う。ここじゃなくてもいいかもしんないけど」

サービスしますから、と会長があたしたちの肩を揉んだ。

「わかりました、わたしもこの辺じゃそれなりに顔が利きます。駅前のカラオケハウスとハンバーガーショップの無料券もつけちゃいましょう。お願いですから入会してください！」

うちだって鬼じゃない、とモモコが会長の肩に手を置いた。

「いいよ、入ってあげる。世の中、助け合いだよね」

ありがとうございます、と会長が目に涙を滲《にじ》ませた。だけど愛ちゃんは無理かも、とモモコがあたしの肩をぱんぱん叩いた。

「子供がいるから、世話しなきゃならないし」

それは電話で説明したじゃありませんか、と顔を上げた会長が顔を拭った。

「わたしには姪《めい》っ子がいて、近くの保育園で保育士のパートをしてます。午後からはうちのジムでバイトしてるんで、あの子に面倒をみさせれば大丈夫です。前にはそういうママさんがいたんで、受け入れ態勢は万全なんです」

愛ちゃん、とモモコがにっこり笑った。わかった、とあたしは渋々ながらうなずいた。

3

そんなふうにして、あたしたちは永倉ボクシングジムに入会した。ボクササイズ教室は毎週月、水、金曜日、仕事終わりの午後六時から、一時間のコースだ。

はっきり言って、練習は緩《ゆる》かった。最初の話では、一から十まで手取り足取り何でも教えますということだったけど、入会時の体力測定で、あたしもモモコもそこまでのレベルじゃないとわかったらしく、とりあえずジムの中を走ってくださいとか、ラジオ体操をしましょうとか、それぐらいしか言われなかった。

ボクサイズ教室に通ってくるのは全員女性で、女子大生なんかもいるけど、ほとんどが主婦だった。彼女たちも、あたしたちとレベルはそんなに変わらない。入会金や会費が無料になったのは、たいした指導をするわけじゃないから、当然かもしれなかった。

サンドバッグやパンチングボールを叩くのも、見よう見真似でやるだけだ。ウエイトトレーニング用の機材は常にセットされている。使わないで遊ばせておくより、誰かが利用した方がいい、ということらしい。

ただ、あたしにとって、ひとつだけいいことがあった。唯愛の遊び場所ができたのだ。

ジムは午後一時にオープンする。その時間帯に通ってくるのは、学生かボクササイズ教室の主婦たちだ。人数は少ないけど、事故があったりすると大変だから、必ずジムの人間がついていなければならない。

基本的には永倉会長がいるのだけれど、用事があったりして出たり入ったりすることも多い。そのため、午後から常勤しているのは、会長が言っていた姪の原田望《のぞ》美《み》ちゃんという二十三歳の女の子だった。

大学を卒業したばかりで、午前中は近所の保育園でパート保育士として働き、その後はジムでアルバイトをしている。保育士さんだから、子供の扱いもうまい。彼女が唯愛の面倒を見てくれることになった。

望美ちゃんが働いている保育園が希望荘に近かったので、ジムへ来る前に唯愛を迎えに行ってもらうようにお願いした。お昼ご飯は済ませてあるし、六歳のわりに大人びた子だから、望美ちゃんにとってもそれほど負担にはならないはずだ。

アニメスラムでの仕事が終わると、唯愛を永倉ジムへ迎えに行くのが習慣になった。その時間になると、トレーナーやジムの練習生、ボクササイズを終えたママさんたちもいるから、あたしとモモコが練習をしている間も、誰かが世話をしてくれた。

一日中部屋の中にいるより、ボクシングジムの方が唯愛も楽しいようだ。笑顔が増えて、ずいぶん気が楽になった。それだけでも、ジムに入会して良かったと思った。

あたしとモモコは六時から七時まで練習をして、備え付けのシャワーを浴びて帰る。ボクシングの練習に通ってくる人たちは、会社や学校が終わってからやってくるので、ほとんどすれ違いだ。

練習生と呼ばれているその人たちは、全部で三、四十人ほどだった。本格的にプロを目指している人もいたし、大学のボクシング部の人なんかもいた。ストレス解消とか、久しぶりにやってみたくなってとか、そんな人もいたし、子供の頃ボクサーに憧れていて、四十歳を過ぎてから気分だけでも味わいたくて、と通ってくる人もいた。

会長はプロボクサーの息子だけれど、ボクシング経験はまったくないそうだ。殴ったり殴られたりとか、そういうの嫌じゃないですか、と真顔で言ったのにはびっくりした。それでよくボクシングジムの会長になったものだ。

夜の時間帯に通ってくる練習生たちに教えるのは、例の沖田というコーチだった。ボクササイズといっても、あたしやモモコがやってるのは一種の遊びだ。帰り際、練習生のトレーニングを見ることがあったけど、何から何まで全部違った。

遊び気分なんて一ミリもないし、沖田の教え方は昭和そのもので、怒鳴りつけるのは当たり前だし、時には手が出ることもあった。

仕事の都合で、あたしたちがジムへ行くのが遅くなることもあって、練習生のトレーニングを間近で見ることが何度かあった。そんな時はシャワーもそこそこに、逃げるようにして帰った。怖くて、見ていられなかった。

準備運動のストレッチとか、縄跳びとかランニングならともかく、スパーリングといって練習生がリングに上がって試合形式の練習をする時は特にそうだ。ヘッドギアという防具をつけてパンチを打ち合うのだけど、当たった時の衝撃は凄まじかった。

当たりどころが悪いと、鼻血が出たりする。鼓膜《こまく》が破れることもあるというから、本気で怖かった。

意外とモモコは平気で、ちょっと見ていこうよと誘われたりもしたけど、あたしは耐えられなかった。真利男のことがフラッシュバックするせいもある。殴られる恐怖は、殴られたことのない人間にはわからない。

会長の説明によると、あたしたちが思うより危険ではないらしい。そこまで激しいスパーリングをするのは、プロを目指している練習生だけですから、というのが会長の言い分だった。

「基礎体力もしっかりしてるし、攻撃も防御も身についてます。その上でのスパーリングですから、お互い限度もわかってますしね」

わたしがここの会長になってからは、骨折どころか捻挫《ねんざ》した者もいませんと胸を張った。

「それに、桃園様も大崎様も含め、女性会員の皆様にはスパーリングなんかさせませんから」

会長の言う通りだった。あたしたちがやるのは、主にサンドバッグを叩くだけだ。

たまに、ボディプロテクターをつけた練習生が相手をしてくれることもあったけど、その時だって向こうはパンチを打たない。こっちが一方的に攻撃するだけだから、それで怪我したら自己責任だろう。

「怪我はさせませんよ」

ちょっと能天気なところが会長にはあったのだけど、そこだけは真剣だった。

「ボクササイズのレベルなら、間違いなく怪我は防げます。バンデージをしっかり巻いておけば、突き指なんかもしません」

ジムの人たちはみんな手に包帯を巻いていたけど、それはバンデージといって拳を保護するためのものだった。会長はプロの経験こそなかったけれど、バンデージの巻き方は上手《うま》かった。

「いやホント、ちょっと世間は誤解しているっていうか」決まり文句のように、会長は毎回同じことを言った。「ボクシングは危険なスポーツと思われてますけど、そうじゃないんです。野球だって、デッドボールとかあるでしょ？」

練習中の怪我とかもあります、とあたしはうなずいた。病院で働いていると、年に何人かはそういう人が運ばれてくることがあった。

「サッカーだって、走っててぶつかったり、スパイクで傷つけられたり、わたしに言わせればずいぶん危ないですよ。でも、ボクシングは違います。常に一対一だし、いきなり後ろから殴られることなんてあり得ません。管理さえしっかりしていれば、もしかしたら一番安全なスポーツかもしれませんよ」

一番は言い過ぎだろうと思ったけど、永倉ジムの安全管理が徹底してるのは本当だった。絶対安全安心がうちのジムのモットーなんです、と会長が笑った。

「どうですかね、桃園様も大崎様も、女性のお知り合いで入会したい、みたいな方に心当たりはありませんか」

入会して半月ほど経った頃、会長がそんなことを言い出した。女性会員を増やしたいそうだ。

「今、ジムには女性会員が十人ほどいるんですけど、最低でも倍にしたいんですよ」

どうしてと質問したモモコに、男だけが相手じゃ食っていけませんから、と会長が答えた。

「イメージが良くないのは、わたしもそう思ってます。女性が入りにくい感じがありますよね？　それはオヤジの世代の悪いところで、スポーツというよりケンカの延長みたいな考え方をしてましたからね。昔はそんな連中ばっかりだったのも本当です。でもね、時代は変わりましたよ」

お父さんからジムを継いだ時、全面的に内装をリニューアルしたそうだ。他にハウスクリーニングの業者を定期的に入れてるし、新しい練習器具も揃えてますと会長が言った。

「人は見た目が九割っていうじゃないですか。ジムも見た目が大事でしょ？　薄汚いとか汗くさいとか、そんなとこに通いたくないですよね。だから、うちのジムは掃除だって欠かしません。そうでもしないと、女性会員が入ってくれませんから」

「だけど、ボクシングって……やっぱり男の人がやるスポーツですよね」

昔と比べたら、やりたい男が激減してるんですよ、と会長が唇をすぼめた。

「うちだけじゃありません。よそのジムも事情は同じです。わざわざ痛い思いなんかしたくないんですよ、最近の若い奴らは。そりゃ当然です。わたしだってそうですもん。だけど、女性は増えてるんですよね。ボクシングっていうより、ボクササイズの方ですけど」

なるほど、とあたしはうなずいた。永倉会長は意外と経営センスがあるようだ。

今、世間でボクシングの人気がどうなっているか、詳しいわけじゃないけど、何となくわかる。あたしが知ってる限り、テレビのゴールデンタイムで放送されることはめったにない。

だって、イメージが悪い。昔チャンピオンだった人を、テレビのバラエティ番組で見ることがあるけど、その扱いははっきりいっておバカタレント枠だ。

殴ったり殴られたり、痛い思いをして待っているのがそんな人生なら、誰だってやりたいと思わないだろう。

野球選手のイチローだったり、二刀流の大谷《おおたに》はわかるし、サッカーの本田《ほんだ》ケイスケとか長友《ながとも》は知ってる。だけど、日本のボクシング界の現役チャンピオンの名前を言える人がどれぐらいいるだろう。

そういう時代なんです、と永倉会長がうなずいた。体を鍛えるにしても何にしても、ボクシングをやりたいと考える男の人は少ないし、これから先も増える見込みはない。

だけど、女性は事情が違う。だって、女性にとって、ダイエットは永遠の夢だ。病院に勤めていた時に聞いた話だと、スポーツジムの会員の半分以上は女性だそうだ。運動不足やストレス解消のために通うのは男の人もそうだろうけど、女性には他にダイエットやスタイルアップという目的もある。ジムに通う意味が男性以上に大きい。

何だかんだいって日本は男性社会で、女性の方がフラストレーションを余分に溜めている。どこかにそのイライラをぶつけたいって思ってるけど、なかなかそんな場所はない。

ボクシングジムならサンドバッグを叩くこともできるし、防具をつけているトレーナーを殴ったっていい。そうやって考えると、女性のボクササイズ人口が増えているというのはよくわかる。会長が女性会員を増やしたいと力説するのは、もっともな話だった。

男だけを相手にしてたら、とっくに潰れてましたよと会長が歯を剝き出して笑った。

「十年前、オヤジの跡を継ぐことになった時、ボクササイズ教室を開いて、女性会員を募集するって決めたんです。古参の会員とか、沖田さんもそうですけど、昔からいたコーチなんかには文句を言われましたよ。ボクシングを馬鹿にしてるのかって、辞めた人もいます。でもね、強引に押し切って正解でした。今じゃ女性会員のおかげで、どうにか経営を回せてるんです。ボクシングなんて、そんなもんなんですよ」

だからお二人とも、いつまでも会員でいてくださいね、と会長が何度も頭を下げた。

4

ジムに入会してひと月経った頃、体重が落ちないんですけど、とモモコが文句を言うようになった。

「どういうことなの会長。これって詐欺《さぎ》商法？」

十一月中旬、そろそろ肌寒くなり始めていたその日、ジムに来るなりモモコが喚《わめ》いた。飛び出してきた永倉会長が、そんなことはありませんと揉み手しながら言った。

「最近、モモコさんのスタイルがよくなったと、ジム生の間でも評判です。シルエットがすっきりしたと――」

嘘つくな、とモモコが地団駄《じだんだ》を踏んだ。

「体重、全然落ちないじゃん！　落ちたの、最初の一週間だけだよ。七九キロになって、やった、スゲエって思ったけど、そんなのぬか喜びっていうか、半月経ったら元に戻っちゃった！　どうしてくれんの！」

元に戻ったというのは嘘だ。先週、モモコと一緒に病院へ行った時、ドクターがモモコの体重が八四キロになったと言っていた。つまり、ボクササイズを始める前より、ちょっとだけ体重が増えているのだ。

でも、それは仕方ない。永倉ジムに通うようになってから、モモコの食欲は爆発的に増進していた。

「だって、しょうがないじゃん」会社のデスクでポテトチップをバリバリ食べながら、モモコが言った。「今までゼロ運動だったうちが、いきなりボクササイズなんか始めたら、そりゃ大変だよ。うち的に言ったら革命が起きてるんだ」

「そうかもしれないけど……」

「体がついていかない。仕事にも差し支える。食べなかったら、栄養失調で倒れちゃう」

そんなことはないと思う。

「あんだけ運動してるんだよ？　どんだけカロリー消費してるんだって話で。少しは食べなきゃマジでヤバい」

かもしれないけど。

「それに、ちょっとぐらい食べたって、運動してるんだから、それでチャラじゃん？　ていうか、食べてる以上にやってるって。それなのに痩せないって、どういうことよ」

ボクササイズを始めたのはいいことだと思うけど、それだけじゃ体重は落ちない。食生活も管理しないと無意味だと、何度も繰り返し説明しているのに、モモコは朝からファストフードのモーニングセットを二人前テイクアウトして、仕事をしながらきれいに平らげる。昼まで待てないと、買い置きのスナック菓子もバクバク食べる。

ランチは必ずナカゴメ屋の激辛モンゴルラーメンの大盛りだし、その後もコンビニのフライヤーに入ってるフランクフルトやフライドチキンなんかを、二リットルのコーラと一緒に流し込む。

ボクササイズの日は、練習が終わった後、一人焼き肉をしているらしい。それで体重が落ちたら、逆に心配だ。

「どうして体重が減らないわけ？　ねえ会長、何とか言いなさいよ。どうしてくれんの、金返してよ！」

クレーマーというより、悪質な闇金みたいなことを言い出したモモコに、会長がいつもの説得を始めた。ダイエットには停滞期というものがあって、という話だ。

もちろん会長だって、体重が落ちないのは自己管理が甘いからだと言いたいだろう。でも、そんなことを言えば、モモコがジムを辞めるとわかっているから、訳のわからない言い訳をして落ち着かせるしかない。

モモコのクレームがようやく収まり、それぞれ着替えてストレッチを始めた。実をいうと、あたしはちょっとボクササイズにはまっていた。

多くの女性がそうであるように、あたしも運動不足だった。何かしなきゃというのは、誰もが同じことを考えているだろう。半ば成り行きだったけど、ボクササイズを始めて良かったと思う理由のひとつはそれだ。

いいところは他にもある。個人競技だから、周りのことを考えなくていい。

あたしはどうしてもいろんなことに気を遣ってしまう性格だから、チームプレーが苦手だ。その点、ボクササイズは基本的にすべてを一人でやるので、精神的に楽だった。

サンドバッグを叩いていると、いろんなことを考えないで済んだ。真利男のこととか、生活の不安とか、唯愛の学校とか、そんなことも全部頭から吹っ飛んだ。何を考えてもネガティブになってしまうあたしには、そんな時間が必要だった。

まったくの初心者だから、教わったことを教わった通りやるだけで、一方通行のコミュニケーションだったけど、その方が良かった。ボクシングはあたしに向いたスポーツなのかもしれない。

いつものように縄跳びをしてから、サンドバッグに向かった。嫌なこととか辛いこととか苦しいこととかを振り払うように、何発かパンチを放っていると、すぐ頭の中が空っぽになった。フォームも何もあったもんじゃないけど、楽しいんだからそれでいい。

ジムではすべてが時計で支配されている。三分計といって、三分経ったらアラームが鳴り、休憩する。一分後、またアラームが鳴ると、それが練習再開の合図だった。

一度でもやってみればすぐわかるけど、三分間休みなくパンチを打ち続けるのは、本当にキツい。あたしもモモコも、初日なんか三分どころか一分で腕が上がらなくなった。ただサンドバッグを叩くだけで、こんなに疲れるものなのか。

会長や先輩の練習生の話だと、誰でもそうらしい。正しいフォームが身につけば、ある程度楽になるし、体力がついてくると、そこまで辛くなくなるという。

実際、ひと月ジムに通っているうちに、どうにか三分連続でサンドバッグを叩き続けることができるようになっていた。でも、一分のインターバルを挟んだだけじゃ、腕力が戻らない。

いつものように、次の三分をストレッチに切り替えた時、唯愛を相手にバランスボールで遊んでいた会長の姪、望美ちゃんが声をかけてきた。

「愛さん、いい感じでパンチ打てるようになったね」

自分ではよくわからないけど、そう言ってもらえて、ちょっと嬉しかった。誰かに誉《ほ》められるなんて、初めてだったから。

永倉会長はどちらかというと風采《ふうさい》の上がらない人で、男性としての点数はかなり低いけど、姪の望美ちゃんは美人だった。最近の子はみんなそうだけど、スタイルがよくて手足が長い。色白で、いつも笑ってる。感じのいい子だ。

女子大を出たのはいいけど、昨今の就職事情は厳しく、正規の保育士さんとして働くことができなかったそうだ。ようやく半年ほど前から、近くにある無認可保育園でパートの派遣保育士として働くようになった。

朝の登園からお昼ご飯まで園児の面倒を見る、というシフトだと聞いていたけど、無認可の保育園だと、そんなこともあるのだろう。

正式に保育士さんとして採用されるまで、永倉ジムでバイトをしていると本人から聞いたけど、もっといい仕事があるんじゃないかって思ってた。二十三歳の女の子が選ぶ働き口じゃないだろう。

ただ、ボクシングというスポーツが好きなのは、見ていればわかった。知識も豊富だし、彼女が練習生にアドバイスすると、それだけで見違えるほど巧《うま》くなったりする。おじいさんがチャンピオンだったから、その血を受け継いだということなのかもしれない。

練習生たちの間で、会長の評判はあまりよくない。会長はボクシングのことを何にもわかっていないから、と笑う人もいたぐらいだ。本人もボクシングには興味がないと常々言っている。

その点、望美ちゃんの評価は高かった。優しいし、初心者に教えることもできる。本職のコーチなんかより、よっぽど上手だ。

そんな望美ちゃんが、いい感じでパンチ打てるようになったねと言ってくれた。ボクササイズ教室に通ってくる生徒への、ちょっとしたお愛想だってわかってたけど、嬉しいものは嬉しい。

三分のストレッチを終えて、そのままサンドバッグに向かった。インターバルなんか、取る気になれない。

休もうよお、と床にしゃがみ込んだままモモコが言ったけど、無視してあたしはパンチを打ち始めた。

5

行こうよ、と声をかけたけど、何も応《こた》えず、モモコが少し速足になった。

十二月に入り、大久保の街を吹く風が冷たくなっていた。そろそろ、あたしと唯愛の冬物のことを考えなければならない。そういう季節だった。

二カ月が経ち、モモコはボクササイズ教室をサボるようになっていた。最近では週一回しか顔を出さない。

もう飽きた、と駅へ向かう道を進みながらモモコが肩を揺らした。

「愛ちゃん、スゲエよ。よく続くね。つまんなくない？」

そうでもない、とあたしは答えた。練習が単調なんだよ、とモモコが文句を言った。

「毎回、ジムの中走って、ストレッチと縄跳びやって、シャドーやってサンドバッグ叩いて、その繰り返しじゃん？　うち、もういいよ」

毎回の練習内容がほとんど変わらないのは、モモコの言う通りだった。コーチとか練習生が時々ミット打ちの相手をしてくれるぐらいで、それだっていつもじゃない。だけど、スポーツの練習って、ある程度ルーティンなものだろう。

「何かさあ、疲れちゃうわけよ。体重は落ちないし、具体的な目標があるわけでもないし」モモコが大きく伸びをした。「別にボクササイズが嫌だとか、そんなこと言ってるんじゃない。うちには合わないんだ、ああいうの」

「だけど……」

そうだよ、と道の真ん中で足を止めたモモコが振り返った。

「うちがやりたいって言った。一人じゃ続かないから、愛ちゃんを誘った。付き合わせた。それは認める。うちが行かないと、愛ちゃんがやりにくいっていうのはわかるよ。責任感じてます」

最後だけ、妙に丁寧な言い方だった。だったら行こうよって言ったけど、筋肉痛でさ、とモモコが目を逸《そ》らした。

「悪いって思ってる。だから、会長に話して、愛ちゃんの会費を三カ月分払っておいた」

聞いてる、とうなずいた。今月いっぱいで、無料お試し期間が終わる。あたしの給料だと、毎月一万円なんて払えない。それを知ってるモモコが、先回りして会費を払い込んでくれていた。

「罪滅ぼしだから、気にしなくていい。誘ったの、うちだもんね。アニメスラムの正社員になったら、ボーナスで返して」

気を悪くなんてしてない。むしろありがたかった。唯愛にとって、永倉ジムはどうしても必要な場所になっていた。今さら辞められない。

モモコにも話してないことがあった。本当は唯愛は小学一年生で、だけど真利男に見つかるとまずいから、学校に行ってない。

外に出たいだろうし、友達と遊びたいだろう。唯愛はあたしと違って、コミュニケーション能力が高いから、幼稚園の時から友達が多かったし、数カ月通っただけの小学校でもそれは同じだった。寂しがり屋だから、一人でいるのは辛いはずだ。

わかっていたけど、どうすることもできなかった。学校に通わせるわけにはいかないし、あたしがいない時、一人で外出させるのは危ないから駄目だ。

そんな唯愛を預かってくれるのは永倉ジムだけで、会長も望美ちゃんも子供好きだし、練習生もみんなそうだった。

ボクシングって集中力のいるスポーツだから、ずっと練習を続けているわけにはいかない。休憩も必要だ。そんな時、唯愛の相手をするのが、誰にとってもいい息抜きになっていた。

現役保育士の望美ちゃんなら、任せても安心だ。あたしがジムに通い続けているのは、その意味で唯愛のためだった。

それはモモコも察していたようだ。会費を払ってくれたのも、あたしのためというより唯愛のためなんだろう。好意がありがたかったし、嬉しかった。

結局、その日モモコはジムに行かなかった。ボクササイズの練習は一人でやるしかないから、いなくても構わないのだけれど、やっぱりそれだとつまらない。お喋りなモモコが何やかんや茶々を入れてくるのがリズムになっていたから、何となく寂しかった。でも、行きたくないと言ってるのに、無理やり引っ張っていくわけにもいかない。

スポーツは何でもそうだと思うけど、やってみて初めてわかることがある。二カ月が経って、それなりに慣れていたから、練習生の人たちも単純な基礎練習だけじゃなく、次はどうすればいいか、少しだけ実戦的な練習法を教えてくれるようになっていた。

それまでほとんど自己流で打っていたパンチが、言われた通りにしてみるとスムーズに打てたりして、結構合理的なんだなあと驚かされることもしょっちゅうだった。

学生の頃、運動した経験はほとんどない。高校までは体育の授業があったけど、好きじゃなかった。

運動神経が鈍いわけじゃなくて、体力はある方だ。でも、友達がいなかったから、バレーとかバスケみたいなチームプレーが必要なスポーツが苦手だった。

部活に参加したこともないし、やってみたいと思ったこともない。専門学校の時は、そんな機会さえなかった。

だけど、永倉ジムの人たちはみんな親切で、どうしたらいいかわからないでいると、誰かが教えてくれた。経験がないあたしは、教わったことをそのままやるしかなかったし、むしろそれが良かったのだろう。

いちいち、どうしてですかとか、何でそんなことをしないといけないのとか、説明を求めなかったから、みんなも気分よく教えることができたのかもしれない。

ジムに着いて、そのままロッカールームに直行した。永倉ジムは女性会員のための施設が充実している。ロッカーもシャワーも、女性専用のものがあった。

着替えていたら、ジムで顔見知りになったママさんが入ってきた。狭山《さやま》さんといって、あたしより三、四歳上の主婦だ。

お疲れさまですと挨拶すると、唇に指を当てて、ちょっとちょっとと手招きした。

「……何ですか？」

静かに、と手で制した狭山さんが、あたしの腕を引っ張った。指さしたのはリングのすぐ横にあるストレッチ用のスペースだった。

「お願いします、愛さんにボクシングを教えてあげてください」

頭を下げていたのは望美ちゃんだった。その手を握っているのは唯愛で、前に立っていたのは沖田という例のおっかないオジサンだ。

さっきからずっと続けてるの、と狭山さんがあたしの耳元で囁いた。

「だけど、沖田さんは全然相手にしなくて……ああいう人でしょ？　話を聞こうともしないし」

どういうことなんですかと尋ねたあたしに、よくわからない、と狭山さんが首を振った。

「あたしがジムに来る前から、奥のミーティングルームで話してたみたい。たぶん、一時間以上前からだと思うけど」

「一時間も？　あたしにボクシングを教えろって？」

だと思う、と狭山さんがうなずいた。ちょっと待って、ボクシング？　ボクササイズじゃなくて？

「どうしてそんなことを言い出したのか、それもわからない。でも、前から頼んでたみたいね」

あたしが来た時はいませんでしたと言うと、愛ちゃんがロッカールームに入った時、二人が出てきたのと狭山さんが言った。

「ちょっと険悪な雰囲気だから、今行かない方がいいよって、言っておいた方がいいと思って」

望美ちゃんは何を考えているのだろう。沖田は昔流に言えばスパルタ方式のコーチだから、そんな人に教わりたくないと、コーチを拒否してる人も練習生の中にはいた。

あたしだって、沖田に教えてほしいなんて思ってないし、そもそもボクシングをやるつもりもなかった。あたしがやってるのは、あくまでもボクササイズで、それ以上でも以下でもない。

「お願いです、愛さんにボクシングを教えてあげてください」

望美ちゃんが深く深く頭を下げている。沖田が腕を組んだまま、苦々しい表情を浮かべている。何がどうなっているのか、あたしにはさっぱりわからなかった。

ラウンド4／ノット・アローン

1

愛さんに教えてあげてください、と頭を下げたまま望美ちゃんが言った。気づくと、ジムから音が消えていた。

「これから仕事なんですよ」

腕を解《ほど》いた沖田が面倒臭そうに首を曲げて、休んでんじゃねえぞ、とぼんやり二人を見ていた大学生の男の子に鋭い声で言った。

話を聞いてくださいと望美ちゃんが言ったけど、意味がありませんよと首を振った。

今、永倉ジムにはプロの選手が一人もいない。それはタイミングによるもので、二人いたプロが揃って夏前に引退したからだ。

でも、もちろんプロを目指してる人や、大学の部活でやってる人、インターハイに出場経験のある人なんかもいて、沖田はそういう選手しか教えない。ボクササイズ教室に通ってくる女性のジム生には、声もかけなかった。

ムカつくよね、というのがあたしたちボクササイズ生徒に共通する沖田評で、もちろん狭山さんもその一人だ。教えてほしいなんて思ってもいないし、その気もないけど、ろくに挨拶もしないし、不愉快そうな目で見るのってどうなのか。コーチとしてじゃなく、人としてダメだろう。

沖田さんがボクササイズ教室に反対なのはわかってます、と望美ちゃんが顔を上げた。

「沖田さんの世代の人なら、それは仕方ないのかなって思います。でも……」

そんなつもりはありません、と沖田が手の先だけを振った。

「運動不足やストレス解消のために、サンドバッグを叩きたいって言うんなら、それはそれで認めなきゃならんでしょう。少なくとも、悪いことじゃない」

「だったら――」

ですが、と沖田が唇を引きつらせた。微笑んでいるつもりらしい。

「ボクササイズは安全だと会長は言ってますし、自分もそう思います。でも、ボクシングは決して安全じゃありませんよ。昔よりずいぶんマシになったのは本当ですけど、危険であることは変わらないんです。女性がやるもんじゃない」

望美ちゃんの頬に赤みが差した。差別してるわけじゃありません、と沖田が声のトーンを落とした。

「現実の話をしています。男と女じゃ、骨格が違う。体の造りも筋肉の質もね。何だって、向き不向きってものがあるでしょう。女の人には向いてないスポーツなんです」

それはわかっています、と望美ちゃんが抑えた声で言った。

「安易な気持ちでやるべきじゃないと、あたしも思ってます。今まで、ボクササイズの練習に通ってくる女性にボクシングを教えてほしいって頼んだことはありません。でも、愛さんは……」

あいつが何だって言うんです、とロッカールームのドアを開けたあたしに沖田が顎《あご》の先を向けた。

「始めて三カ月も経ってません。ろくにパンチングボールも打てないんですよ。自分にどうしろと？」

教えてあげてください、と望美ちゃんが沖田の顔を正面から見据えた。

「愛さんは初心者です。技術がないのは当たり前でしょう？　だから、正式に教えてあげてほしいんです」

「教えて、どうなるっていうんです」

「どうなるって……」

前髪に手を当てた望美ちゃんに、沖田が右のパンチを宙に向けて軽く放った。

「今よりまともなパンチが打てるようになったとして、それでどうなると？」小さなため息が漏れた。「どうにもなりませんよ……お前、何歳だ？」

いきなり聞かれて、反射的に三十三ですと答えた。そうだったな、と沖田が薄笑いを浮かべた。

「三十三の女が真面目にボクシングをやって、それからどうしろと？　プロのライセンスまでは取れるかもしれません。年齢はぎりぎりですがね。だけど、そこまでです。一試合か二試合、記念に出ますか？　女子のプロボクサーはそんな連中ばっかりです。あいつらにとって、ボクシングはその程度のものなんですよ。自分が教えたって、意味はありません」

「でも――」

試合に出たって、ファイトマネーが入ってくるわけでもないんですと、望美ちゃんの言葉を遮るように沖田が言葉を継いだ。

「男だってそうですが、奴らにはまだチャンスがある。チャンピオンになれば、それなりの見返りがありますからね。でも女子はどうです？　女子のチャンピオンのファイトマネーがいくらか、知らないわけじゃないでしょう」

五万か十万か、と望美ちゃんが小鼻の辺りをこすった。

「でも、お金じゃないんです。愛さんは――」

金ですよ、と沖田が冷たい声で言った。

「ボクシングは金のためにやるもんです。そうじゃなきゃ、誰もこんな辛いことはしませんよ。どんなに練習が辛いか、わかってるでしょう？　たった一試合、トータル三十分もない試合のために、何カ月もひたすら地味できついトレーニングを重ねなきゃならない。減量だってある。ダイエットと減量は違いますよ。自分も詳しくは知りませんが、女性の場合、生理が止まることもあるっていうじゃないですか」

聞いたことがあります、と望美ちゃんがうなずいた。こんなに報われないスポーツはないんです、と沖田が肩をすくめた。

「選手生命は短いし、一発のパンチのダメージで、その後の人生を棒に振る奴もいる。安全になったってＪＢＣは言いますけど、練習中も含めれば年に一人や二人は死んでるんです。真剣にやったって、何もいいことはありません。この子を親がいない子供にしたいですか？」

そんなの嫌だろ、と沖田が腰を屈めた。唯愛が怯えたように一歩下がった。

「健康のためのボクササイズ教室、というのはわからなくもないんです」慰めるように沖田が言った。「走ったり泳いだりすりゃあいいとも思いますが、ボクシングだって立派な運動です。だからボクササイズ教室は認めています。ただ、会長と話して、自分はノータッチということにしてもらいました。男だってそうですが、女に怪我なんかさせたくないですよ」

しばらく黙っていた望美ちゃんが、そうじゃないですよね、とつぶやいた。

「沖田さんが素質のある優秀なボクサーだったという話は、いろんな人から聞いてます。全日本クラスのチャンピオンになるのは間違いないし、世界のベルトに手が届くんじゃないかって期待されてたことも……それがプレッシャーになって、目の病気を隠して試合に出て、相手のパンチを受けて倒れた時、足の腱を切って引退を余儀なくされたのも知ってます。悔しい気持ちはわからなくもありません。でも、過去に縛られ過ぎてませんか」

「過去に縛られてる?」

「あのまま順調に行けば、チャンピオンになれたはずだ」そう思ってるんですよね、と望美ちゃんが言った。「自分に自信があって、他人を見下すようになった。今のボクサーは甘っちょろい。腑《ふ》抜《ぬ》けで根性がない。ましてや女がボクシングやるなんて笑わせるな、そう思ってますよね」

笑っちゃいません、と沖田が横を向いた。

時代は変わってるんです、と望美ちゃんが床を強く踏んだ。

「愛さんがプロを目指すべきだとか、そんなことは言ってません。でも、あたしには愛さんの素質がわかります。体格は小さいけど、パンチ力があるんです。今みたいなボクササイズじゃなくて、もっと本格的なボクシングを教えてもいいと思うんです」

「だから、教えてどうなるっていうんです」

プロになったっていいし、と望美ちゃんがあたしの顔を見た。

「そうじゃなくても、アマチュアの試合に出場するとか……」

何のためです、と沖田が顎を指で掻いた。

「三十三歳なんですよ？　若い選手の噛ませ犬になるだけです。惨《みじ》めなもんですよ、あれは……怪我するか、心が折れるか、どっちにしても傷ついてリングを降りるしかありません。かわいそうだと思いませんか？　そんなことしたって、意味ないでしょう」

「そんなの、わからないじゃないですか」

どうすりゃいいんだというように後頭部に手を当てていた沖田が、横にあった棚からグローブを取って、あたしに放った。

「そいつを着けてリングに上がれ」

足を引きずりながらロープをくぐった沖田が、早くしろ、とコーナーポストを叩いた。どうしていいのかわからないまま望美ちゃんを見ると、彼女も首を傾げていた。

「他人を殴ることの意味が、お嬢さんにはわかってないんです」練習用の軍手をはめた沖田が言った。「いいか、おれはパンチを打たない。お前はここへ上がって、おれの顔を殴れ。それができるんなら、ボクシングを教えてやる」

教えてほしいなんて言ってない。それに、沖田のことは嫌いだけど、殴りたいほどじゃない。

近づいてきた望美ちゃんがあたしの手にグローブをはめて、一発でいいから沖田さんにパンチを入れて、と囁いた。

「愛ちゃんならできる」

真剣な表情に、思わずうなずいてしまった。沖田の一方的な言い分に、苛《いら》ついていたのも本当だ。

時計、と足を引きずりながら沖田が命じた。はい、と返事をした練習生の男の子が時計の側に立った。

「三分だ。三分の間に一発でも顔にパンチを当てたら、ボクシングを教えてやろう」約束する、と沖田が言った。「六十のジイさんだとか、足がどうとか、そんなことは考えなくていい。わかったか」

あたしもロープをくぐった。約六メートル四方のリング。広いわけじゃない。沖田はパンチを打たないと言った。六十歳を過ぎてるとはいえ、元プロボクサーだ。

軍手をはめただけの手で女の顔を殴るなんて、まともな人間ならできるわけがない。ガードはするだろうけど、一発だったら当てられる。

練習生が三分計のアラームを鳴らした。澄んだ音がジムに広がり、あたしは前に出た。

沖田が引きずっているのは右足で、左足を軸にして動くしかない。思った通り、左へ体を移動させている。進む方向を予想するのは簡単で、先回りすればいい。

いくら六十歳とはいえ、現役のコーチだ。かつてはプロだったのだから、甘く見るつもりなんてなかった。パンチを当てるといっても、手でブロックしたり、頭を振ったり体を反らしたり、躱《かわ》す方法はいくらでもあるだろう。

でも、倒さなきゃいけないとか、クリーンヒットでなければいけないとか、そんなことじゃない。顔に当てるだけだ。

コーナーに追い詰めて、左右のパンチを放てば、一発ぐらいはかするだろう。そんなに難しいことじゃない。

右のパンチを軽く出して、進行方向を塞《ふさ》いだ。足を止められた沖田が後退する。背中の側、一メートル後ろにコーナーポストがあった。そこで行き止まりだ。後は左右から連打を浴びせればいい。

そのはずだったけど、どういうわけかうまくいかなかった。コーナーに追い詰めたと思った瞬間、するりと体を躱《かわ》されて、ロープに沿うように沖田の体が離れていく。

一分、と誰かが叫んだ。見回すと、練習生がリングを取り囲んでいた。みんな、ぽかんとした表情を浮かべている。

その時、あたしの顔を沖田が指で弾いた。デコピンみたいな感じだ。

「打ってこい」

顔が近づいてきた。反射的に、あたしは右のパンチを繰り出したけど、薄笑いを浮かべた沖田がいなすように体を反らした。数センチ、すれすれのところまでいったけど、届かなかった。

打てよ、とまた沖田が手を伸ばして、あたしの顎に触れた。馬鹿にされてる。思わずかっとなって、前に突っ込んだ。

見ていた人たちは、闘牛を連想しただろう。沖田が闘牛士で、あたしが牛。からかうようにあしらわれて、前に出るのだけど、どうしても捕まえられない。

気づくと、呼吸が荒くなっていた。

一分半も経っていないのに、息が切れている。スタミナ切れで、腕も上がらない。

悔しい。イライラする。沖田はあたしの腕が届く範囲にいて、そこから逃げようとしない。手を伸ばせば、グローブの先は届く。

でも、パンチは当てられない。どうなっているのかわからなくなって、とにかく腹が立ってむかついた。

「二分」

また声がした。あと一分だ。どうしてパンチが当たらないんだろう。どうすればいいのか。

一度足を止めた。焦っても駄目だ。落ち着け、息を整えろ。

残り一分、チャンスがあるとすれば一回だけだ。コーナーに追い詰めて、ラッシュするしかない。

沖田の足が左へ動いている。後ろにあるロープが歪《ゆが》んで見えた。

でも、距離はわかる。二メートルもない。そして、沖田の右後方にコーナーポストがあった。

沖田の左前に一歩踏み出して、動きを止めた。これで下がるしかない。思った通り、沖田がコーナーポスト側に二歩退いた。

あたしは右手を横に広げて、いつでも打つぞという構えのまま、じわじわと近づいていった。不意に動きを止めた沖田が両手を下げて、顔を前に出した。五〇センチもない。目の前に顔があった。

殴れよ、と薄笑いを浮かべたまま沖田が言った。

「殴りゃあいい。簡単だろう」

あたしも足を止めた。右でも左でも、パンチを繰り出せば確実に当たる。五〇センチだ。唯愛だって届く。

ラスト三十、という声が聞こえて、それと同時にあたしは右のパンチを放った。

沖田は避けなかった。腕をだらりと下げたまま、顔だけを前に出している。

当たる。当たっちゃう。あたしは目をつぶった。

数秒が経った。目を開けると、自分のグローブが沖田の鼻先三センチのところまで迫っていた。

よけられたのではなく、あたしは自分でストップをかけていた。人間の顔を殴るなんてできない。そんなの無理。

好きじゃないけど、嫌いだけど、憎んでいるわけじゃない。そんな相手を殴るなんて、考えられなかった。

沖田はノーガードで、パンチを避ける気もない。元プロボクサーだって、今は六十歳だ。

いくらあたしが素人でも、何らかのダメージは残るだろう。そんなことはできないと、無意識のうちにブレーキをかけてしまった。

気がつくと、倒れていた。バランスを失ったあたしの額を、沖田が二本の指で押したのだ。

キャンバスに膝をついたまま、立ち上がれずにいると、アラームの音が聞こえた。

わかりましたか、とコーナーに背中を預けていた沖田がリングの外に顔を向けた。

「人間を殴るっていうのは、そんなに簡単なことじゃないんです」

視線の先にいたのは望美ちゃんだった。唇を嚙み締めたまま、唯愛の手を強く握りしめている。

「殴れば、怪我させることになるかもしれません。自分の拳も痛む。心はもっと痛い。こいつはまともな女で、だから殴れない。最初からわかっていました」

立て、と沖田が腕を伸ばした。

「それを乗り越えて他人を殴れる人間だけが、ボクシングをやる資格があるんです。こいつは優し過ぎる。そんな奴にボクシングをやらせちゃいけないと自分は思います。もういいだろう、リングを降りろ」

あたしの腕を取った沖田が、そのまま体を押した。自分でもよくわからないうちに、涙が頬を伝っていた。

「さっさとしろ、練習の邪魔だ」

グローブを外し、キャンバスに叩きつけて、そのままロープの外に出た。涙が止まらなかった。

2

「大丈夫?」

シャワー室から出て、ロッカールームの丸椅子に座ってると、望美ちゃんが入ってきた。うん、とあたしはうなずいた。

「痛みとかは?」

あるわけない、と首を振った。殴られたのではなく、押されただけだ。

あたしの頭にタオルをかけた望美ちゃんが、沖田さんの言ってることも間違いじゃない、と囁いた。

「憎んでいるわけでもなく、恨みがあるわけでもない他人を殴るなんて、普通の人にはできない。でも、それじゃボクサーになれないっていうのもホントだよね」

ボクサーになりたいなんて、ひと言も言ってないとあたしはつぶやいた。わかってる、と前に回った望美ちゃんがあたしの肩に手を置いた。

「でも、女性が真剣にボクシングをやっていけない理由は何もない。運動のためでも健康のためでも、それはそれで正しいけど、でもスポーツとしてのボクシングをやる女性がいたっていい。本気でプロを目指して何が悪いの？」

「悪いとは思わないけど……」

二〇〇七年、ＪＢＣが正式に女子ボクシングのプロ化を認めた、と望美ちゃんが言った。

「あれから十年経った。プロのライセンスを取った女性は二百人近い。ランキングもできて、世界王者も誕生した」

そんなの知らない、とあたしはタオルで顔を乱暴にこすった。望美ちゃんがそのまま頭をタオルで巻くようにした。

「練習してるのを見てて、愛ちゃんはボクササイズ教室に通ってくる他のママさんたちと違うって思った。もっとやってみたい、もっといろんなことを教えてほしいって望んでいるのがわかった。だから、沖田さんにコーチを頼んだの。どうせやるなら、技術的にしっかりしてる人から学んだ方がいい」

　呼び方が愛ちゃんになっていた。他の人と変わらないよ、とあたしは頭《かぶり》を振った。

「ただ、ストレス発散っていうか……思いきりサンドバッグを叩いたり殴ったり、それで十分なの」

　そんなことない、と望美ちゃんが首を振った。

「ボクシングって、本当に面白いんだよ。どんなスポーツより心技体が重要で、どれかひとつでも欠けていたら勝てない。才能も大事だけど、努力すれば勝てる。真剣勝負で、一対一の個人戦。すべてが自分の責任だから、勝った時の喜びは何よりも大きい。あたしだってやりたかった」

　だったらやればよかったのに、とあたしはタオルを頭から外した。ちょっと苛ついていた。

「そんなに好きなら、自分でやればいいんだ」

　できないの、と望美ちゃんが微笑んだ。

「あたし、血友病《けつゆうびょう》だから」

　あたしは口を閉じた。血友病について、知識があった。単純に言えば、出血が止まりにくい病気だ。

七割ほどが遺伝によると言われてるけど、突然変異で発症することもある。九九パーセント、男性しか発症しないけど、ごく稀《まれ》に女性がかかることもある。昔は二十歳過ぎまで生きることができないと言われていたけど、治療法が確立されて、長生きする人も増えている。

でも、完治する病気じゃない。普通の運動だって禁じられる場合が多いし、ましてやボクシングなんてできるはずもなかった。

「あたしはおじいちゃん子だったから」小さい頃、このジムが遊び場だったと望美ちゃんが辺りを見回した。「病気って得だよ。普通の孫以上に可愛がってもらえた。何しても怒られないし、遊びに行きたいって言えば、どこだって連れてってくれた」

強がっているのがわかった。誰だって、病気になんかなりたくない。不自由なことだって、たくさんあったはず。

子供同士で遊んでいると、転んだりぶつかったり、そんなことでも内出血が起きるから、大人が周りにいなきゃならない。でも、ずっとってわけにはいかないから、結局同じ年頃の子供と遊ばなくなってしまう。

おじいちゃん子だっていうのも、四六時中つきっきりになれるのが、おじいちゃんしかいなかったということかもしれなかった。

「いつも一緒だった。おじいちゃんが行くところには、どこでもついていった。後《こう》楽園《らくえん》ホールもそのひとつ」

「後楽園ホール？」

水道橋《すいどうばし》にある多目的ホール、と望美ちゃんが言った。

「愛ちゃんは知らないか。多目的ホールって言っても、実際にはボクシングとかプロレスとか、そういう格闘技のイベントが多いの。そうだ、『笑点《しょうてん》』の収録もしてるよ」

スポーツイベントとお笑い番組のイメージが頭の中でごっちゃになって、よくわからなかった。中学までは毎週のように通ってた、と望美ちゃんが鼻の頭を掻いた。

「女子っぽくないって言えばそうなんだけど、おじいちゃんが行くっていうから、ついていくしかなかった。でも、ボクシングの試合を見てたらやっぱり興味も湧くし、ルールとかわかってくるとだんだん面白くなってきて、高校の頃は一人でも行くようになった。テレビでタイトルマッチとかあれば、絶対見たし、深夜のボクシング中継なんかも欠かさなかった。たぶん、この十年で見た試合数は千を超える」

だから何でも知ってるんだねと言うと、そりゃ詳しくもなるって、と望美ちゃんが胸を張った。

「見てたら、自分でもやりたくなった。スポーツって、何でもそうでしょ？　でも、できなかった。それだけは止めてくれっておじいちゃんにも言われたし、親戚も含めて周りの大人はみんな反対した。あたしだって、できないのはわかってた。しょうがないよ、病気なんだもん。まだ死にたくないし」

笑いながら、望美ちゃんが何度か目をこすった。うっすら涙が滲んでいた。

「そもそも女の子がやるもんじゃないとか、そんなことも言われた。小さい頃は、走るのさえ駄目って禁じられてた。素質があったとしても、それじゃ無理だよね。だけど、ホントはやりたかった。やりたくてやりたくて、でもできないから、よけい悔しかった」

病気のことは、本人でなければわからない。あたしたちみたいな、一番近くにいる看護師でさえ、本当のところはわかっていない。

だから、望美ちゃんの悔しさがわかるなんて言えないけど、伝わってくる何かがあった。

「せめてセコンドを務められるように、トレーナーになりたい。そう思って勉強して資格を取った。ずっと見ていたから、センスのある人、強くなる人がわかるようになった。二十年見続けてきたんだもん、嫌でもわかるようになるって」

望美ちゃんの言葉には、強い説得力があった。うなずいたあたしに、ボクシングって個人競技だって思ってるでしょ、と望美ちゃんが言った。

「そりゃあ……だって、試合は一対一だし。望美ちゃんだって、個人戦って言ったじゃない」

たとえば野球やサッカーがそうであるように、大半のメジャースポーツが団体戦だ。陸上とか体操とか、個人同士の戦いがメインの競技もあるけど、リレーだったり総当たりみたいなチーム戦がある。柔道にも五対五みたいな団体戦があるって、聞いたことがあった。

たぶん、ボクシングも高校や大学の部活だったら、学校同士の対抗戦があるんだろう。でも、イメージとしては一人だけで戦うスポーツだ。

そんなことない、と望美ちゃんが大きく首を振った。

「リングに上がって戦うのは一人だよ。でも、選手を支えてる人たちがいる。コーチだったりトレーナーだったり、スパーリングパートナーだったり。一人で戦ってるんじゃない。仲間と一緒。そういう形でなら、あたしもリングに立つことができる」

「リングに立つ？」

一緒に戦える人をずっと探してた、と望美ちゃんがうなずいた。

「あたしが素質のある人を見つけて、うちのジムで育てる。経験もないのに、選手のことなんてわかるわけないって言う人もいるかもしれないけど、あたし以上に真剣にボクシングを見続けてきた人間はめったにいない。あたしならできるってわかってた」

望美ちゃんと目が合った。無理だよ、そんなの。あたし、できない。

愛ちゃんには素質がある、と望美ちゃんがあたしの肩に触れた。

「背筋がすごく強い。生まれつきのもので、鍛えて身につく筋肉じゃない。可動域も広いから、パンチに威力がある。今は自己流だから全然ダメだけど、きちんと基礎から教われば、もっと強いパンチが打てるようになる」

そんなわけないと首を振ったあたしの手を摑んだ望美ちゃんが、真剣にボクシングをやろうと言った。

「あたしと一緒にプロのリングを目指そう。あたしのためでもあるけど、愛ちゃんのためでもある。いろんなことを諦めなきゃならなくなってる女の人のために頑張ろうよ」

「無理だって」

「勝てるとか、チャンピオンになろうとか、そんなことを言ってるんじゃない」望美ちゃんの手に力がこもった。「やればできるって、沖田さんみたいな男に教えてやろう。諦めなかったら、何でもできるんだって」

無理、とあたしは望美ちゃんの手を振り払って立ち上がった。

「そんなつもりでやってるんじゃないし……殴ったり、殴られたり、そんなの怖くてできないよ。さっきも見てたでしょ？　ガードをしていない沖田さんに、パンチを当てられなかった。怖かったんだ」

立ったまま、お互いを見つめた。しばらく黙っていた望美ちゃんが、何かあったんでしょと囁いた。

「もしかして、DVとか？　暴力が怖い？」

何も答えなかった。話したって、望美ちゃんにはわからない。リミッターの外れた人間の暴力がどんなに恐ろしいか、わかるわけない。

それからどれぐらい睨《にら》み合っていたか、自分でもわからなかった。一分二分じゃない。五分、それとも十分以上だったかもしれない。

「愛ちゃん、生きてる？」望美ちゃんの薄い唇が静かに動いた。「あたし、毎日が怖い」

どういう意味、とあたしは聞いた。普通の人とは違う、と望美ちゃんが囁いた。

「血友病って、切ったら血が止まらないとか、そういうイメージでしょ。でも、それはあんまり怖くない。本当に怖いのは内出血。自分で気づかないうちに、肘や膝がどこかに当たって、体の中で出血が始まってるかもしれない。それが脳だったらどうなるか、いちいち説明しなくたって、看護師だった愛ちゃんならわかるよね」

わかるつもり、とうなずいた。実際の知識もあった。血友病の患者は、明確な原因がなくても、脳内出血を起こすことがある。

自分でもわからないまま意識不明になったり、そのまま死んでしまうこともあり得る。そういう恐ろしい病気だ。

「直接殴られたり、暴力をふるわれたら、それがどんなに恐ろしいか」あたしには想像もできないけど、と望美ちゃんが微笑んだ。「いつ爆発するかわからない爆弾をずっと抱えてるのも、結構キツいよ。おちおち寝てらんない。夜中、突然目が覚めることがある。そんな時、いつも背中は汗びっしょり。自分が生きてるのか、死んでるのかわかんなくなって、朝までずっと震えてる。何が言いたいかっていうと、みんな怖いってこと」

そうかもしれないって、素直に思えた。他の人に言われても響かない言葉だけど、望美ちゃんが毎日感じてる恐怖はリアルなものだってわかったから。

大学出たばっかりの女の子に、そんなこと言われたくないよね、と望美ちゃんがうなずいた。

「でも愛ちゃん、生きてる？　何かを諦めてない？」

あたしはタオルを頭からすっぽりかぶって、そのままシャワー室に飛び込んだ。

冷たい水を全身に浴びながら、平手で壁を叩いた。あたし、生きてる？

3

次の日は火曜だったけど、アニメスラムの仕事を終えた帰り、永倉ジムに行った。

どうしたんですかと永倉会長が不思議そうな顔で言った。ボクササイズ教室は月水金だから、火曜にジムに顔を出したことはない。そして、あたしは肩まであった髪の毛をショートにしていた。

「練習したいんですけど、いいですか」

戸惑ったように見つめていた会長が、別に構わないですけどと首を捻《ひね》った。

「でも、今日はボクササイズ教室をやってないんで、教える人間がいなくて――」

これから毎日来ます、とあたしは言った。

「だから、ボクシングを教えてくれる人が必要なんです」

下唇を突き出したままあたしを見ていた会長が、どうしたのいきなり、と尋ねた。いつもと口調が変わっていた。

「何かあったの？　そんな顔して。髪だってそうだよ。昨日の沖田さんのことは聞いたけど、気にしなくていいんだ。そんなねえ、いきなりリングに上げて、俺を殴ってみろとか青春ドラマみたいなこと言われたって困るよね。愛ちゃんは悪くない。沖田さんには、おれの方から注意しておくよ」

沖田さんに教えてほしいわけじゃないんです、と首を振った。あたしだって意地がある。あんな人に頭を下げるのは嫌だ。

でも、ボクシングを真剣にやるとなれば、自分一人ではどうにもならない。望美ちゃんが教えてくれるのは、基礎練習やフォーム止まりだ。怪我する可能性があることを、彼女にさせるわけにはいかない。

「ボクシングがやりたいんです」

「……ボクササイズじゃなくて？」

困ったように頭を掻いていた会長が、とにかく今日のところは今まで通りに練習したらどうかなと言った。

「ほら、何しろおれは……わかってるだろ？」

情けなさそうに苦笑いを浮かべた。ボクシングに興味がないと言い切るこの人に、コーチしてもらおうとは思っていない。

望美ちゃんにも無理だし、沖田はあたしの方が願い下げだ。ジムには他に三人、コーチやトレーナーの資格を持ってる人がいるけど、一種のボランティアで、会長の知り合いが不定期に通ってくるだけだから、あの人たちも難しい。

だけど、練習生の中に誰かいるんじゃないか。べったり教えてもらえるなんて思ってないけど、専属のコーチがいないと厳しい。今までみたいに、いろんな人からその場その場で指導を受けても混乱するだけだ。

「まあ……大学のボクシング部員もうちには何人かいるから」会長が指を折って数えた。「後輩の面倒を見るみたいなことでいいなら、頼んでみてもいいけど。でも、いったいどうしたの。何で突然そんなことを言い出したわけ？」

答えられないまま黙っていると、肩をすくめた会長が、通りかかった若い男の子を呼び止めた。村川《むらかわ》くんといって、代々木《よよぎ》にある修学館という私立大学のボクシング部員だということは知っていた。

「トオルちゃん、悪いんだけど、今日時間あったら、少しでいいから彼女に教えてやってくんない？」

何を教えるんですか、と立ち止まった村川くんがあたしを見つめて、にっこり笑った。ボクサーらしい筋肉質の引き締まった体つきをしている。

「いや、そりゃ任せるけど。あれじゃない？　初歩の初歩っていうか、左のジャブの打ち方でも教えてやってよ」

いいっすよ、と村川くんがあっさりうなずいた。

「ボクササイズ教室の生徒さんですよね？　何度か見かけたことあります」

　大崎ですと頭を下げたあたしに、とにかく着替えてきたらどうですか、と村川くんが言った。

「体ほぐして、ロープスキッピングとストレッチやったら来てください。ぼくは一通り終わったんで、時間はありますから」

　よろしくお願いしますともう一度頭を下げて、あたしはロッカールームに走った。

4

　それから月水金はボクササイズを、火木土はボクシングの練習をするため、永倉ジムに通うことにした。最初に会長が声をかけた村川くんが、そのままあたしのコーチをしてくれることになった。望美ちゃんが事情を話して頼んでくれたと聞いたのは、しばらく経ってからのことだ。

　村川くんは大学のボクシング部に所属している三年生で、部活そのものは秋の大会で引退していた。永倉ジムに通っているのは、プロを目指しているからだった。高校の時にはインターハイにも出場しているし、来年春のプロテストには合格するだろうと会長は言っていた。

来春からは四年生になるわけだし、就職とかも忙しいだろう。お礼するといっても、何ができるわけでもないから、いいのだろうかって思ってたけど、気にしなくていいですと村川くんが言った。

「初歩だけだし、大学のボクシング部に新入生用のメニューがあるんで、それを教えますよ。ぼくだってまだアマチュアだし、それ以上は無理です」

まず村川くんが教えてくれたのは、会長が言っていた左のジャブだった。ボクシングにはいくつかパンチの種類があるけど、その中で基本になるのがジャブだ。ボクシングで最もよく使うパンチです、と村川くんが言った。後輩に教えた経験があるためか、コーチにも慣れているようで、説明はわかりやすかった。

試合とかスパーリングということではなく、サンドバッグに向かってパンチを打つ時、体は自然と左右どちらかが前に出る。真正面だと打ちにくいのは、一度でも試してみればすぐわかることだ。

あたしやモモコのような初心者でも、自然と半身の形になる。教わる以前の問題で、体の構造から考えれば当然だ。

そして、体の左右どちらを前に向けるかは、利き腕、利き足と一致する。あたしは右利きで、だから左が前に出る。

初めて自転車に乗る時、右利きの人はたいがい左側から乗るものだ。誰に教えられたということではなく、自然とそうなる。それと同じだ。

構えてと村川くんに言われて、あたしは左半身の姿勢を取った。ボクササイズで習ってたし、見よう見真似でもそれぐらいはできた。

その構えから、左のパンチを打って、と村川くんが指示した。

「ジャブっていうのは、ダメージを与えることがメインの目的じゃないんです」村川くんの説明は丁寧だった。「いろんな役割があるんだけど、ひとつは距離ですね。相手との間合いを測るっていうか」

何となくわかりますとうなずいたあたしに、牽制《けんせい》の意味もありますと村川くんが言った。

「相手がパンチを打ってきても、こっちはジャブで応戦できるってことです。一番打ちやすいパンチだから、連打もできる。攻撃にも防御にも有効で、ボクシングの世界では〝左を制する者は世界を制す〟なんて名言もあるぐらいです」

世界を制すつもりなんてないです、とあたしは言った。うなずいた村川くんが、手本を見せてくれた。

「コツっていうか、覚えてほしいのは二つだけです。左足を踏み込むのと同時に打つ、そして打ったらすぐ腕を元の位置に戻す。他にもいろいろあるんですけど、いきなりじゃ覚えられないですよね。だから今意識してもらうのは、その二つだけにしましょう」

ひとつずつお願いします、とあたしは頭を振った。同時に二つのことをするのは苦手だ。

「じゃあ、一発打ったら、すぐ腕を引いてください」そこだけ集中しましょう、と村川くんが言った。「いいですか、打ったスピードと同じ速さで戻すんです。簡単じゃありませんけど、そんなに難しいわけでもないんで。とにかくやってみてください」

こうですか、と左のパンチを打った。強く打つ必要はないです、と村川くんが苦笑した。

「ダメージ狙いで打つパンチじゃないんで、これ一発で決めてやろうとか、そういうのはちょっと違うっていうか……サンドバッグに当たる瞬間だけ、グローブの中で手を握ってください。ダメージよりスピード命です」

簡単に言うけど、あたしは混乱するばかりだった。じゃあ、力を入れなくていいのか。へなへなパンチなんて、打っても意味あるのか。前に打つのと同じ速さで引くなんて、普通に考えたら無理だろう。

だから練習するんです、と呆れたように村川くんが首を振った。

「覚えるまでは、一発一発丁寧に打っていいですけど、体が慣れてきたら、連打にもチャレンジしてもらいます。ジャブってそういうパンチなんです」

その辺は言葉じゃ説明しにくいです、と村川くんがジャブを三発連続で放った。まばたきしている間に三発だ。どうしてそんなことができるのか。

「練習の成果ですよ」ぼくだって始めた時は愛さんと同じでした、と村川くんがにっこり笑った。「みんな同じです。大学のボクシング部に入ってくる新入生は、ほとんどが高校の時に経験があるんですけど、最初はそうだったって言ってました。いろんなことを同時に考えて、同時にやんなきゃいけないから、わけがわからなくなるって。だから、できなくても全然オッケーなんです。とにかく体で覚えてください」

もう一回、ジャブを三連続で打った。目にも留まらない速さだ。三発打ったのがわかったのは、サンドバッグが三回音を立てたからだった。

村川くんは体のバランスこそいいけど、体質なのか肌が真っ白で、弱々しく見えた。顔はパグみたいで、丸い目が可愛いといえば可愛いけど、男性としてあまり魅力的といえない。でも、パンチを打った瞬間だけはカッコよかった。

まずはジャブです、と村川くんがゆっくり腕を伸ばした。

「最初からうまく打てるなんて思ってません。とにかく一発ずつ集中して打ってください。とりあえず今日はそんな感じで」

後はよろしくと言い残して、ロッカールームへ向かっていった。やってみるしかないのだろう。サンドバッグに向かって、あたしは左のパンチを打った。

5

村川くんは親切なところがあって、練習メニューを作ってくれた。大学のボクシング部にあるメニューを流用したようだ。

この春のプロテストを目指している村川くんは自分の練習もある。部活から引退したとはいえ、三年生でいるうちは試合があると顔を出さなければいけないし、後輩にコーチを頼まれることもあった。

授業やゼミにも出席しなければならないし、バイトなんかもある。彼女もいるそうで、デートをしないとマズいんすよと得意顔で言った。リア充らしい。

だから永倉ジムに来るのは不定期で、毎日一緒にはならない。せいぜい週に一、二度だし、本人だってあたしのために来てるわけじゃないから、べったり教えてもらうわけにはいかなかった。

その間、あたしのコーチを務めてくれたのは望美ちゃんだ。実戦経験はまったくないけど、彼女の指示は適切だった。

ジャブから始めて、フック、ストレートとパンチを覚えていったけど、フォームが乱れるとすぐ指摘される。一分、二分ならともかく、三分を超えると、どうしても惰性でパンチを打ってしまう。望美ちゃんはそれを許さなかった。

だらだらパンチを打ったって身につかない。適当に十発打つんじゃなくて、一発一発を真剣に打たなきゃ意味がないと注意された。

それはそうだけど、アニメスラムで八時間働いて、それからボクシングの練習というのは、体力的に厳しいものがある。こっちは三十三歳の女で、しかもつい三カ月前までボクシングのボの字も知らなかったのだ。

でも、そんなことを言っても無意味だってわかってた。どうせやるなら真剣にやった方がいいというのもその通りだろう。

怒られたり、叱られたり、励まされたりしながら、ものすごくゆっくりだったけど、少しずつ技術を身につけていった。パンチを打つというテクニックはもちろんだけど、フットワークやガードなど、ディフェンスもだ。毎日一時間か二時間、ジムに通って練習を続けた。

望美ちゃんがあたしの何を見込んだのかわからないけど、その情熱は凄かった。一月に入ると、毎朝五時半に希望荘へ自転車で来て、ロードワークに連れ出すようになったのもそのひとつだ。

ジムで練習するのは、ボクシングのテクニックだ。村川くんがいれば彼に教わるし、サンドバッグやパンチングボールみたいな練習器具、あるいはシャドーボクシングをやるにしても、全身が映る鏡なんてジム以外にはない。だから、ボクシングの練習そのものがメインになる。

でも、練習をこなすためには、体力がなければならない、そのために、望美ちゃんは毎朝二キロのランニングと柔軟体操を命じ、自分も付き合うと宣言した。

まさか本気じゃないだろうと思ってたら、宣言した翌日の早朝、スマホが鳴ってびっくりした。十分前に希望荘の前に着いて、五時半になるのを待っていたという。

部屋の窓から外を見ると、自転車にまたがったジャージ姿の望美ちゃんが見えた。

パートとはいえ、望美ちゃんも保育士をやってる。八時には保育園に出勤するというから、あたしよりよっぽどハードだ。

それから毎朝、望美ちゃんに起こされて、唯愛の朝ごはん前に走るのが日課になった。高校卒業以来、電車に乗り遅れそうになって階段を駆け上がっていく以外、走った経験はない。

断ろうと思ったんだけど、断れなかったのはあたしの性格だ。何でもそうだけど、断るのって難しい。

望美ちゃんは夜明け前に起きて支度して、希望荘まで来ている。もう一月で、起きるのが辛い季節だ。誰だって、ぎりぎりまで布団の中にいたいだろう。

でも、それこそ雨の日も風の日も五時半に希望荘にやって来て、あたしを電話で起こし、寒空の下あたしが着替えるまで外で待ってる。そんな人に、走りたくないなんて言えなかった。気を悪くされたくないし、断ったら嫌われる。

ホントはそれだけじゃない。望美ちゃんが来てくれるのが嬉しかった。

走るのなんて、大嫌いだ。疲れるし、寒いし、それでも汗はかくし、いいことなんてひとつもない。だけど、望美ちゃんに走ろうよって言われると、嬉しかった。

彼女は自転車で伴走してくれる。足が上がってないとか、もっと腕を振ってとか、胸を張ってとか、いろんなことを言われながら走るのは、辛かったけど嫌じゃなかった。

一人だったら、できなかっただろう。走りたいなんて思ったことないし、頑張ったり努力するのは苦手だ。

でも、一人じゃない。望美ちゃんが一緒にいる。どうしてだかわかんないけど、あたしのために一生懸命になってくれてる。応援して、励ましてくれる。だったら、少しぐらい頑張ってみてもいい。

最初の一週間は、一キロも走れなかった。心臓が苦しくなるし、息は上がるし、足が前に出なくなる。アニメスラムのトイレで吐いたほどだ。

だけど、半月も経つと二キロ走っても平気になった。人間の体には順応性があるらしい。

太ってこそいないと思うけど、鍛えたことなんてないから、体はぶよぶよだった。だけど、毎日走っていると、少しずつ筋肉量が増えて体が引き締まっていくのが、自分でもわかった。

何より、スタミナがついた。本格的なアスリートじゃないから、大したことはないけど、何しろ今までがゼロだったから、少し走っただけでも前とは全然違った。アニメスラムで品出しをしたり、棚を揃えたりとか、肉体労働をしても疲れないようになった。四階までエレベーターを使わず階段で上がるようにしていたけど、息も切れなくなった。こんなに運動が体にいいなんて知らなかった。

ボクシングの練習にしてもそれは同じで、三分間パンチを連続して打てるようになったし、筋肉痛もなくなった。前は最初の一分だけしかできなかったけど、最後まで集中を切らさず続けられるようになった。

走ってるからだけじゃなくて、慣れもあったのだろう。フォームが固まるにつれ、考えなくても構えることができるようになった。

迷わず打てば、頭も体も疲れない。無意味なところに力を入れることもなくなった。て、それだけでずいぶん楽になった。

一月の終わり、望美ちゃんと村川くん、そしてあたしの三人で永倉ジムのミーティングルームに集まって話した。本格的にボクシングの練習を始めて一ヵ月、こんなに上達するとは思いませんでした、と村川くんが言った。

「お世辞じゃないですよ。正直、どうなんだろうって思ってたんですけど、たいしたもんですね」

だから言ったでしょ、と望美ちゃんが得意そうに胸を張った。

「あたしには見えてたわけよ。愛ちゃんなら必ずできるって」

それで考えたんですけど、と村川くんがあたしに目を向けた。

「愛さん、試合に出てみませんか?」

「試合?」

思わず声が裏返った。そんな大層なものじゃないんです、と村川くんが苦笑した。

「うちの大学の先輩が、ＤＤＤっていうプロレスのインディーズ団体をやってるんです。知らないすか、ドラマチック・デンジャー・ドラゴン」

知らない、とあたしと望美ちゃんは顔を見合わせて首を振った。望美ちゃんはボクシングにしか興味がないから、プロレスと言われてもピンとこないのだろう。

小さな団体なんですけど、それなりに人気があるんです、と村川くんが持っていた雑誌を開いた。

「最近じゃ、後楽園ホールで興行やったりしてるんですけど、先輩が今度やる大会の前座で、女子のアマチュアボクシングの試合を組みたいって言ってるんです」

「前座って、バカにしてない？」ボクシング愛の強すぎる望美ちゃんが鼻から息を吐いた。「愛ちゃんにそんなところでデビューしろって？」

正確に言えばプレデビュー戦です、と村川くんが言った。

「これからどうするにせよ、スパーリングは欠かせませんし、実際に試合してみないとわからないこともありますからね。でも、なかなか難しいんですよ。学生なら、部活やってれば何だかんだで試合がありますけど、愛さんの立場や年齢だといろいろ……」

それはそうだけど、と望美ちゃんが口を尖らせた。試合ができる場って意外と少ないですよ、と村川くんが肩をすくめた。

「相手もアマチュアだし、ヘッドギアつけることになるんでしょう。それなら安全だし、客がいるところで試合をすると、ますます面白くなるかもしれません」

どうする、と望美ちゃんに聞かれたけど、答えようがなかった。ボクシングの練習を真剣に始めてはみたけど、明確な目標があったわけじゃない。先のことを考えたことはなかった。

「思うんですけど、とりあえずプロのライセンスを取ってみたらどうですか？　そこを目標にするっていうのは」

それは考えてる、と望美ちゃんがうなずいた。その話は少し前から出ていて、いろんなことがうまく進んでいくなら、それもいいかもしれないとあたしも思っていた。自動車の免許と一緒で、ないよりはあった方がいいんじゃないか、ぐらいのつもりだった。

「最近じゃ、プロボクサーのライセンスだけ取っておく、みたいな女性も増えてますからね」

そうらしいですね、とあたしはうなずいた。ボクササイズから入って、本人の希望だったり周囲の勧めで、本格的にボクシングの練習を始める者も少なくないそうだ。

そのうちの何割かがプロテストを受けるのは、人間ってやっぱりどこかで目標というか、区切りが必要なんだろう。

ただ、そのほとんどがライセンスを取るだけ取って、試合には出場しない。一種の記念受験だし、資格のひとつぐらいに考えているのかもしれなかった。

「そうじゃなかったら、オリンピックでも目指しますか」村川くんが備え付けのテレビをつけた。「録画してあるんですよ、朝のニュース。見ました？」

「美闘夕紀《みとうゆうき》でしょ」見た見た、と望美ちゃんがうなずいた。「予想通りっていうか、やっぱり強いなあって」

まだ見てないです、とあたしは言った。この前のオリンピックで、女子ボクシングフライ級の銀メダリストになった美闘夕紀の試合が、昨日ロサンゼルスで行われていたのは知ってたけど、結果は知らなかった。

ちょっと見ますか、と村川くんがリモコンを押すと、画面に朝のニュース番組が映し出された。もう三回目、と望美ちゃんがあたしの肩を軽く叩いた。

ラウンド5／デビュー

1

美闘夕紀のことを知らない日本人はいないだろう。前回のオリンピック・ボクシング女子フライ級の代表選手で、悲劇の銀メダリスト。

あたしはボクシングに興味なんてなかったけど、決勝戦で疑惑の判定で敗れ、金メダルを逸《いっ》したニュースは何度もテレビで見ていた。村川くんの解説によれば、レフェリーが露骨なえこ贔屓《ひいき》をして、そのせいで夕紀は負けたそうだ。ボクシングの世界では珍しくないことらしい。

オリンピックでの戦いを終えた夕紀は、その日のうちにプロ転向を宣言していた。プロテストに合格した、というスポーツ新聞の一面記事を見たのは去年の九月半ばだ。

そんなに簡単になれるんだって思ったけど、スター性抜群の彼女を一刻でも早くプロボクサーにしたい、という思惑がボクシング界にもあったのだろう。

テレビの画面からゴングの音が流れ、夕紀とアメリカ人の女子ボクサーがグローブを合わせているのを横目で見ながら、そりゃそうですよと村川が言った。

「スポーツ雑誌の表紙を軒並み独占した美女アスリートですからね。モデルもやってるんでしょ？　喉《のど》から手が出るほど、プロに来てほしい人材じゃないですか」

「笙輪《しょうわ》大の医学部だもんね」変わってる、と望美ちゃんが首を傾げた。「高校の時は陸上のオリンピック候補選手だったっていうし、本物の天才って、彼女みたいな人のことを言うんじゃないかな」

試合が始まっていた。これは夕紀のプロデビュー戦でもある。海外でデビューするなんて、男子でもめったにないかもしれない。

そして対戦相手のアメリカ人は、ヴィッキー・シャーロット、オリンピックの決勝で敗れた選手だ。シャーロットもプロに転向していたから、リベンジマッチとして組まれた試合だった。

プロ第一戦には見えない、と感心したように望美ちゃんが首を振った。

「全然緊張してないよね。パンチもスムーズに出てるし」

あたしのような素人から見ても、夕紀のフットワークは良かった。身長一七〇センチ、体重五〇キロ、細いけど筋肉質で均整の取れた体。

リーチの長い夕紀が、ジャブだけで試合を支配していた。面白いくらい、パンチがシャーロットの顔面にヒットしている。差があり過ぎますね、と村川くんが頭の後ろで腕を組んだ。

「オリンピックの決勝戦を見ればわかりますけど、あの時はレフェリーが酷かったんですよ。美闘選手が攻勢に出ると、すぐストップをかけて……会場も大ブーイングでしたけど、あれじゃ実力を発揮できません。最初から判定に持ち込んで、無理やりシャーロットを勝たせるつもりだったんでしょう。ジャッジは全員アメリカ側でしたからね。あれがなければ、絶対金メダルを獲れたはずなのに」

シャーロットは翻弄《ほんろう》されるばかりで、一発もパンチを当てられずにいた。手数の差も圧倒的で、夕紀の戦いぶりからは余裕すら感じられた。

当たってる当たってる、と望美ちゃんがテレビの画面を指さした。

「ほら、シャーロットが鼻血を出してる」

ふだんはおとなしい望美ちゃんだけど、ボクシングを見ている時は人が違った。流血も平気だし、興奮しているようだ。

夕紀のパンチが、ジャブから力強いストレートに変化していた。よく伸びる長い腕が、シャーロットの顔面を捉えている。

むしろ、あたしはシャーロットに同情していた。あんなに打たれたら、どうすることもできないだろう。戦意を喪失しているのが、画面からもわかった。ネズミをいたぶる猫のように、ダメージを観察しながら、夕紀が的確にパンチを繰り出している。一分を超えたところで、シャーロットのガードが完全に下がった。あまりの力の差に、なす術《すべ》がないようだった。

それからも一方的な展開が続いた。最後の抵抗ということなのか、シャーロットが放った右フックを軽くかわした夕紀が、左右の連打を顔面にぶち込んだ。シャーロットの口からマウスピースがリングに吐き出され、一分四十五秒、夕紀が放ったアッパーカットが顎を砕いた。痙攣《けいれん》した体が崩れ落ち、そのまま動かなくなった。

レフェリーがカウントを止めて、試合をストップする。一分五十秒、美闘夕紀のKO勝ち。

「圧勝。何度見ても凄い」

リモコンでテレビを切った望美ちゃんが苦笑した。天才ですよ、と村川くんがうなずいている。

「同じ階級だったら、世界最強なんじゃないですか？」

ボクシングに限らず、柔道でもレスリングでも、体重が重い方が有利だ。だから、細かく階級が分かれている。

村川くんの言う通り、女子ボクシングフライ級に美闘夕紀の敵はいないだろう。何も知らないあたしにも、それぐらいわかる。少しでもボクシング経験があれば、誰だってそう思うはずだ。

「オリンピックを目指したらっていうのは、もちろん冗談なわけで」村川くんが右の眉だけを上げて笑った。「美闘夕紀は本物の天才ですからね。あんなふうになれるわけありません。どうします、愛さん。アマチュアのまま続けます？　それとも、プロのライセンスだけでも取っておきますか」

とりあえずこのまま、とあたしは答えた。いいんじゃないですか、と村川くんがまた笑った。

2

どうするかはっきり答えたつもりはなかったけど、村川くんがＤＤＤプロレスの興行に出場する話を決めてきた。

知らなかったけど、小さなプロレスの団体は選手の数が足りないから、どうしても試合数が少なくなってしまうそうだ。それではイベントとして成立しないから、他の格闘技の試合を前座に組むこともあるらしい。

女子ボクシングの試合はまだ珍しいので、イベントの目玉になると、DDDの社長からも直接頼まれた。

対戦相手もアマチュアだし、ヘッドギアもつける。グローブはスパーリング用の一二オンス（約三四〇グラム）だから、もろに顔面に当たっても大きな怪我にはならないだろう。

安全面は最大限考慮するということだったので、あたしも出場を了解した。永倉ジムでは男子としかスパーリングをしたことがなかったので、同じ階級の女性と本格的にグローブを交えてみたいと思ってたこともある。

どんなスポーツでもそうだと思うけど、練習ばかりだとどうしてもつまらない。まだ始めて数カ月のあたしがそんなことを言ってはいけないのかもしれないけど、試合という形式で戦ってみたい、という気持ちがどこかにあった。

ただ、いくらエキシビションといっても、試合ということになれば、今までとは違った練習をしなければならない。話を持ってきた責任もあって、村川くんが全面的に協力すると言ってくれたけど、他にも考えなければならないことがあった。娘の唯愛だ。

仕事終わりのジム通いも、今までのように七時になったから上がります、というわけにはいかない。村川くんの都合に合わせなければならなくなることもあるだろう。

唯愛と話して、事情はわかってもらったけど、これまでだって一人にさせてしまう時間が長かった。もっと寂しい思いをさせるかもしれないと思うと、ボクシングなんかやってる場合じゃないんじゃないかって、罪の意識があった。

フォローするから、と望美ちゃんが申し出てくれたし、永倉会長もできる限りジムで預かると請け合ってくれた。でも、それって母親としてどうなのか。何か間違っていないか。

不安なことは他にもあった。会長やジムに通う練習生はともかく、望美ちゃんは現役の保育士さんだ。唯愛と接する時間が長くなればなるほど、体格や話す言葉などから、学校に行く年齢だとわかってしまうだろう。

いろんな事情があって、幼稚園に行かない子供はいる。でも、小学校に通わない子供なんてまずいない。何かがおかしい、と望美ちゃんが気づくかもしれなかった。

それはいい。望美ちゃんは余計な詮索《せんさく》をするような子じゃないから、事情があると察して、問いただしたりしないだろう。でも、何かの弾《はず》みで、他の人に知られてしまったらどうなるか。

人間なんて、どこでどう繋がっているかわからない。噂を聞き付けた真利男が捜しにくるかもしれない。見つかったら連れ戻されて、またDV生活に逆戻りだ。

望美ちゃんに全部話して、相談するべきかもしれないって思ったけど、それが正しいのかどうかわからなかった。DVを受けていたことは、どうしても話しにくい。

あたしも唯愛も何ひとつ悪くないのだけど、恥ずかしいという意識があった。とりあえず黙っていた方がいいだろう。

結局、望美ちゃんや会長、村川くんの後押しもあって、あたしはエキシビションマッチに出場することを決めた。唯愛、そしてモモコも協力すると言ってくれたからだ。

しばらくジムに来なかったモモコが、また通ってくるようになっていた。自分の練習のためじゃなくて、愛ちゃんの応援だという。

エキシビションのための練習を始めて、それまでより時間的にも肉体的にも厳しい毎日が続いていた。言い訳にしたくないけど、アニメスラムでの仕事でミスが増えた。寝不足から居眠りしたり、単純に発注を間違えたり、そんなこともあった。

あんまり酷いと辞めてもらうしかないと柴田店長が言ったけど、無理ないと思う。そんなあたしをカバーしてくれたのがモモコだった。

あたしとモモコはデスクを並べている同僚で、仲はいいけど、そこまでの間柄じゃない。どうしてそんなに優しくしてくれるのか、わからなかった。

今まで、あたしは友達がいなかった。小学校、中高、専門学校でもそうだし、働くようになってからも同じだ。

それが当たり前だって思ってた。自分のことで精一杯だったし、他人もそうなんだろうって。

結婚した真利男でさえ、あっと言う間に冷たくなった。唯愛以外の誰にも心を開くつもりはなかった。

友達なんていらないし、誰も信じない。みんな、そんなもんじゃないの？

モモコだって、あたしと変わらない。オタクで、他人との付き合いが苦手で、ネット上はともかく、リアルな友達は一人もいなかった。必要ともしていなかったはず。

だけど、モモコの中で何かが変わったようだった。あたしの仕事を引き受けたり、残業を代わってくれることもあった。それどころかジムにさし入れを持ってきたり、唯愛の相手をしてくれたり、そんなこともだ。

どうしてって聞いたら、自分でもわかんないって笑ってた。今は愛ちゃんの応援がしたいんだよ、とあたしの肩をぽんぽんと叩いて、それだけだった。

モモコだけじゃなくて、希望荘に住む人たちも、いつの間にか応援してくれるようになっていた。

望美ちゃんは毎朝、希望荘へ来て、あたしのランニングやストレッチにつきあってくれる。でも、保育士さんという仕事があるから、午前中唯愛は一人ぼっちだ。

ウチでアズかるヨ、と言ってくれたのは隣の部屋に住む四人のフィリピン人だった。彼女たちは新大久保駅前のフィリピンパブで、朝五時まで働いている。希望荘に帰る途中、走っているあたしを見たことがあったそうだ。

運動のためにしては、真剣さが違うと思ったらしい。雨の日も雪の日も走っている。健康のためのランナーだったら、そこまではしない。

四人の中で一番お姉さんのサマーさんが、ナニをシテいるのかと望美ちゃんに尋ねて事情を理解し、夜通し働いて、寝たいはずなのに、コドモはカワイイよねという理由だけで、唯愛の面倒を見ると言ってくれた。

店の都合だったり、客のアフターに付き合わなければならなかったりで、どうしても唯愛の世話ができないこともあった。でも、彼女たちが同じ希望荘に住んでいるゲイのカップルや、韓国人に声をかけると、みんなが唯愛を預かりたいと言ってくれた。

韓国人の人たちは、ご飯も作ってくれた。困った時はお互い様だと言われて、泣きそうになった。

「あたしらも辛いことがある」ゲイのお兄さん、ジョージさんがあたしを抱き締めて言った。「だけど、愛ちゃんが頑張ってくれたら、あたしらも頑張れる。何でも言って。できるだけのことはするから」

助けてください、とあたしは頭を下げた。どうしてこんな簡単なことがわからなかったんだろう。

一人で何とかしよう、何とかしなきゃって、いつも思ってた。だけど、そんなに頑張らなくたっていいんだ。辛い時、苦しい時は言えばいい。助けてくださいって手を伸ばそう。

嫌だって言われるかもしれない。断られることもあるだろう。でも、手を握ってくれる人は必ずいる。

毎朝、五時に起きてストレッチをする。眠い目をこすりながら、唯愛もつきあってくれた。

五時半、迎えに来た望美ちゃんと五キロのコースを走る。自転車の荷台に座った唯愛に励まされながら走っているうち、五キロが辛くなくなった。六キロ、七キロと距離を延ばし、最終的には一〇キロを走り通せるようになった。

自分でもスタミナがついてきているのがわかった。村川くんのコーチで、テクニックもある程度は覚えたつもりだ。

もちろん、始めて数カ月のあたしが、巧《うま》いボクシングなんてできるはずもない。不格好だし、防御なんか目茶苦茶だったけど、相手もアマチュアだから、試合として形になると村川くんが言ってくれた。

「一二オンスのグローブだったら、多少殴られてもダメージはないですよ」

あんまり慰めになっていないって思ったけど、殴られるのは慣れてる。我慢していればいいってわかってた。

「愛さんは意外とガードも巧いですよ」何かやってたんですか、と村川くんが言った。「形はまだまだですけど、パンチが当たる寸前まで目を開けていられる選手はめったにいません。どこで覚えたんです？」

覚えたわけじゃなくて、真利男にＤＶを受けていた時、自然と身についた習性だった。真利男の拳を見てないと、どこに当たるかわからない。鼻や顎、急所に入ると、その後は避けることもできなくなる。

だから真利男の拳を見て、なるべく額とか頭とか、肩で受けるようにしていた。その方がダメージが少ない。嫌な記憶だけど、ボクシングではそれが役に立った。

前に望美ちゃんが言っていたけど、あたしは体幹がもともと強いそうだ。体幹の強さは、そのままパンチの強さに繋がる。平均的な女性より筋肉量もある。その辺の女子プロよりパンチが重いから、相手にダメージを与えられる。

エキシビションなんだから、思い切ってパンチを打てばいい、というのが二人のアドバイスだった。アマチュアの試合では、攻撃力より総合的なテクニックが重視される。パンチを当てることより、パンチをもらわない方が判定は有利になる。でも、それは公式試合の話で、エキシビションとなるとそこまで厳密じゃない。派手な試合をした方が勝ち目がある、ということだった。

あたしとしても、ガチガチのつまらない試合なんてしたくなかった。会場である新宿FACEには、永倉ジムからも応援の人たちが来ることになっている。ガードばかり固めて、膠着《こうちゃく》状態になるより、当たって砕けた方が見ていて面白いだろう。どうせ勝敗も記録に残らないエキシビションだ。今の自分にできることを全部やって、それで負けても悔いはない。

プロを目指しているわけじゃないけど、こんなにみんなが応援してくれている。勝てるかどうかわからないけど、精一杯やってみよう。もし勝てば、みんなも喜んでくれる。

あたしはやる気になっていた。生まれて初めてだったかもしれない。

そしてひと月後、いよいよ試合の朝を迎えた。三月十五日、日曜日のことだった。

3

DDDのプロレス興行は昼十二時開場だった。朝ごはんを食べてから、唯愛と一緒に希望荘を出た。よく晴れていて、気持ちのいい日だった。

新宿FACEは歌舞伎町の中にある。五百人ほどで満員になる小さなホールだけど、女子プロレスの試合がよく行われる会場だと聞いていた。

半月ほど前、ワンマッチではなく、四人の選手が出場するトーナメント戦になったと連絡があった。五〇キロ以上という条件で、DDDが都内のアマチュア女子ボクサーを探したところ、最初はあたしともう一人しかいなかったのだけど、追加で申し込んできた選手が二人いて、それにノーと言えなかったという。

つまり、一回戦に勝てばもう一試合戦わなければならない。女子ボクシングは一ラウンド二分、今回は特別に二ラウンド制で行われる。

フルに二試合戦っても八分間の勝負だ。それぐらいのスタミナはあるつもりだから、トーナメント戦になったと聞いても、別に構わなかった。

ただ、それは当日の朝までの話で、予定通り十一時に新宿FACEの控室に入った途端、緊張で体が震え出していた。会場を見たのは今日が初めてだ。それなりに設備の整った本格的なホールだった。

あたしたちアマチュアの選手はノーギャラだけど、興行そのものは入場料も取る。プロの興行だから、照明や音響も準備されていた。

設営済みのリングを見ると、不安でたまらなくなった。試合なんてできるんだろうか。

何とかなるよ、と待っていた望美ちゃん、永倉会長、そして村川くんが口を揃えて言った。三人とも声が震えている。予想より遥《はる》かに本格的なことに、驚いているようだ。

新宿FACEという会場は、ビルの七階に入っていて、大きいとは言えない。だから控室も二つしかなく、DDDの男子プロレスラーも出場するから、あたしたち女子アマチュアボクサーは同じ大部屋だった。

永倉会長は意外と顔が広く、持ち前の腰の低さでいろんな人に挨拶していた。アマチュアのエキシビションだけど、一応計量もあって、そこで初めて他の三人と顔を合わせた。

まだ若い二十歳ぐらいのぽっちゃりした女の子。どこから見てもヤンキー上がりの金髪女。そして三十手前ぐらいの体育教師みたいな女。

あたしはジャスト五六キロだった。他の三人もそれほど変わらない。全員フェザー級のアマチュア女子ボクサーだ。

その場でジャンケンをして、試合の組み合わせが決まった。できれば避けたかったのだけれど、その気持ちを見透かされたように、一回戦の対戦相手は金髪ヤンキーだった。

ダンプ原田《はらだ》というリングネームのヤンキーに、アントニオ・ラブですと挨拶した。ちょっとふざけた名前になっているのは、アマチュアといえどもキャラ付けしてほしいとDDDに頼まれていたからだ。

そうでなくても、本名で出場することはできなかった。小さな団体とはいえ、プロレスの興行だから、専門誌には対戦表ぐらい載るかもしれない。ネットでは対戦結果の速報が流れるという。

真利男が見たら、あたしだとすぐにわかるだろう。こんなところで見つかるわけにはいかない。

対戦カードが決まってから一時間後、DDDプロレスの興行が始まった。出場選手全員による入場式があり、あたしたちもそれに加わった。

リングに上がると、足元がふわふわした。永倉ジムではフロアに直接マットが敷かれていて、その上で各自練習する。だけど、このリングはスプリングが入っていて、そのために少し弾むような感覚があった。

それだけではないのだろう。生まれて初めてリングに上がって、あたしは緊張していた。

四方からライトがリングを照らしている。ＤＤＤのテーマソングが狭いホール内で反響して、何がなんだかわからなくなっていた。

見回すと、客席は満員だった。小さなプロレス団体だけど、最近人気が上がっていると村川くんが言っていたのは嘘じゃなかったようだ。

五百人、千の目があたしたちに集中している。こんなこと初めてだ。上がっていた。怖くて逃げ出したい。

もっとも、あたしのことを見ている者はほとんどいなかった。ほとんどの観客は、プロレスを見に来ている。プロレスファンはボクシングにあまりいい感情を持っていないらしい。

アウェーの雰囲気をひしひしと感じながら、リングサイドに視線を向けた。唯愛を抱っこしたモモコが、声を嗄《か》らしてあたしの名前を叫んでいる。

その周りの席に、あたしの応援団が陣取っていた。柴田店長以下、アニメスラムの社員、希望荘の住人、合わせて十人ほどだ。とにかくやるしかないと自分に言い聞かせると、少しだけ気持ちが落ち着いた。

入場式が終わると、すぐ第一試合だった。出場するのはあたしとダンプ原田。オープニングマッチはあたしたちの戦いだ。

リングアナウンサーが短く選手紹介をした。ダンプ原田の方が先で、二十一歳、元レディース、現在は長距離トラックの運転手。

あたしのことは、三十三歳のアニメショップ店員、とアナウンスされた。会場から失笑が漏れたけど、それどころじゃない。心臓が喉まで上がってくるぐらい、緊張はマックスに達していた。

ライトが眩《まぶ》しくて、何も見えない。呼吸をすることも忘れていた。

「愛ちゃん、落ち着いて！」

コーナーから望美ちゃんの声がした。永倉会長があたしの肩をマッサージしている。

村川くんがスポーツドリンクのボトルを差し出したけど、ノズルがうまく口に入らなくて、結局飲めなかった。

爆発しそうなくらい、心臓の鼓動が大きくなっている。その場でヘッドギアを被り、マウスピースを口に嵌《は》めた。一二オンスのグローブが重くて、腕が上がらない。

レフェリーに呼ばれて、リング中央に向かった。血走った眼でダンプが睨みつけている。人を殺したことがありそうな顔だ。

バッティングに注意、という指示だけしか聞こえなかった。落ち着け、と永倉会長が怒鳴った時、ゴングが鳴った。

4

大股で前に出てきたダンプが、リング中央にポジションを取った。客席から、ダンプ行け、という怒声がした。

「ボックス！」

レフェリーが鋭い声で命じ、あたしたちは軽くグローブを合わせた。ガードを上げろ、とあたしは口の中でつぶやいた。

練習の時から、そして試合直前まで、村川くんがやるべきことを何度も繰り返し言ってくれた。まずガードを固める。次にジャブで牽制して、間合いを測り、積極的に攻撃に出る。

覚えていたはずだったけど、ガードを上げたところで頭がフリーズした。次、どうするんだっけ？

あたしも混乱してたけど、ダンプの方も訳がわからなくなっていたようだ。いきなりラグビーのタックルのように飛び込んできて、大振りのパンチを放った。

見えていなかったけど、それはかわすことができた。というより、距離感を掴み損ねたダンプが近づき過ぎて、打ったのは頭の上だった。

反射的にパンチを返したけど、それはボクシングのパンチじゃなかった。何かに怯える子供が腕を振り回すような感じ。

怖いのはあたしだけじゃなくて、ダンプも同じだった。しゃにむに腕を振り回しているだけだ。

恐怖に怯えた二人が、腰の引けたパンチを打ち合っているだけだから、まともに当たるはずがない。あれだけ時間をかけて習った攻撃も防御も、何にもできなかった。

ダンプの足は、リングに張り付いたように動かなかった。カウンターが怖くて、前に進めないのだろう。

「ボックス！」

レフェリーが促したけど、何も変わらなかった。殴られるのが怖い。殴るのも怖い。殴り返されるのが怖い。何もかもが怖い。

しまいには、女子中学生のケンカのように、つかみ合いの体勢になった。グローブをはめていたし、ヘッドギアがあったからできなかったけど、素手だったら髪の毛を引っ張り合っていただろう。

クリンチは防御テクニックのひとつだけど、そういうことでもない。ただお互いに腕を取り合うだけだ。

ストップ、と間に入ったレフェリーに分けられて、あたしたちは荒い息を吐きながら睨み合った。

コーナーでは会長と村川くんが盛んに檄《げき》を飛ばしていたけど、何を言ってるのかわからなくて、一瞬顔を向けた。

その隙に、ダンプの体が迫っていた。あたしの鼻がダンプの頭にぶつかって、火花が飛んだ。

尻餅《しりもち》をついたあたしをかばうように、レフェリーが立ち塞がった。飛びかかろうとしたダンプを必死で押し止《とど》めている。

「ノーノー、バッティングだ」頭の上で声が聞こえた。「コーナーに下がって！」

叫び声を上げたダンプが両手を突き出して、リングを一周している。歓声が起こった。立てるか、とレフェリーがあたしの腕を取った。

反則だ、とコーナーから身を乗り出した村川くんが怒鳴った。

「レフェリー、今のは頭突きだろ！　減点しろ！」

鼻の辺りにぬるりとした感触があった。グローブで触ると、真っ赤な血の跡がついた。

「大丈夫か？　続ける？」

反則だバカヤロー、と村川くんが喚いている。いつもは気弱な笑みを浮かべている好青年だけど、顔付きが変わっていた。

やりますとうなずくと、離れていったレフェリーがダンプに注意を始めた。そこでゴングが鳴った。一ラウンド終了。

「大丈夫か、愛ちゃん」抱えるようにしてあたしをコーナーに戻した会長が、顔を覗き込んだ。「傷にはなっていないけど」

ママ、という声に顔を向けると、リング下に唯愛が立っていた。泣いている。

「ママ痛い？」

痛くない、と頭を振った。それは本当で、痛みは感じていなかった。大量に放出されているアドレナリンのためだろう。

冷静に、と背中の汗を拭きながら望美ちゃんが言った。

「このままじゃ泥試合だよ。それは仕方ないけど、バッティングとはいえ鼻血が出てる。印象は良くない」

このトーナメント戦は二ラウンド制で、延長はない。次のラウンド、攻撃に出ないと不利になる、と望美ちゃんがあたしの背中を強く叩いた。

「一ラウンドと同じだったら、向こうの手が上がる。何でもいいからやっちゃえ。

ぶん殴ってやれ！」

冷静に、と言ってる望美ちゃんの方が興奮気味だった。鼻血が出ているのがまずいのはわかる。呼吸もし辛いし、このままではどうにもならない。

「ジャブだジャブ！　左を使え！」

村川くんの指示にうなずいた時、セコンドアウトのブザーが鳴った。ジャブだぞ、と念を押すように叫んだ村川くんに背を向けて立ち上がる。第二ラウンドが始まった。

一分間の休憩の間に、鼻血は止まっていたけど、血管が切れているのか鼻が詰まった。口で呼吸するしかないけど、それだけでスタミナが消費されていった。

汗で視界が滲む。前へ、とレフェリーが指示している。二の腕で顔を拭った瞬間、ダンプが突っ込んできた。

スウェイでかわすことができたのは、あれだけ練習を積んでいたから、体が覚えていたんだろう。そのままダンプの腕にしがみついた。一ラウンドと同じ展開だ。

離れて、とレフェリーが間に入った。まずい。ダンプはただ突っ込んでくるだけだ。あたしと同じか、もしかしたらもっと下手なのかもしれない。

だけど、どうさばいていいのかわからなかった。このままだと、一ラウンドとまったく同じで、中坊のケンカになるだけだ。

ブレイクという声と共に、ダンプの体が離れた。垂れてきた鼻血を拭って前を見ると、いきり立ったダンプがぐるぐる腕を回している。

ダンプは元ヤンで、ケンカには慣れているようだ。テクニックも何もないけど、突進してくるつもりだろう。

望美ちゃんも言っていたけど、女子ボクシングの水準は決して高くない。小手先のテクニックより、闘争心旺盛《おうせい》な選手の方が実戦では強い。

落ち着け、と自分に言い聞かせた。殴り殴られということなら、ダンプの方が強いかもしれない。でも、あたしだって必死で練習してきた。勢いだけのダンプには負けられない。

ボックス、というレフェリーの合図と同時に、ダンプが猛然と突進してきた。スイング気味のパンチが飛んでくる。

頭ではなく、体が勝手に動いた。左腕でダンプのパンチをガードして、さんざん練習で繰り返してきた右のストレートを放つ。

感触はなかったけど、当たったようだ。尻から落ちたダンプが左右を見回している。何が起きたのか、自分でもわかっていないのだろう。

「ダウン！」

レフェリーがカウントを取り始めた。威力のあるパンチではなかった。タイミングだけのカウンターだ。

　ダンプが倒れたのは、ダメージがあったからじゃない。バランスを失っただけだ。でも、明らかなダウンだった。

　ダウンじゃないとダンプ本人、そしてセコンドが抗議したけど、それはあたしにとってむしろ好都合だった。認められるはずもないし、その間も時計は進んでいる。

　ラスト一分、という村川くんの声が聞こえた。

「愛ちゃん、回って回って！」

　望美ちゃんがマットを叩いている。あと六十秒。

　ブーイングされたっていい。足を使って逃げ回れば、時間切れであたしの勝ちだ。ダンプのフットワークでは、六十秒であたしを捕まえることなんてできない。

　思っていた通りの展開になった。リングの中をドタバタと逃げ回るあたしと、真っ赤な顔で追いかけるダンプ。

　ボクシングというより追いかけっこだったけど、そうしているうちにゴングが鳴った。試合終了。

「勝者、アントニオ・ラブ！」

　レフェリーがあたしの手を挙げた。ダンプが睨みつけている。客席からは笑いが漏れていたけど、そんなのどうでもいい。さっさとリングから降りた。

「勝った勝った！」永倉会長があたしの肩に腕を回した。「あれでいいんだ、愛ちゃん！　何言われたって、ボクシングは勝ちゃあいいんだよ！」

こっち向いて、と通路の途中で望美ちゃんがあたしの鼻に丸めたティッシュを詰め込んだ。

「この後プロレスの前座を挟んで、二回戦がある。三十分ぐらい後だから、それまで控室で休もう」

振り向くと、リングの中央で手足をじたばたさせていたダンプがセコンドに引っ張られるようにして、やっとリングを降りていった。

すぐに女子ボクシングの第二試合が始まった。三十手前の体育教師みたいなガタイのいい女が、ジェット近藤とコールされている。

もう一人、ぽっちゃり気味の若い女の子はスクランブル・ナナというリングネームだった。リングアナウンサーの説明で、彼女がインターハイ女子高校生チャンピオンだとわかった。

ジェット近藤も経験者で、あたしとダンプの試合が色物だとしたら、この二人は本格派だ。

どちらか勝った方と、あたしが決勝戦で戦うことになる。通路の真ん中で望美ちゃんが立ち止まった。見ておいた方がいいと思ったようだ。

でも、あっという間に試合は終わった。開始十秒、ナナがコンビネーションで放った左のボディが当たり、ジェット近藤がその場にうずくまるように倒れていた。

「やっぱり、インターハイチャンピオンは違いますね」感心したように村川くんが大きく口を開けた。「自分にも、パンチが見えなかったです」

望美ちゃんと会長が、不安そうな表情を浮かべている。あたしが勝てる相手ではないとわかったのだろう。

何事も経験だからと慰めるように会長が言ったけど、全然響かなかった。

5

それからDDDプロレスの若手が二試合戦った。その間、あたしとナナは控室で休んでいた。

パーテーションが間にあったので、ナナの様子はわからなかったけど、あたしは疲れていた。ダンプと戦った時間は、たった四分間だったけど、心と体、両方のスタミナがゼロになっていた。

五百人とはいえ、客前で試合をするのは初めてだ。そのせいもあるのだろう。

いくら初心者に毛が生えたぐらいの経験しかないにしても、みっともない戦いはしたくなかったし、見られているということ自体がプレッシャーだった。無意識のうちに全身に力が入り、そのためにスタミナが奪われていた。

「そろそろ出番だ」

会長があたしの腕をマッサージしながら言った。行きますか、と村川くんが肩にタオルをかけて立ち上がった。

選手入場口に続く通路へ進むと、先に控室を出ていたナナとそのセコンドが立っていた。今からあたしたちの名前がコールされ、呼び込まれる。

そのはずだったけど、様子がおかしかった。リングを照らす照明が、倍以上に増えている。眩しくて、目を開けていられないほどだ。

リングの周囲にも、カメラを構えた大勢の人がいた。中にはテレビカメラもあった。あたしたちの試合を撮影するということなのか。そんなはずない。

突然、照明がすべて消えた。数秒後、スポットライトがリングを照らし、そこにいたのはタキシード姿のリングアナウンサーだった。アニメスラムで働いているあたしには、それが有名な声優だとわかった。

「本日のサプライズゲスト！」迫力のある声が会場全体に響き渡った。「ご紹介します。オリンピック女子ボクシングフライ級銀メダリスト、美闘夕紀！」

スポットライトが縦横無尽《じゅうおうむじん》に場内を照らしている。クラブ系ミュージックが大音量で流れ出し、反対側の通路から入場してきたのは、真っ赤なロングドレス姿の美闘夕紀だった。

両手を広げ、歓声に応えている。レッドカーペットを歩く女優のように、その姿は堂々としていて、美しかった。

身長は高いし、スタイルはいいし、どこから見てもスーパースターの風格がある。夕紀がリングに上がると、拍手や歓声が最高潮に達した。その横にダブルのスーツを着た柄の悪いオジさんが並び、夕紀の腕を高々と上げている。

「美闘夕紀選手はロサンゼルスでヴィッキー・シャーロットとのリベンジマッチを戦い、見事に勝利を収め、今朝凱旋《がいせん》帰国いたしました」

両手を突き上げて、夕紀がゆっくりとリングを一周する。客席からはユッキーコールが沸き起こっていた。

「プロ転向第一戦のプレッシャーを撥《は》ね除《の》け、金メダリストのシャーロットにリベンジを果たした美闘夕紀選手に大きな拍手を！」

リングサイドでストロボが連続して炸裂《さくれつ》した。リングには二台のテレビカメラが上がっている。

「美闘選手は帝王ジムに所属し、今後日本で戦っていくことになっています。帝王ジム小暮《こぐれ》会長のご厚意により、本日サプライズゲストとしてご来場いただきましたことを、DDD関係者一同、感謝しております！」

ご挨拶をお願いします、とリングアナウンサーがマイクを差し出した。夕紀が婉《えん》然《ぜん》と微笑みながら、四方に向かって頭を下げた。

「皆さん、こんにちは。美闘夕紀です。DDDさんのリングに立つことができて、本当に感激しています」

拍手とユッキーコールが交錯した。日本ボクシングコミッションが女子部門を正式に創設したのは二〇〇七年です、と落ち着いた声で夕紀が言った。

「まだ歴史が浅いのも本当ですし、プロとして認めないという意見もあるそうです。でも、わたしがリングに上がることで、ネガティブな声を払拭《ふっしょく》してみせます。わたしが日本女子ボクシングを引っ張っていきます。世界最強の女子はわたし、美闘夕紀です！」

応援よろしくお願いします、と頭を下げた夕紀がリングを降りた。残っていた小暮会長が、四月一日の後楽園ホールで、美闘夕紀が日本でのプロ第一戦を行いますと声を張った。夕紀がこのリングに上がったのは、その試合の宣伝のためだったようだ。

「美闘夕紀選手、退場！」

凄まじいボリュームで流れ出した音楽と歓声が一体化する中、夕紀が通路脇の客とハイタッチを交わしながら去っていく。たっぷり一分間、拍手は鳴り止まなかった。

「……それではただ今より、女子ボクシングトーナメント二回戦を行います」

すっかりトーンの下がったリングアナウンサーの声に、客席からブーイングが起きた。誰もあたしたちの試合に興味なんてない。それより、美闘夕紀を一秒でも長く見ていたかったのだろう。

気がつくとスポットライトは消え、リングサイドにいた人たちもいなくなっていた。もちろんテレビカメラもだ。

ざわめきが残る中、あたしとナナの名前がコールされた。扱いが雑だな、と会長がぼやいた。

「気にしないで。美闘夕紀のことなんかどうだっていい」望美ちゃんがグローブの上からあたしの手を握った。「愛ちゃんは目の前の試合のことだけ考えて」

言ってることはわかるけど、どうすればいいんだろう。集中力に欠けた客席からは、何の反応もない。それどころか、トイレに立つ人も少なくなかった。あたしとナナの試合なんて、その程度のものなのだ。

まばらな拍手の中、ゴングが鳴った。あたしたちはそれぞれパンチを打ち合った。

でも、長くは続かなかった。インターハイ女子高校生チャンピオンのナナは、話にならないくらい強かった。

開始三十秒、素早いフットワークでコーナーに追い詰められた。ナナのジャブとストレートのコンビネーションで攻め立てられ、苦し紛れに回り込もうとしたあたしの顎に右のフックが当たり、そのまきれいに倒された。何が起きているのかさえ、わからなかった。

一ラウンド、一分二十四秒、ＫＯ負け。あっさりと試合が終わった。

ダメージはそれほどなかったから、自分の足で退場した。控室で唯愛とモモコが待っていた。

「デビュー戦にしては、よく頑張りましたよ」

あたしのグローブを外した村川くんが握手を求めてきた。軽い言い方なのは、彼なりの気遣いなのだろう。

しがみついてきた唯愛を抱きしめたあたしに、惜しかったねとモモコが声をかけた。

「うちはボクシングのことなんてゼンゼンわかんないけどさ、一発当たってたら勝ってたよね！」

あんなぷよぷよな子、愛ちゃんだったら一発だよ、と繰り返した。

「ママ、痛くないの？」

唯愛があたしの胸に顔を埋《うず》めながら言った。痛くない、とあたしは答えた。

まだ興奮が残っているのだろう。左顎に少しだけ違和感があったけど、痛みは感じなかった。

「ママはすごく頑張ったんだよ」床に膝をついた望美ちゃんが唯愛の頭を撫《な》でた。「ママは勇気があった。リングに立つだけでも立派なの。唯愛ちゃん、ママを誉めてあげて」

でもママぶたれた、と唯愛がしゃくり上げた。

「ママかわいそう」

何も言えないまま、あたしは唯愛を抱きしめた。どうしてこんなことをしてるんだろう。自分でもわからなかった。

しばらくして落ち着いたところで、今日は帰った方がいいと会長が言った。あたしもそのつもりだった。手も足も、ろくに動かない。とんでもなく疲れていた。

車で会場まで来ていた永倉会長と望美ちゃんが、あたしと唯愛を送ってくれた。

帰りの車内、会長はずっとつまらないオヤジギャグを言い続けていた。

疲れたのか、唯愛は眠っている。希望荘に着いたのは、夕方五時だった。

車を降りたあたしと唯愛と逆側のドアから、望美ちゃんが外に出た。あたしたちは車の屋根を挟んで向き合った。

「よかったよ、今日」

そう言った望美ちゃんに、あたしは首を振った。夢中だったから、自分ではよくわからない。抱えた唯愛の体が重かった。

「これから、どうするの？」

視線が合った。どうするって、とあたしはもう一度首を振った。

「何にも考えてない」

「またリングに上がる？」

笑ってごまかした。正直、これで終わりだって思ってた。

今になって、体のあちこちが痛み始めていたし、ダメージも心配だ。今日は記念試合だったんだ、と改めて思った。

一カ月間、信じられないほどハードなトレーニングを積んだ。アマチュアだし、エキシビションだったけど、体重のリミットにも気を遣って、食べたい物があっても我慢した。

密度の濃い一カ月だったけど、ダンプとの戦いはただのケンカだし、ナナとの試合は一方的にノックアウトされて終わった。何もできなかった。

どんなに厳しい練習をしたって、負ける時は負けると望美ちゃんが言った。

「敗者に与えられる物は何もない」

練習は辛い。苦しい。殴られれば痛い。それなのに、得られる物は本当にちっぽけだ。

「……どうして、みんな止めないんだろう」

さあ、と望美ちゃんが外国人のように肩をすくめた。あたしたちは顔を見合わせて、小さく笑った。

「とにかく、今日は休んで。頭は打ってないはずだけど、ちょっとでも気分が悪くなったり、吐くようなことがあったら夜中でも電話して。すぐ飛んでくるから」

明日も仕事でしょ、と望美ちゃんが手を振った。そうだ、明日からまたいつもの日常が始まる。

「朝のランニングはカンベンしてあげる。でも、仕事が終わったらジムに来て」

もういいよ、とあたしは言った。これ以上練習なんてしたくない。

そうじゃなくて、と望美ちゃんが笑顔になった。

「こういうのって、習慣だから。顔出すだけでいいんだって」

「行かない」

あたしたちの間を、冷たい風が通り抜けていった。会長がクラクションを鳴らす。ひとつうなずいた望美ちゃんが、後ろのドアを開いた。

「待ってるから」

今日はゆっくり休めよ、ともう一度クラクションを鳴らした会長が車をバックさせた。

疲れた、と唯愛を抱き上げながらため息をついた。陽《ひ》が沈みかけている。Uターンした車が遠ざかっていくのを、あたしは見送った。

ラウンド6／チャレンジ

1

翌日、月曜日。

朝五時、習慣で目が覚めたけど、体のあちこちが痛くて、しばらく起き上がれなかった。それでも這うようにして立ち上がり、唯愛の朝ごはんだけを作って、それからアニメスラムに出勤した。

昨日の試合はモモコや柴田店長、一緒に働いているスタッフも見に来ていた。月曜は休んでいいと言われていたけど、それでも行ったのはあたしの意地だ。

いつもなら歩いて三十分の距離だけど、一時間近くかかった。ボクシングは怖い。そんなにパンチを浴びたわけでもないのに、ダメージが残っている。足が震え、思うように動かせなかった。

店に着いたのは九時ぎりぎりで、モモコを含め、スタッフ全員がデスクに向かっていた。来たんだ、と柴田店長が驚いていたけど、アルバイトの身だから、休めばそれだけ給料が減ってしまう。

大丈夫か、頭は痛くないか、休んだ方がいいんじゃないかってモモコが心配してくれたけど、たいしたことないのは自分が一番わかっていた。

仕事が終わったら帰るつもりだったけど、くれよん商店街までたどり着いたところで、足が勝手に向きを変えた。気がつくと、永倉ボクシングジムの前に立っていた。

「どうしたの、愛ちゃん」

横合いから声がかかった。顔を上げると、心配そうな表情を浮かべた会長がドアから出てきたところだった。

「何してんの、しばらく休まなきゃダメって言ったじゃない」

昨日の試合が終わった後、それは何度も念を押されていた。勝っても負けても、結果にかかわらず一週間は体を休めるように言われていたし、会長と親しいお医者さんに診《み》てもらうことも約束している。

「昨日の今日じゃないの。いいんだって、ジムなんか来なくたって。望美が何言ったって、気にすることないんだから……どうなの、体調は？　ふらふらするとか、呂律《ろれつ》が回らないとか、そんなことない？　食欲は？」

アマチュアとはいえ、ジムの練習生が試合をしたのだから、会長も責任を感じているのだろう。体は大丈夫です、とあたしは答えた。

「別に練習するとか、そういうことじゃなくて……望美ちゃんに、ジムに来てって言われたんです。こういうのは習慣だからって」

あの子はさ、と会長が頭に人差し指を当てて、ジムの中を窺《うかが》うようにした。

「ボクシングのことになると、すぐムキになるっていうか……わかってるでしょ、愛ちゃんだって。いや、こっちもさあ、ほとほと困ってるのよ。うちの親父も何考えてたのかねえ。年端《としは》もいかない女の子に、ボクシングの英才教育なんかしてどうするんだって――」

会長が口を閉じた。半分開いたドアの隙間から、望美ちゃんが顔を覗かせていた。

「来たんだ」

練習はしないよ、と言った。もちろん、と望美ちゃんがうなずいた。

「試合の翌日は、どんなボクサーだって休む。でも、顔だけでも出しておけば、これからもやりやすいかなって思って」

とにかく入んなよ、と会長があたしの背中を押した。ジムの中では、数人のママさんと、高校生ぐらいの男の子がサンドバッグを叩いたり、シャドーボクシングをしていた。いつもの光景だ。何も変わらない。

うっすらとした汗とワセリンの混じった匂い。シューズがリングのマットにこすれる音。何となくだけど、少し湿った空気。

お茶でも飲もうよ、と会長が言った。それには答えず、あたしは練習用のリングに歩み寄った。リング内でロープにもたれた沖田が高校生の男の子を見ていた。

話があります、と後ろから声をかけたけど、返事はなかった。あたしを見ようともしない。

今日、ジムへ来なくてもよかった。疲れてるし、ダメージだってある。一日ぐらいは休むべきだ。

でも、あたしはここに来た。試合を終えた直後だから、言えることがあった。今なら言える。明日になったら、もう言えない。

「ボクシングを教えてください」

ゆっくりと、沖田が首だけを回した。やらん、とかさかさの唇が動いた。

「お願いします。ボクシングを教えてください」

もう一度そう言って、あたしは頭を下げた。やらんと言っただろう、と沖田がロープにかけていたタオルを首に巻いた。

「昨日の試合のことは聞いた。ノックアウトされたそうだな。もうここへも来ないだろうと思ってたが……」

止めません、とあたしは首を振った。

「プロテストを受けたいんです。だから、ボクシングを教えてください」

愛ちゃん、と望美ちゃんと会長が同時に叫んだ。馬鹿らしい、と沖田が口元を少し歪めた。

「いい気になるな。アマチュアのエキシビションとは訳が違う。リングに上がって、観客の前で試合をやってみたいというのは、わからんでもない。だが、プロになるというなら話は別だ」

「プロになりたいんです」

なってどうする、と憐《あわ》れむような顔で沖田が言った。

「少しはこの世界のこともわかっただろう？　プロになったって、一文《いちもん》にもならん。男だって、チャンピオンクラスは別として、みんなアルバイトしながら続けている。ましてや女なんか――」

お金のためじゃない、とあたしは前に一歩出た。

「プロになりたい。でも、あたしは三十三で、プロテストを受ける年齢制限ぎりぎりだ。時間がない。村川くんに教えてもらって、それはすごく感謝してるけど、彼は大学生だし、本人もプロを目指している。スケジュールを合わせるのだって、大変だった。これ以上、迷惑はかけられない。毎日ジムにいるあんたに教えてもらうしかないんだ」

　年長者にはそれなりの敬意を払え、と沖田が不快そうな顔になった。

「お前みたいな女に、あんた呼ばわりされる覚えはない」

「教えてくれるんなら、コーチって呼ぶけど、そうじゃないんなら、あんたはただの頑固ジジイだ。そんな人に敬意なんか払えない」

　愛ちゃん、と望美ちゃんがあたしの腕を引いた。でも、もう止まらなかった。

「いつまで昭和のつもり？　ボクシングは男のスポーツだ、そんな話は聞き飽きた。ＪＢＣだって、女子のプロボクサーを認めてる。あたしはプロテストを受けたい。プロとしてリングに立って試合がしたい。どうして教えてくれないの？」

　一気にそう叫んだら、喉が詰まった。落ち着いて、と望美ちゃんが背中に手を当てた。

　気がつくと、男の子はシャドーを止めていたし、ママさんたちもこっちを見ていた。誰も何も言わない。聞こえてくるのはエアコンの音だけだ。

　プロになって試合をして、それでどうなる、と沖田が深いため息をついた。

「金のためじゃないとお前は言う。それはそれでいいが、プロの試合となれば、それだけの準備をしなきゃならん。昨日の試合のために、お前がそれなりに頑張っていたことは認める。だがな、プロの試合はあんなもんじゃ済まない。お前にできるのか?」

あたしに任せて、と耳元で囁いた望美ちゃんが、話し合いましょうと声をかけた。

「本人がプロになりたいって言ってるんです。試合はともかく、プロテストを受ける準備をするのは本人の自由でしょ? そのために、沖田さんが教えてくれてもいいんじゃないかって――」

お嬢さんが口を出すことじゃありません、と沖田が鋭い声で言った。

「プロテストを受けるのは勝手です。資格だと思えば、ないよりあった方がいいかもしれません。ですが、三十三歳の女がプロのリングに上がってどうなると? 勝っても負けても、得られるものは何もありませんよ」

あたしは望美ちゃんの肩を押しのけて、また一歩前に出た。

「プロになって試合をして勝ちたいとか、チャンピオンになりたいとか、そんなことを言ってるんじゃない」

じゃあ何だ、と沖田がつまらなそうに言った。自分にもできることがあるって胸を張りたいんだ、とあたしはフロアを強く蹴った。

「つまんない人生で、いいことなんて何もなかった。あんたにわかるはずもないけど、生まれた時からずっとそうだった。だけど、それで終わりたくない。あたしにだって、何かができる。それを証明したいんだ」

沖田は何も言わなかった。あたしは隣を指さした。

「望美ちゃんがボクシングを大好きなのは知ってるよね？ でも、病気のことがあるから、リングには立てない。あたしにはその悔しさがわかる。やりたくてやりたくて、死ぬほどやりたいのに、できない人がいる。だったら、あたしがその夢を背負ってやる」

会長もそうだ、と振り返った。パイプ椅子に座っていた会長が、真剣な顔であたしたちを見つめていた。

「今、このジムにはプロがいない。村川くんがプロになってくれると思うけど、そんなに簡単なことじゃないっていうのはあたしにだってわかる。だから、あたしがプロになって会長の夢をかなえる。男だって女だって、プロに変わりはない」

違う、と沖田が強く頭を振った。どう違うんだよ、とあたしは沖田に顔を近づけた。

「プロはプロだろ？ ジムにとっては同じじゃないか」

どうしてだかわからないけど、涙が後から後から溢れて、頬を濡らしていた。今まで生きてきて、こんなに心の底から叫んだことはない。自分の魂が震えているのがわかった。

待て、とリングから降りた沖田があたしの肩に手を置いた。

「何があったか知らんが、よほど辛いことがあったんだろう。だがな、お前の人生とボクシングをごっちゃにはできない。男でも女でも、プロとしては同じだとお前は言う。形としてはそうかもしれん。だが、ボクシングは本当に危険なスポーツなんだ。それはわかるだろう？」

沖田の声に、今までとは違う何かが混じっていた。優しさなのか、寂しさなのか、哀しみなのか、あたしにはわからなかった。

ひとつ間違えば人生を棒に振ることになる、と沖田がこめかみの辺りを指で押した。

「前にも言ったが、死ぬ奴だっているんだ。日常生活に支障を来《きた》す奴も少なくない。残酷なことだ。女にそんな真似を強いることはできん」

それは男の人だって同じじゃないですか、とあたしは沖田の目を見つめた。少し冷静になっている自分がいた。

「矛盾《むじゅん》してませんか？　沖田さんはここで、ボクシングを教えてますよね。男の人たちだって、いつかプロになって、リングに立つかもしれない。事故で大怪我をすることだってあり得るでしょ？　どうして男だったらそれが許されるんですか？」

選手に怪我をさせたくない、という気持ちはわかる。でも、怪我に男も女もない。それなら、ボクシングのコーチをしていること自体、おかしくないだろうか。お前には何もわかっていない、と沖田が背中を向けた。待ってくださいと叫ぼうとしたけど、その前に、沖田さん、という声がした。

2

立ち去ろうとした沖田の前に回った永倉会長が、おれからも頼むと深く頭を下げた。

「愛ちゃんにボクシングを教えてやってくれないか」

こんな会長の姿を、今まで見たことはなかった。いつもへらへらして、調子のいいことばかり言って、ジム生を増やすことと月謝のことしか考えていない会長。あたしの手を望美ちゃんが強く握った。頼むよ、と会長が頭を下げたまま繰り返した。

「あんたの気持ちはわかってる。断るしかないだろう。そりゃそうだ、あんなことがあったんだからな」

自分は、と言いかけた沖田に、聞けよ、と会長が顔を上げた。

「選手に危険な真似はさせられない。ましてや女にボクシングを教えて、何かあったらどうするんだと思うのは当然だけど、もう三十年も昔の話だ。あれはあんたの責任じゃなかったし、誰もあんたを責めちゃいない」

そんなことはありません、と沖田が目を逸らした。わかってる、と会長がその肩に手を置いた。

「親父が死んで十年になる。おれがこのジムを継ぐことになって、古参のコーチやトレーナーはあんた以外、みんな辞めちまった。うちで働いてたのは、ほとんどが親父と同年配の人たちだったから、そういうタイミングだったんだ」

自分も辞めるつもりでした、と沖田が言った。それもわかってる、と会長がうなずいた。

「だけど、あんたは親父にこのジムを頼むと言われていた。いや、そういうことでもないのかな。ボクシングの素人だったおれに、ジム生の命を預けるわけにはいかないと親父は考えたんだろう。ジムを託せるのはあんたしかいなかった。あんたには責任があった。だから残った」

何があったの、と望美ちゃんがあたしの手を握ったまま二人に近づいた。会長が横に目をやった。沖田は顔を伏せたままだ。

「三十年くらい昔の話だ」望美はまだ生まれてもいなかった、と会長が話し始めた。「プロを引退したおれの親父がこのジムを開いた。その頃は今よりボクシング人口も多かったし、もうちょっと身近なスポーツだった。ボクサーを目指す奴だって、少なくなかったんだ」

何となくわかる、と望美ちゃんがうなずいた。親父だって東洋太平洋のベルトまでは巻いていたし、人気もあったと会長が苦笑いを浮かべた。

「入門してくる奴は、今より全然多かった。親父一人じゃ面倒見切れない。前にいたジムの仲間に声をかけて、コーチやトレーナーにした。その中の一人が沖田さんで、怪我でリングを降りるしかなくなっていたが、未来のチャンピオン候補だったぐらいだ。ボクシングから離れ難《がた》かっただろう。親父とも親しかったから、うちのジムに来た」

「それはおじいちゃんに聞いたことがある」

「選手としてはともかく、親父は人に教えるのが下手だった」会長の苦笑が濃くなった。「その点、沖田さんは違った。というより、コーチとしての方が優秀だったかもしれない」

そんなことはありませんと沖田が首を振ったけど、会長はお構いなしに先を続けた。

「三十年前、スポーツ科学なんて、ボクシングの世界にはなかった。格闘技だからさ、怒鳴ったり叱ったりは当たり前、殴る蹴るだって普通だった。親父は気の弱いところがあったから、選手として世界を目指すことなんてできなかったし、コーチとしても厳しく教えられなかった」

オヤジさんは立派なボクサーでした、と沖田が強い調子で言った。

「世界でも、十分通用したでしょう」

パンチ力だけじゃチャンプにはなれない、と会長が首を振った。

「ハートがなけりゃ無理だよ。闘争心っていうのかね……悪く言ってるわけじゃない。親父はそういう男だったんだ。自然と沖田さんが中心になって、ジム生を教えるようになった。当時の常識でジム生を鍛えていったってわけだ」

懐かしいね、と会長が言った。沖田は無言だった。

「その中の一人に富山《とみやま》さんって人がいた。二十歳ぐらいだったかな？　ガキのおれから見ても、惚《ほ》れ惚《ぼ》れするようなボクサーでさ、そりゃあ強かった。富山さんなら日本はもちろん、世界だって狙える。親父もそう言ってたし、そんなことは十歳のガキでもわかった。順調にプロになって、勝ち進んでいった。もちろん専任コーチは沖田さんだ」

もういいでしょう、と言った沖田の額に汗が滲《にじ》んでいた。ここまで話したんだ、と会長が自分の肩を叩いた。

「望美だって知っておいた方がいい……あの頃はＪＢＣもいいかげんで、安全管理なんか何も考えてなかった。ひと月に二試合、三試合なんてこともざらだった。メディカルチェックだって、ろくにしちゃいない。そういう時代だったんだ。それはジムも選手も同じで、とにかく追い込むだけ追い込むのが練習だった。水も飲ませないでスパーリングをやったり、何時間もぶっ続けでひたすらサンドバッグを叩かせたり……」

看護学校にいた頃、水分補給の大切さについて講習があった。昔はそういう無茶がまかり通っていたと、講師が腹立たしげに話していた顔が頭に浮かんだ。

いいか悪いかっていったら、悪いに決まってるさ、と会長が言った。

「だけど、そんな厳しい練習に、みんな耐えてた。沖田さんはましな方だった。おれが見ていた限り、富山に限らず、ジム生を殴ったことなんてなかったよ。だけど、選手が腹が痛い、頭が痛い、そんなことを言っても練習させていたのは本当だ。ボクシングなんだから、練習でも試合でも、どうしたって一発二発はパンチをもらう。それは愛ちゃんだってわかるよな」

わかります、とあたしはうなずいた。昨日の今日だから、顔や体にまだ痛みが残っている。

「試合間隔が短かったから、ダメージが残ったまま次の試合なんてこともあった。ここが痛い、あそこが痛い、そんなのいちいち取り合ってられないってコーチが思うのは、仕方なかった。どこのジムだって同じだよ」

何があったの、と望美ちゃんが聞いた。何試合目だったか、富山さんがその時の日本チャンピオンに挑戦することになった、と会長がしかめ面になった。

「勝てばチャンピオンだ。その先は東洋太平洋、うまくいけば世界だって狙える。重要な試合だし、そんなに強いチャンプでもなかった。こんなチャンスめったにないって、親父も沖田さんも、富山さん本人だってそう思った。だから、それまで以上に厳しい練習を積んだ。特訓だよ。今じゃマンガでもしないだろうってくらいの猛特訓だった」

会長が遠い目になった。沖田が顔を背《そむ》けるようにしている。

「試合の一週間くらい前に、富山さんが頭が痛いって言い出した。風邪なんかひいてる場合かよって、ジムの誰もが怒鳴りつけてたよ。薬でも飲んで寝てろとか、練習してりゃ治るって言う人もいた。医者に診せるなんて、誰も考えなかった。何かの間違いでドクターストップがかかったら、試合は流れちまう。こんなビッグチャンスを逃す手はないってな」

会長の声が低くなった。どうなったの、と望美ちゃんが更に低い声で聞いた。富山さんは試合に出た、と会長が肩をすくめた。

「凄い試合だった。お互い殴り殴られ、倒し倒され、そういう展開だ。あんなに凄まじい歓声が後楽園ホールに渦巻いたことは、それまでなかっただろう。八ラウンド、富山さんの右フックでチャンピオンがぶっ倒れて、すぐにレフェリーが試合を止めた。それほど凄いダウンだったんだ。富山さんが勝ったけど、ベルトを巻いたのは試合が終わった直後だけだった」

　沖田が背中を向けた。その晩、富山さんは死んだ、と会長がつぶやくように言った。

「試合後、シャワーを浴びてる最中に倒れて、すぐ病院に運ばれたが、意識が戻ることはなかった。それまでの試合でのダメージが蓄積していたんだろう。あの試合で浴びたどのパンチなのか、それはわからないけど、脳内出血を起こしていた。嘘みたいな話だけど、そういうことは本当にあるんだ」

　沖田の背中が小刻みに震えている。親父も、ジムの連中も、どれだけ悔やんだかわからない、と会長が肩を落とした。

「一番ショックを受けたのは、沖田さんだった。専任コーチとして、責任を感じるのは当然だ。頭痛を訴えていた富山さんに、そんなのは気のせいだとまで言ったんだからな。ジムを辞めると言ったが、親父が止めた」

逃げても責任を取ったことにはならないと言われました、とあたしたちの方を向いた沖田が何度も目をこすった。

「二度と富山のようなボクサーを出さないようにするのが、自分たちの償《つぐな》いだろうとオヤジさんに説得されて、ジムに残りました」

それから沖田さんは東京産学大学の聴講生になった、と会長が言った。

「大学に通って、最新のスポーツ科学と理論を学んだ。親父もジムの運営について考え直した。もう精神論の時代じゃない、合理的で科学的なトレーニングをして、ジム生の健康管理を優先するって決めた。今考えれば当然だけど、その時はまだ早すぎた。永倉ジムの練習は生温《なまぬる》いって評判が立って、有望な選手はよそのジムに移っていったよ。それでもいいと親父は言った。二度とあんな事故は起こさない。それが親父と沖田さんの誓いだった」

プロボクサーの選手生命は短い、と沖田が重い口を開いた。

「平均すれば、五年にも満たないだろう。その後の人生の方がよっぽど長い。命を縮めるようなことをしたって意味はない。オヤジさんとは、いつもそんな話をしていました」

「腕が攣《つ》った、肩が上がらない、頭が痛い、そんなことをジム生が言ったら、すぐ休ませた」自嘲《じちょう》するように会長が笑った。「あんなことは二度とあっちゃいけないっていうのはその通りだと思うけど、親父も臆病《おくびょう》になり過ぎていたかもしれない。野球だってサッカーだって、怪我をする時はするだろ？　多少のことは仕方ない。スポーツってのはそういうもんだ。だけど、親父の気持ちもよくわかる」

小さく首を振った会長が、沖田さんはうちのコーチの中じゃ一番厳しいと言った。

「怒鳴ることもあるし、場合によっては手を出すこともある。だけど、よく見てりゃわかるが、普通に練習してる限り、そんなことはしない。調子に乗ったり、半端な気持ちでスパーをしたり、そんな奴を叱ってるだけだ。二度と事故を起こさない、というのが親父と沖田さんの約束だからな」

ましてや愛ちゃんは女性だ、とあたしに視線を向けた。

「男より女の方が怪我をしやすいし、ダメージが残れば一生の問題になる。だから女にボクシングを教えることはできないっていうのはわかるけど、本人がやりたいって言ってるんだ。手助けしてやるのがコーチなんじゃないか」

会長は自分で教えるわけじゃないでしょう、と沖田が掠《かす》れた声で言った。

「間違いがあってからじゃ遅いんです。二度とあんな思いはしたくありません」

おれはさ、と会長が少し薄くなった頭をがりがりと掻いた。

「コーチじゃないし、そこはわからないって言われればそうなんだけど……富山さんはどうだったんだろうって思ってる。試合で死んだのが本望だったなんて言ってるんじゃないよ。悔しかっただろう。だけど、それだけじゃなかったんじゃないかって。命より大事なものがあるって、わかってたんじゃないかな」

そんなものはありませんと言った沖田に、あるよ、と会長がロープを叩いた。

「誇りだ。人としてのプライドだ。富山さんには、それがわかってた。譲れない何かがあった。だから無理を押してリングに上がった。満足していたとは言わない。後悔しただろう。だけど、何かが残った。そう考えた方が、富山さんのためなんじゃないか」

愛ちゃんも同じだ、と会長があたしを指した。

「詳しいことは知らんけど、他のママさんたちと違うのは、見てりゃわかるさ。事情があるんだろう。自分でも言ってたが、つまらん人生だったのかもしれない。だけど、愛ちゃんの中で、最後に残っていたものがある」

誇りだよ、と会長が胸に手を当てた。どうしてかわからないけど、あたしは泣いていた。誇りがなくなったら、人間は本当に終わりだと会長が言った。

「愛ちゃんは自分の誇りを証明するために、プロボクサーになりたいと言ってる。おれはね、そういう人がいたら、絶対に応援する。それがおれのプライドだ。沖田さん、あんたどうなんだ？」

つまらんプライドなんかより、もっと大事なものがあります、と顔を上げた沖田が視線をあたしに向けた。

「こいつには娘がいるんです。富山もそうだった。赤ん坊が生まれたばかりで、自分はその子供から父親を奪いました。どんなに後悔しても、取り返しがつかないことをしたんです。親のいない子供は、そりゃあ辛いもんです。自分には、子供から母親を奪うことはできません」

そんなことにならないように教えてやってくれ、と会長が頭を下げた。

「あんたが止めたって、おれや望美が止めたって、愛ちゃんはプロテストを受けるぞ。ジムを移ればいいだけの話だ。目を見りゃわかる。本気なんだ。リングの中では何が起きるかわからない。万一の事故を避けるためにも、沖田さんが教えるべきじゃないか？　あんたは今も大学の授業に通ってる。六十歳の聴講生はあんただけだし、その年齢で最新のスポーツ科学を学び続けているのもあんたしかいない。安全対策だってよくわかってるだろう。教えてやってくれよ」

「ですが……」

そう言ったきり、沖田が口をつぐんだ。ジム全体が沈黙した。

それじゃ、おれのためにやってくれ、と会長が静かな声で言った。

「おれはボクシングをやったことがない。親父は元チャンピオンだった。普通なら、憧れてボクシングを始めるだろう。だが、おれはやらなかった。ずっと逃げ回ってた。何でかわかるか？　怖かったからだ」

富山さんのことは関係ない、と会長が首を振った。

「保育園だ幼稚園だ、そんな頃からだよ。ジムでスパーリングをやってる大人が殴り合ってる姿を見て、怖くて仕方なかった。スパーだって鼻血は出るし、捻挫や骨折なんてこともあった。顔を腫らして、でっかいタンコブ作ってる大人を見たら、気が弱い子供には耐えられないって」

おれが臆病なのは認める、と会長が言った。

「だけど、本当は憧れてたんだ。プロボクサーの家に生まれたんだぜ？　憧れない方がおかしい。やりたかったけど、怖くてできなかった」

本当に一度もやったことがないんですかと聞いたあたしに、一度だけある、と会長が答えた。

「親父も沖田さんも知らないが、高校に入った頃、どうしてもやりたくて知り合いのジムに通ったんだ。今さら始めるなんて、恥ずかしくて誰にも言えなかった。そこのジムの会長はおれもよく知ってる人だったから、事情を話したらあっさりオッケーしてくれた。基礎的なことは結構こなせた」

「それで？」

「サンドバッグ打って、ミット打ちゃって」愛ちゃんと同じだ、と会長が笑った。

「いよいよスパーリングってことになった。だけど、そこで気の弱さが出ちまった。リングに上がったはいいが、何もかもが怖くなったんだ。五秒と保《も》たなかったよ。リングから飛び降りて、そのままジムを逃げ出した」

それからグローブをはめたことはない、と会長がため息をついた。

「世の中、向き不向きってあるだろ？　ボクシングはおれに向いてなかった。それは本当だ。だけど、ずっと後悔していた」

誰も何も言わなかった。二十五年か、と会長が指を折った。

「今も引きずってる。せめて、あのスパーはやっておくべきだった。殴られようが倒されようが、そんなことはどうでもいい。だけど、富山さんも含め、大怪我したり、脳にダメージを負ったり、網膜剝離になったり、そんなボクサーを大勢見てきた。それで怖くなって逃げちまった。あそこで逃げ癖がついたんだろう。何をやっても、大事な局面になるとそこから逃げ出した。会社だってそうだ。いろんなことが重なって、面倒臭いな、嫌だなって思うようになった。気づいたら、辞表を出してたよ」

そうじゃないでしょう、と慰めるように沖田が言った。

「オヤジさんが亡くなって、その後始末だったり、いろんなことがあったじゃないですか。会長がこのジムを継ぐしかなかったわけですから、逃げるために会社を辞めたわけじゃありません」

表向きはね、と会長がまた頭を掻いた。

「親父には借金もあったし、退職金で返せるとか、そんなこともあった。だけど、自分じゃわかってた。ああ、また逃げちまったってな……でもいいや、おれなんてそんなもんだって、ずっと自分に言い訳してた。納得できりゃそれでよかったんだ。あのスパーリングをやっておけば違ったんだろう。ボコボコにされたって、納得できりゃそれでよかったんだ」

愛ちゃんはチャンピオンになりたいなんて思っちゃいない、と会長があたしに目を向けた。

「だけど、プロになって自分の何かを証明したいんだ。いいじゃねえか、応援してやろうじゃないの。ボクシングの勝ち負けなんかどうだっていいけど、人生の勝ち負けはある。おれみたいに、ずっと引きずっちまうようになったら、それこそ最低だ。やるだけやって、それでも駄目だったら、悔いは残らない。プロテストだって、受からないかもしれないが、そんなのどうだっていい。愛ちゃんは頑張ってる。助けてやろうよ」

あんたがコーチしてやってくれ、と会長が拝むようにした。あたしも、望美ちゃんも、気がつくと高校生やママさんたちも、頭を下げていた。

一週間、何もするな、と沖田が口を開いた。

「アマチュアとはいえ、試合は試合だ。一週間体を休めろ。その間、本当にプロになりたいのか、じっくり考えておけ。それでも気持ちが変わらなかったら、来週のこの時間、ジムへ来い。自分が教えてやる」

乱暴にタオルで顔をこすった沖田が、ロッカールームへ去っていった。あたしは会長の手を握って、思いきり深く頭を下げた。

続けるんなら、といつものへらへらした口調に戻った会長が言った。

「申し訳ないんですけど、月謝の方もよろしくお願いしますね。いや、ほら、ご存じの通り、昨今の不況でジムの経営が苦しくてですね……」

望美ちゃんが笑いながら会長をハグした。どうやってお礼の言葉を言えばいいのか、あたしにはわからなかった。

3

翌週の月曜日、アニメスラムでの仕事を終えてから、まっすぐ永倉ジムに向かった。難しい顔をした沖田が待っていた。

「これを読んでおけ」

渡されたのは、五枚ほどのレポート用紙だった。

「ボクシングのプロテストっていうのは、まず筆記試験がある」

ペーパーテストがあるなんて、知らなかった。プロテストにはA、B、C級、三つのクラスがある、と沖田が説明を始めた。

「お前が受けるのはC級だ。車で言えば普通免許だな。大型とか、特殊車両とか、そういう免許が別に試験があるのはわかるだろう？　普通に受ける奴は誰だってC級からだ。A級B級をいきなり受けるのは、インターハイで優勝したとか、オリンピックで上位の成績だったとか、そういう特別な連中だけだ。そんな奴はめったにいない」

安心しろ、と沖田が唇の端だけを吊り上げて笑った。

「筆記試験は難しくない。試合前の食事は何時間前に摂るのが適切かとか、相手がダウンしたら自分はどこで待てばいいのか、パンチの種類は何か、そんな感じの常識問題しか出題されない。こいつを丸暗記するぐらい、お前なら簡単だろう」

レポート用紙を指で弾いた。全部で五十ほどの設問が書いてあり、解答もついている。

「プロテストを受けるためには、日本プロボクシング協会に加盟しているジムに所属していなけりゃならん。もちろん永倉ジムは加盟しているから、問題ない。もうひとつ、目安として最低半年はそのジムで練習してなきゃならない。お前がうちへ来たのは、確か去年の十月だったな？」

「はい」

「少し足りないが、この辺りはかなり適当だ。気にしなくていい。プロテストは月に一回あるから、今月じゃなくたって来月でもその次でも受けられる。年齢についても、三十四歳までという規定があるが、そこもクリアしてる」

「他に何か必要なことってあるんですか？」

コミッションドクターによる健康診断がある、と沖田が言った。

「B型肝炎検査とか、頭部CT検査とか、そんなところだな。ボクシングの試合では、出血することがある。血液感染する病気もあるから、そこは調べなきゃならん。お前なら大丈夫だろう。むしろ心配なのは視力だ」

「視力？」

両目〇・五なけりゃ、昔は受験できなかった、と沖田が片目を手で押さえた。

「今はそこまで厳しくないし、安全性に問題なければ受験できる。とはいえ、〇・一ないような奴はプロになっちゃいかんと自分は思ってる。コンタクトをつけて出来るスポーツじゃないからな……それと、女性の場合は妊娠反応検査があると聞いた。正直、女のプロテストは自分も初めてで、わかってないこともある」

あたしはレポート用紙に目をやった。プロテストの申し込みや健康診断書なんかは、ジムで手配する、と沖田が説明を続けた。

「普通に筆記試験や健康診断をクリアすれば、あとは実技だ。シャドーボクシング一ラウンド二分、それと二分のスパーリング二ラウンド」

受かるかなとつぶやいたあたしに、八割方受かる、と沖田がうなずいた。

「健康診断はパスするだろう。筆記もだ。シャドーだって問題ない。スパーについても、基本的な攻撃、あるいは防御の技術があるかどうかの審査だ。ノックアウト勝ちしなきゃ合格できないとか、そういうことじゃない。相手がとてつもなく強くて、一ラウンド十秒で倒されるようなことがあれば別だが、普通にやってりゃ受かる」

八割という数字を聞いて、ちょっと意外だった。そんなに簡単でいいのだろうか。

女子はな、と沖田が舌打ちした。

「女子プロをJBCが正式に認可したのは十年ほど前だ。昔と比べればボクシングジムの女子会員は増えているが、プロテストまで受けようっていう選手は少ない。JBCにも女子プロボクサーを増やしたい事情がある。気持ちとしては、全員合格させたいぐらいだろう」

だが、油断は禁物だと沖田が言った。

「プロテストは試合じゃない。弱くたって、基本が身についていれば受かる。逆に言えば、強くたって落ちることもある。だから、今日からそこを重点的に教える。お前はボクシングを始めてまだ日が浅い。村川に教えてもらったこともあるだろうが、自己流でやってた部分も多いだろう。個性を矯正《きょうせい》するつもりはないが、テストはテストだ。ルールがあって、そこを踏まえなきゃ合格できない。それはわかるな」

うなずいたあたしに、まずは準備運動だ、と沖田が席を立った。

「体をほぐしておけ。三十分後、練習を始める」

着替えてこいと命じられて、あたしはロッカールームへ向かった。

4

三月のプロテストの日程は数日後で、準備期間が足りなかった。望美ちゃんや会長のアドバイスもあって、四月末のプロテストを受けることに決めた。

それまでのひと月と少し、沖田について基礎からやり直した。元々モモコの付き添いでジムに通うことになったあたしは、見よう見まねでサンドバッグを叩いていた。その後、村川くんのコーチを受けるようになって、正しいフォームを教わったけど、やっぱり我流だったのは本当だ。

村川の教え方が悪いんじゃない、と沖田が言った。

「パンチを打つのもガードするのも、フットワークを使うのも、結局は自分の体格に合ったやり方が一番いいからな。だが、今回はプロテストだ。こっちが合わせなきゃならん。パンチはともかく、ガードとフットワークはもっと基本に忠実でなきゃ駄目だ」

何が基本で何が応用なのか、それさえよくわからなかったけど、その辺りはコーチである沖田に従うしかない。

あたしにパンチ力があるのは、沖田も認めていた。骨が太いから、一発のパンチが重くなるそうだ。

素質はあるが問題もある、と沖田が言った。あたしは不器用で、一度にひとつのことしかできない。パンチを打てば、ガードが疎《おろそ》かになる。ガードを固めれば、フットワークが悪くなる。

その三つが連動する形になるのが理想だと沖田が言った。攻防一体というそうだけど、それどころじゃなかった。

体作りから始めて、パンチを打ってガードし、足も使わなきゃならない。しかも同時にだ。体というより、頭が疲れた。

最後の二週間は、毎日スパーリングを行った。相手をしてくれるのは、村川くんをはじめとした永倉ジムの練習生たちだ。もちろん、全員男性。

手を抜くなと沖田が言ったのは、あたしじゃなく彼らに対してだった。

「愛が女だからとか、体重が軽いからとか、そんなことは考えるな。こいつはプロテストを受ける。本番でのスパーは、対戦相手だってそれなりに技量があるだろう。多少のパンチは受けなきゃならん。慣れておくことが重要だ」

男性と女性とでは筋肉の量が違うから、パンチのスピードも重さも違う。手加減してほしいって心の中で祈ったけど、それは通じなかった。

村川くんに言わせれば、それでも六割ぐらいのパンチですよということだったけど、同じ体重でも男性のパンチの方が威力がある。ジム生の中には、七〇キロ、八〇キロなんて人もいたから、ダメージも大きかった。

「プロテストまでだから」

そう言って励ましてくれたのは、望美ちゃんとモモコだった。スパーリングで相手のパンチをブロックした腕が痛くても、二人が慰めてくれたから頑張れた。

でも、何よりも力になってくれたのは、やっぱり唯愛だった。唯愛は毎日ジムへ来て、あたしの応援をしてくれた。

ママ頑張れ、という声援には励まされたし、唯愛の悲鳴や泣き声で、相手もそれなりにパンチを緩めてくれた。さすがに唯愛の前では、もっと真剣に殴れとか、そんなことは沖田も言わなかった。

プロテストは四月二十六日で、その前日の二十五日、最後の練習をした。プロテストの前日だからといって休ませたりはしないと沖田は宣言していたし、あたしとしても、ここまで来たら一緒だ。

いつものように柔軟体操やストレッチから始め、三キロのジョギングとロープスキッピングで体を慣らし、休憩を挟みながら二分のシャドーを三ラウンドやった。

明日のプロテストではシャドーも審査対象になる。疎かにはできない。最後のスパーリングの相手は、村川くんが務めてくれた。

いろいろタイミングが合わなくて、村川くん本人がプロテストを受けるのは五月になったと聞いていた。時間がない中、今日スケジュールを合わせてくれたのは、村川くんにもあたしへの思い入れがあったからなのだろう。

左のジャブからだ、とコーナーから沖田の指示が飛んだ。

「何度も言うようだが、審査する側は、お前のパンチ力を見るわけじゃない。基本的な攻防ができるかどうか、それがポイントだ。結局、それはジャブなんだ」

何度もどころか、このひと月半で千回は聞いただろう。あたしの中でBGMになっていて、うるさいとかくどいとか、そんなふうに思うことさえなくなっていた。

リングに上がれば、頭の中で沖田の声が響いた。まず構える。そして左ジャブ。動かすのは手だけじゃない、と沖田がコーナーポストを叩いた。

「頭もだ。どこからパンチが飛んできてもいいように、常に見ていろ。フットワークも忘れるな。足を使え」

ボクシングは単なる殴り合いじゃない。体全体を使って、総合的に戦う。本当に使うのは体じゃなくて脳だ、と沖田は繰り返し言っていた。

うまく頭と体を使えば、相手のパンチをすべてガードできる。そうすればダメージはない。その意味で、チェスや将棋のように、頭脳で戦うゲームと近いところがあった。

そして、プロテストのスパーリングの目的は、相手を倒すことじゃない。二ラウンド、四分間をフルに戦える体力があるか、攻撃、防御、それぞれ試合で通用するだけの能力があるかどうか、そこを見極められる。

このひと月半、それだけを考えて練習を重ねてきた。強い弱いじゃない。自分に試合ができる力があるかどうか、それを見せなければならない。その準備はしてきたつもりだ。

村川くんと三ラウンドのスパーをした。テクニック、パワー、スピード、何もかも村川くんの方が上で、勝つとか負けるとか、そういうレベルじゃない。

でも、あたしは自分の持っている力を全部出し切って、村川くんのパンチをガードし、足を使って攻撃をかわし、僅かでも隙があれば、踏み込んでパンチを打った。クリーンヒットこそしなかったけど、それなりに手数は多く出したつもりだ。

いいだろう、と沖田が笛を吹いた。お疲れ、とグローブを合わせた村川くんがリングを降りていった。

「ガードはずいぶんよくなった。フットワークはまだバタバタしているが、そこはしょうがない」

プロテストには合格する、と沖田が断言した。うっすらとだけど、あたしも自信があった。

「問題はその後どうするかだが、それは今考えても仕方ない。シャワーを浴びてこい。体調管理は自分でやれ。風邪なんかひく奴に、プロテストを受ける資格はない」

ドアが開いて、望美ちゃんが顔を覗かせた。明日のプロテストを控えて、最後の練習に集中できるように、ジムの外で唯愛と遊んでくれていたのだ。

今終わったとうなずくと、唯愛が飛びつくようにして、あたしにしがみついた。

「おなかすいた。おうちかえろ」

ゴメンゴメンと謝って、シャワー浴びてくるから待っててと望美ちゃんに唯愛を預けた。

シャワーを浴びて、家に帰ろう。唯愛とご飯を食べて、話していればすぐに眠ってしまうだろう。不安は何もない。

ママはやく、と唯愛が言った。わかってる、とあたしはリングを降りた。

ラウンド7／プロテスト

1

四月二十六日、日曜日。朝八時にあたしは唯愛を連れて永倉ジムへ向かった。望美ちゃん、永倉会長、そして沖田が待っていた。

おはよう愛ちゃん、と会長が裏返った声で言った。

「どうなの、眠れた？　風邪なんかひいてないよね。体調は？　薬も用意してあるからさ。そういえば何か食べた？　唯愛ちゃんは？　カミさんがおにぎりとサンドイッチ作ってさ、もう凄い量なのよ、これが。飲み物も用意してあるし――」

オジさん、と望美ちゃんが睨みつけると、会長が口を閉じて二歩下がった。

二時間後、午前十時からプロテストが始まる。三十分前の集合が義務づけられていて、新大久保から水道橋までは会長の車で行くことになっていた。

八時にジムへ集まるように命じたのは会長で、張り切る気持ちはわからなくもないけど、早すぎるかもしれない。水道橋までは、二十分もかからない距離だ。

プロテスト申し込み書や健康診断書など必要書類の提出、そしてマウスピースやバンデージ、ヘッドギア、ノーファールカップの用意は沖田がしてくれていた。シューズやリングウェアは、今まで使っていたものがある。会長が小脇に挟んでいたチェックリストを読み上げて、最終確認を始めていた。

「いや、だって諸藤《もろふじ》と河井《かわい》が辞めて以来、うちにプロはいなかったわけじゃない」

その二人は、去年の夏前に引退したプロボクサーだ。

「プロテストを受けたジム生って、二年前の佐井野《さいの》が最後だったんじゃないか？ おれも段取りとか忘れちゃってるし、念には念をと思って」

会長が平手で顔をごしごしこすった。それまで黙っていた沖田が口を開いた。

「全部確認済みです。落ち着いてください。会長がそれじゃ、こいつだって緊張します」

済まん、と手を合わせた会長が、口を真一文字に結んだ。テストが始まる前に試験官から説明がある、と沖田があたしの方を向いた。

「本人確認の後、筆記試験だ」

わかってます、とうなずいた。難しくはない、と沖田があたしの肩を叩いた。

「そこはクリアできる。それから計量とドクターの検診があるが、こいつは形だけだ。最後にシャドーとスパーの実技試験がある。相手はその時までわからん。お前はフェザー級で申請しているが、女子の場合、受験者が少ないから、同じ階級同士とは限らない。覚悟しておけ」

あたしの体重は普通なら五八キロぐらいだけど、プロテストに向けた練習を始めるようになって、自然と五六キロ前後に絞られていた。それが女子ではフェザー級に相当する体重だった。

愛ちゃんは受かるよ、と望美ちゃんがあたしの手を握った。やれるだけやってみる、とあたしは大きく首を縦に振った。

2

九時前に水道橋の後楽園ホールに着いた。早すぎたかもって思ってたけど、集合場所に指定されていた四階の控室に入ると、そこには大勢の人が座っていた。

ここでは男女の区別がないようだ。選手だけではなく、ジムの会長やトレーナーなんかもいて、一様に緊張した表情を浮かべている。

それから三十分ほどの間に、入ってくる人の数が増えていき、最終的にプロテストを受ける選手の数は五十人ほどになった。ほとんどが男子で、女子はあたしを含めて四人だけだ。

受験票の写真で本人確認があり、その間にプロテストを受ける選手以外は控室から退出していった。そのまま試験官が今日の流れについて説明をして、すぐ筆記試験が始まった。

簡単なルールテストで、ボクシングをやったことがない人でも、入門書を一冊読んでおけば常識で答えられるだろう。全員がすらすらと答案用紙を埋めていった。

筆記が終わると、前に座っていた人から順番に計量が始まった。正式な試合ではないから、申告していた体重と多少違っていても問題はない。計量はこの後行われる実技試験の組み合わせを決めるためのものなのだろう。

女子四人は一番最後に回された。一応、配慮しているつもりらしい。

あたしたちは体重計に乗りながら、お互いの顔をちらちらと見た。いちいち量るまでもなく、身長や体型で、この人とスパーをやることになるだろうと予測がついた。

この時点で、名前はわからなかったけど、あたしの相手はゼッケン番号44の若い女の子だった。大学生かもしれない。

アスリート体型ではあるけど、ボクシングをやっているようには見えなかった。どちらかと言えば、可愛い部類だ。

彼女もあたしのことを意識しているのがわかった。目だけで挨拶を交わし、よろしくお願いしますとお互いちょっとだけ頭を下げた。

検診が終わると、五階の控室へ移動するように指示された。狭い階段で五階に上がると、心配そうな顔をした望美ちゃんと唯愛が立っていた。

受験者はバンデージを巻くなど、準備がある。着替えをしなければならないので、男女の控室は分かれていた。

望美ちゃんの後に続いて、女子控室に入った。パーテーションがあって、それぞれの選手が中に入っていく。待っていた会長と沖田が同時に立ち上がって、あたしをパイプ椅子に座らせた。

「愛ちゃん、筆記試験はどうだったの」

うろうろと歩き回りながら、会長が早口で言った。大丈夫だって、と望美ちゃんがその肩を叩いた。唯愛は隅っこの方で、直接床に座り込んでいる。ちょっと不安そうだ。

冷静になれ、とあたしの左手にバンデージを巻きながら沖田が言った。

「大丈夫だ、練習通りやれば必ず受かる」

ウェアに着替えて、チェストガードを装着してから、右の拳にバンデージを巻くと、準備は終わった。ミット打ちはできない、と沖田が左右に目をやった。

「ウォーミングアップだけしておけ。気を紛らわすためなら、シャドーでもしてればいい」

呼ばれるまで、順番はわからない。ストレッチや屈伸運動をして、体をほぐした。

意外と緊張していない自分がいた。やることはやった。今さらじたばたしても始まらない。

女子は最後になるのかと思っていたけど、すぐに名前を呼ばれた。控室から通路に出ると、男子の組み合わせを発表している声が聞こえた。四人しかいない女子を先にする方が、効率的なのだろう。

控室から暗い通路を進んでいくと、急に視界が開けた。そこが後楽園ホールだった。意外と狭い、というのが第一印象だ。

東西南北に階段状の席がある。リングサイド席には、背広姿のちょっと怖い顔のオジさんや、白黒のストライプの服を着たレフェリーが座っていた。彼らが実技試験の審査をするのだろう。

天井の照明が辺りを照らしていて、その真下にリングがあった。一メートルほどの高さに固定されている。

「29番」

呼ばれたのは、あたしのゼッケン番号だった。心の準備ができていないまま、はい、と小声で答えた。

リングに上がるよう促され、あたしと44番は三段しかない鉄の階段に足をかけた。プレッシャーがのしかかってきたのは、その瞬間だった。

名前を呼ばれたような気もしたけど、耳に入ってこない。足が震えている。

試験官のレフェリーがあたしたちの間に立って、シャドー二分、と両腕を振った。それを合図に、ゴングが鳴った。

こんな感じでやりなさいとか、説明があるのだろうと思ってたけど、そんなことはなかった。勝手がわからないまま、両腕を上げて構えを取り、操り人形みたいにぎこちなくパンチを打ち始めた。

それは44番も同じだった。リングの周りで、試験官や女子を含めた二十人ほどのプロテスト受験者が見ているから、緊張せずにシャドーをしろと言われても無理だ。

それでも、毎日の練習が体に染み付いている。三十秒も経たないうちに、いつものフォームでパンチを打っていた。同時に神経が集中して、周りの音が気にならなくなった。

ジャブからストレート、顔面とボディへのワンツー、そしてディフェンス、またジャブ。フットワークを使って、ジムとは違う少し弾む感触のするリングの上で、シャドーボクシングを続けた。

二分後、ゴングが鳴った。ストップという声に構えていたグローブを下げ、右に顔を向けると、44番が額の汗を拭っていた。

目が合った。なぜかわからないけど、同時にちょっとだけ笑った。昔の青春ドラマみたいだけど、でもそんな気分だった。

試験官があたしたちをニュートラルコーナーに分けた。コーナーポストに色はついていない。そこに会長と沖田がいた。

「唯愛は？」

望美と一緒に外にいる、と会長が答えた。

「プロテストは関係者以外立ち入り禁止だ。実の娘だって、どうしようもない。望美も愛ちゃんの応援がしたいって言ってたけど、今回は我慢しろと言ってある」

悪くない、と沖田が低い声で言った。

「十分動けてる。シャドーだけなら合格だ。すぐスパーが始まる。もう一度だけ言うが、試験官や採点者は――」

パンチ力が見たいわけじゃない、とあたしは先回りした。

「攻防の技術があるかどうか、ですよね？」

沖田が右唇を引きつらせて歪めた。笑っているつもりらしい。

ブザーが鳴り、沖田がコーナーから降りた。落ち着いてやれよ、と会長が裏返った声で叫んだ。

十秒の静寂。周りを見回すと、四、五十人の男の人が見つめていた。それぞれの表情も見えた。

落ち着いている、と両手のグローブを確かめた。でも、上がっている。体全体が少しだけ浮いているけど、足だけはマットにくっついているような、不思議な感覚。

ゴングが鳴り、二分間のスパーリングが始まった。レフェリーがリングの中央で腕を交差させる。吸い寄せられるようにあたしたちは近づいて、グローブを合わせた。

様子を見るとか、駆け引きとか、そんなものは考えなくていい、というのが沖田の教えだった。だから、遠慮せず44番に接近していき、左のジャブを放った。ガードは固く、顔面を守っていたグローブにパンチが弾かれた。

予想していたから、左の拳を素早く戻し、防御の体勢を取った。44番のジャブがあたしの顔を目がけて飛んでくる。

あたしが打つと44番がディフェンスし、44番がパンチを放つとあたしがガードする。その繰り返し。

あっと言う間に二分間が過ぎ、またゴングが鳴った。コーナーに戻ると、それでいい、と沖田があたしの体をタオルで拭いた。

「その調子でいけ」

指示はそれだけだった。渡されたタオルで顔を拭っていると、すぐブザーが鳴った。

十秒後、第二ラウンドが始まる。その二分間で、プロテストは終わりだ。

オフェンス、ディフェンス、フットワーク、それぞれの技術が審査対象になるけど、どちらかと言えばディフェンスに重点が置かれるのはわかっていた。

だから、なるべく足を使って、遠くからパンチを打つように心掛けた。チャンスがあっても、無理に突っ込んだりしない。

プロテストはあくまでもテストだ。トップで合格する必要もないし、最低点でも受かればそれでいい。

44番も深追いしたり、強引に攻めてくることはなかった。型通りの攻防を続けていると、唐突にゴングが鳴り、レフェリーが終了の合図をした。

あたしと44番は一瞬視線を合わせ、そしてリングを降りた。すぐに二人の女性受験者の番号が呼ばれ、入れ違うようにしてリングに上がっていった。

「どうかな、沖田さん」会長が小声で聞いた。「愛ちゃん、受かったかな」

明日になればわかります、と答えた沖田があたしの頭にタオルをかぶせた。

3

プロテストの結果は、翌日午後、後楽園ホールの通路に貼り出される。とは言っても、都内だけではなく、関東近県のジムから来ていた受験者も少なくないから、電話で問い合わせることもできた。

翌日の月曜日、アニメスラムに出勤し、いつものように仕事をしていた。会長から電話があったのは、二時過ぎだった。

「愛ちゃん」

その声で結果がわかったけど、立ち上がったあたしはスマホを力一杯握りしめて、続く言葉を待った。

「受かったよお！」

昨日、帰りの車の中で、九〇パーセント合格すると沖田が言ってくれたし、あたしも自信がなかったわけじゃないけど、不安はあった。

今まで、何かがうまくいったことなんてなかった。どんなに頑張っても、努力しても、全部駄目だった。負け癖がついているから、どうしても臆病になってしまう。

「JBCの知り合いに直接確認したんだ。29番、合格。通路に貼り出されてた番号を写メで送ってくれたから、間違いないって」

よかったね、と望美ちゃんの声が割り込んできた。スピーカーホンで話しているようだ。

「受かるって思ってたし、落ちたって来月また受ければいいだけの話だけど、一発合格の方が気分いいもんね」

いや参ったな、と浮かれている会長の声が聞こえた。

「愛ちゃんがうちのジムの看板になっちゃうよ。女子だって何だって、プロだもんな。本当に良かったよ」

ありがとうございます、とあたしはスマホを耳に当てたまま、深く頭を下げた。

プロになったから、何がどうなるというものでもない。そんなことはわかってた。

でも、生まれて初めて自分から何かになりたいって思って、そのために頑張った。望美ちゃんも会長も、ジム生たちも沖田も応援してくれたし、助けてくれた。

誰かに期待されたことなんてなかった。何の才能もないし、いつだって諦めてた。

　だけど、そんなあたしのために、みんなが手を差し伸べてくれた。感謝する以外、できることはなかった。

　仕事が終わったらジムに来て、と最後に望美ちゃんが言った。

「唯愛ちゃんもここで待ってるし、村川くんとかママさんたちもみんな喜んでる。おめでとうって言いたいって」

　なるべく早く行くと答えて通話を切ると、柴田店長、モモコ、他のスタッフ全員があたしを見つめていた。

「受かった？」

　隣の席でモモコが囁いた。うなずくと、ヤべえ、という悲鳴が漏れた。

「店長、愛ちゃんプロボクサーになったって！」

　いろいろご迷惑おかけしました、とあたしは立ったまま全員に頭を下げた。

「プロっていっても、資格を取っただけっていうか、それだけのことなんで……運転免許と同じですから」

　スゲえよ、とモモコが自分のことのように胸を張った。マジでスゴい、と感心したように柴田店長が首を振った。

4

水曜日、合格通知が永倉ジムに届き、金曜日にライセンスの申請手続きを行い、本当にあたしはプロボクサーになった。そして、その日のうちに試合のオファーがあった。

女子ならではだな、と沖田が苦々しい表情を浮かべた。

「男ならプロテストに合格したからといって、即試合ってことにはならん。だが、女子はな……」

正確に数えるのは難しいけれど、この十年でプロテストに合格した女子ボクサーは二百人くらいだそうだ。でも、ライセンスだけ取って試合はやらないという人も多い。

資格のひとつと思えば、ないよりあった方がいい、それぐらいの感覚だ。そういう人は、プロのリングに上がらない。

既《すで》に引退した選手もいる。現時点で女子のプロボクサーは、約七十人だ。

そして、ボクシングには階級がある。大きく分ければ軽量級、中量級、重量級。細かくいえば十七階級もある。

ただ、重量級の選手はほとんどいない。女子で一番重い階級はスーパーライト級、しかも現役では一人だけだ。

フェザー級以下の軽量、中量級の階級に、九六パーセントの選手が集中している。あたしは中量級のフェザー級で、五五・三四キロ超え、五七・一五キロ以下の体重の選手がここに入る。でも、現役のフェザー級女子プロボクサーは、全国でも五人しかいない。

彼女たちはプロになっても、日本人に限れば戦える相手は四人だけだ。今回、あたしがプロになったから、もう一人戦える相手が増えたことになる。ライセンスを取ったばかりのあたしに試合のオファーが来たのは、そういう理由があった。

「どうする？　試合に出てみる？」

望美ちゃんが身を乗り出した。こっちが聞きたい。あたしなんかが試合に出てもいいのだろうか。

プロなんだから、出場する資格はあるよ、と永倉会長が揉み手をした。

「出てみなよ。オファーしてきたのは名古屋のジムなんだけど、そこの会長はおれも知ってる人でさ。話を聞いたら、向こうもまだ一回しか試合したことないんだって。愛ちゃんのデビュー戦の相手としては、悪くないんじゃないかな」

心の準備ができてませんと首を振ったあたしに、別に明日やれって話じゃないよ、と会長が笑った。

「向こうだってオファーはしてきたけど、スケジュールもある。名古屋だしさ、あっちでやるのか、東京でやるのか、そういうこともあるし、二人だけでワンマッチやったって、客が入るわけないだろ？　どこかの興行に組み入れてもらうしかないんだけど、その辺考えると早くても六月かな」

コンディションはできてる、と沖田が鼻の下をこすった。

「プロテストに照準を定めて、練習してきたからな。体は仕上がってる。やるんだったら、一からってことじゃない。減量もしなくていい。勧めるつもりはないが、ひと月あれば試合に向けてのトレーニングもできるだろう。後はお前の気持ち次第だな」

とにかく考えてみてよ、と会長があたしの肩を叩いた。

「やるんならやるでいいし、断るんならそれもいいし」

あたしの側にも都合がある。試合ともなれば、練習に時間を割かなければならなくなる。

アニメスラムでの仕事とも関わってくるし、唯愛のことだってある。考えてみますとだけ言って、その日は終わった。

5

モモコや望美ちゃんとも相談して、試合に出ると三日後に返事をした。

柴田店長の了解も取ったし、仕事はモモコや他のスタッフがカバーすると言ってくれた。唯愛のことは望美ちゃんがケアしてくれる。現実的な支障はなくなり、後はあたしの気持ちだけだった。

試合に出場したい、という思いはあった。せっかくプロのライセンスを取ったのだから、一度ぐらい試合に出たっていいだろう。

プロレスの前座で、エキシビションマッチを戦った時の悔いもあった。あの時は緊張していたし、どうしていいかわからないまま、試合が終わってしまった。

あとで村川くんが撮影していた映像を見たけど、みっともない試合だった。今ならもう少しまともに出来る、という思いもあった。

でも、決め手になったのは、もう一度リングに上がって、唯愛に闘う自分の姿を見せたいということだった。

唯愛には幸せな人生を歩んでほしい。心からそう願っているけど、現実がそうなるとは限らない。

辛いこと、苦しいこともあるだろう。そんな時、リングに立つあたしのことを思い出せば、何かの力になるかもしれない。

母親として、唯愛に何にもしてやれていない。何も教えていないし、教える資格さえないいんだろう。

ただ、ボクシングの試合を通じて、何か教えられるかもしれないと思った。だから、試合に出ると決めた。

その後は早かった。事務能力に長《た》けた会長が名古屋のジムと交渉して、六月四日に新木場《しんきば》の小さな会場で行われるボクシング興行の前座に、あたしたちの試合を押し込んだ。

同時に、沖田に付いて厳しい練習が始まった。試合まで約一カ月しかないので、基礎体力作りとスパーリングがメインだ。

仕事と練習の繰り返し、という忙しい日々が過ぎていったけど、その間にずっと気にかかっていた重要な問題がクリアされた。唯愛の学校だ。

唯愛は今年の十月で八歳になる。本当はこの四月に小学二年生に上がっていなければならなかったのだけど、真利男のDVから逃れるために、以前通っていた横須賀の小学校には黙って出てきたままで、あれから半年以上、そのままになっていた。

大崎さんと原西さんに相談して、新大久保の小学校に転入の手続きを取った。大崎さんは前にもあたしたちのような親子の世話をしたことがあって、教育委員会に知り合いもいたから、病気で半年間学校に通えなかったと理由をつけて、二年生として転入することを認めさせた。

五月のゴールデンウィーク明けから、唯愛は学校に通うことになった。それだけで、毎日嬉しそうだった。学校に行ける。友達が出来る。友達と遊べると、狭い部屋の中を跳びはねて喜んでいた。

あたしもほっとしていた。子供を小学校に通わせない親なんて、そんなの許されるはずがない。

本名の沢口唯愛として転校していたけれど、大崎さんがあたしと唯愛がＤＶを受けたことを説明すると、学校も事情を理解してくれた。部外者から問い合わせがあっても、一切答えないことも約束させたという。最近は情報管理が徹底しているから、真利男がどんなに調べても、新大久保の小学校に転入したことはわからないだろう。

それでも、しばらくの間は不安だった。あたしが自分で唯愛を学校まで送って、しばらく辺りの様子を窺っていたこともある。真利男がいつ現れるかとびくびくしていた。

でも、新大久保はあたしと縁もゆかりもない土地だ。大崎さんと知り合ったのは偶然で、新大久保に来なさいと勧められたから、そうしただけだった。あたしたち親子と新大久保を結ぶ線はない。いくら粘着質の真利男だって、そこまでは調べられないだろう。

唯愛のことも、ボクシングも、仕事も、とりあえず順調に回っていた。その分、毎日はハードだった。

朝起きて、望美ちゃんと五キロのジョギングをしてから、唯愛と自分の朝食を作り、学校まで送って、アニメスラムに出勤する。一日仕事をして、帰りに永倉ジムに寄り、試合に備えての練習をする。

望美ちゃんが唯愛を迎えにいってくれることになったから、その点は安心だったけど、単なる調整のためではなく、試合のための練習だから、それなりに時間も長くなる。体重も五六キロ前後を維持しなければならないし、気が抜けなかった。

あっと言う間に五月が終わり、六月になっていた。試合前の一週間は練習内容も緩くなり、少しだけ楽になったけど、プロとしての試合を控えて、精神的なプレッシャーがのしかかるようになっていた。

勝ちたいとか、そういうわけじゃないけど、プロという立場は重い。でも、どうしていいかわからない。そんな状態のまま、寝不足の毎日を過ごし、試合前日までそれは変わらなかった。

6

　六月四日、試合当日の朝がやってきた。唯愛と望美ちゃん、そして永倉会長と沖田というフルメンバーで、あたしたちは大久保駅から総武線と東京メトロ有楽町線を乗り継ぎ、試合会場のある新木場へ向かった。

　今日の興行は大手のナックルジムの主催だ。男子プロボクサーの新人王トーナメントがメインで、イベントとしては中規模レベルになる。

　そのため、ボクシングの聖地後楽園ホールではなく、新木場のセカンドステージという小ホールが試合会場になっていた。大きな箱でやっても満員にならないから、と寂しそうに会長が笑った。

　あたしはその前座第一試合として、名古屋のサカエクラブというボクシングジムに所属している尼子《あまこ》ジュンという選手と四回戦で戦う。四回戦というのは、四ラウンド制という意味だ。

　尼子の戦績は一勝〇敗、判定勝ちというものだった。プロになってから一試合しかやっていない。女子はそんな選手ばっかりだ、と沖田がうんざりしたように唸《うな》った。

「もう少しJBCも考えた方がいいと思いますよ。日本ランキングが決まったのもつい最近ですし、日本チャンピオンは四人だけで、そのうち三人は防衛戦もしていない。それなのに世界チャンピオンは十人以上いる。こんなおかしな話はありませんよ」

どうしてそうなるのか、最初はあたしもわからなかったけど、要するに選手層が薄いためで、階級によっては選手が五人しかいない、なんてこともある。五人のランキングなんて意味ないし、ちょっと強ければすぐ日本チャンピオンだ。

世界に広げても、事情は変わらない。男子と比べれば簡単にトップランカーになれるし、チャンピオンに挑戦できる。勝ったら即世界チャンピオンで、だから数が多くなる。

でも、試合前にそんな話をされても困るし、会場に着く頃にはそれどころじゃなくなっていた。プロ初試合のプレッシャーで、歩いていても足元がふわふわしている。

控室に入り、ドクターチェックを受け、着替えてウォーミングアップをしていると、遠くからゴングの音が聞こえてきて、リングアナウンサーが試合前の説明を始めていた。新人王トーナメント四試合、その他に五試合が行われますとか、許可なく動画の撮影をしないようにとか、そんなことだ。

控室のドアが開いて、顔を覗かせたスタッフの中年男が、まもなくですとだけ言ってドアを全開にした。落ち着いていけ、と沖田があたしの背中を両手で叩いた。

そこからしばらく記憶が途切れ、気がつくとリングの上にいた。振り向くと、セコンドに会長と沖田が立っていた。戸惑ったような表情になっているのは、あたしの様子がおかしかったからだろう。

「愛ちゃん！」

頑張って、という声がリングサイドから聞こえた。見下ろすと、望美ちゃん、唯愛、そしてモモコや柴田店長、アニメスラムの同僚たちが手を振っていた。

唯愛が顔を両手で覆っている。ジムとは違い、実際の試合が怖いのだろう。DVの記憶がフラッシュバックしているのかもしれない。

ゴメンねって思った。でも、怖いから、辛いからといって逃げ出しちゃいけないって教えるために、あたしはリングに上がっている。しっかり見てて、とグローブを高く掲げた。

「赤コーナー、一二六パウンド、名古屋サカエクラブ所属、尼子ジュン！」

リングアナウンサーの声に、あたしは前を見た。身長一七〇センチぐらいの細身の女が、闘争心を剝き出しにして睨みつけている。金髪、ソバージュ、見るからにヤンキー上がりだ。

「それでは、ただ今より第一試合アントニオ・ラブ対尼子ジュン、四回戦を行います」

中央へ、とレフェリーが言った。あたしたちは歩み寄って、グローブを前に出した。

レフェリーチェックの間、あたしは顔を上げられなかった。尼子のガン飛ばしが怖かった。

そして試合が始まった。ゴングの音と同時に突っ込んできた尼子の肘が、いきなりあたしの額に当たった。

「反則だ！」

コーナーで会長が怒鳴った。レフェリーが間に入って、あたしたちを分ける。自分の額が腫れていくのがわかった。

普通なら、相手の肘が頭に当たるなんてことはない。あたしも尼子もボクサーとして下手だから、そんなことになった。

技術が未熟な者同士がリングに上がれば、ボクシングの試合にはならない。体を引いたまま、力の入らないパンチを打ち合うことしかできなかった。

一ラウンド終了後、あたしも尼子も息が切れていた。スタミナ配分も何もない。

沖田はコーナーで腕を組んでいるだけで、何も言わなかった。みっともない試合だと思っているのがわかったけど、どうにもならない。

二ラウンド、三ラウンド、そして最終ラウンドになっても、展開は同じだった。腰の引けたパンチでガードの上から殴り合っても、ダメージなんて与えられるはずがない。

トータル八分間、インターバルを含めると十一分間の試合が終わった。客席からはため息のような声があちこちで流れている。つまらない試合だと、誰もが思っただろう。

判定はドローだった。有効打はお互い一発もなかったし、何もできなかったのだから、当然の結果だ。

あたしは尼子と形だけグローブを合わせて、リングを降りた。こめかみの辺りから、ひと筋血が垂れていたけど、バッティングによるもので、深いダメージはない。そんなふうにして、あたしの記念すべき初試合は終わった。

控室でグローブを外してくれた会長が、仕方ないよと慰めてくれた。初めての試合なんだし、みんなあんなもんだ。相手も下手だったし、愛ちゃんのせいじゃないよ。

慰めだけではないのだろう。どんなことでも、誰でも、初めてのことをする時は、思う通りにいかない。わかっていたけど、悔しかった。申し訳ないって思った。

控室に入ってきた望美ちゃんとモモコは、ちゃんと試合になってたよって言ってくれたけど、みんなに迷惑ばかりかけているのに、これじゃ顔向けできないって泣きたくなった。

唯愛の頬に涙の跡があった。情けない試合をしたからなのか、それとも母親がパンチを浴びたことが悲しいのか、それはわからなかったけれど、やっぱりゴメンねって思った。

沖田はずっと無言だったけど、怒ってるというより呆れていたのだろう。あんなに長い時間練習に付き合って、教えてくれたのに、何も結果を出せなかった。むしろ、怒鳴られたいくらいだったけど、最後まで何も言わなかった。

狭いシャワー室で汗を洗い流していると、悔しいなあ、という言葉がため息と共に口をついて出てきた。もっとやれることはいくらでもあった。どうしてできなかったんだろう。

着替えてシャワー室を出ると、帰ろうと望美ちゃんが言った。残っていたのはモモコだけで、会長と沖田、そして唯愛と新木場駅まで歩いた。

メシでも食っていくかと会長が言って、駅近くにあったチェーンのラーメン屋に入った。そこでも会話はなかった。

唯愛も黙っていた。子供なりに、今は喋っちゃいけないとわかったようだ。

それぞれラーメンを注文した後、一人だけビールを頼んだ会長が席に置いてあったスポーツ新聞を広げて、へええ、と裏返った声を上げた。

「どうしたの？」

望美ちゃんの問いに、美闘夕紀がメキシコでIBZチャンピオンになったんだってさ、と会長が記事を見せた。

「三月の日本デビュー戦で、WBAの女子フライ級チャンピオンになっただろ？これで二団体制覇か。たいしたもんだね」

「チャンピオンって、一人じゃないの？」

運ばれてきたラーメンをすすりながら、モモコが質問した。ボクシングっていうのは団体がたくさんあるんですよ、と会長が丁寧に説明した。

「一応、主要四団体ってのがありまして、WBA、WBZ、IBZ、WBTCっていうんですけど、他にも団体があって、乱立状態なんです。ジムを経営している私もよくわからないぐらいで」

女子はWBAしか認可していなかったけど、と望美ちゃんがスープをレンゲですくった。

「今年に入って、ＩＢＺも女子世界チャンピオンを制定したの。美闘夕紀は二つの団体のフライ級王者になったってこと」

「それって強いの？」

モモコの質問に、望美ちゃんと会長が顔を見合わせて笑った。

「世界王者ですよ？　強いに決まってるじゃないですか」

彼女は本物だから、と新聞を取り上げた望美ちゃんが記事を読み上げた。

「エル・サリオっていう闘牛用のスタジアムに、三万人の客が集まったって書いてある。お目当ては女子世界選手権だったたって……三万人って何よ、武道館二回分？　すごいよね」

人生いろいろ、世の中いろいろだな、と会長が瓶ビールを半分ほどコップに注いだ。

「愛ちゃんみたいに、五百人で満員のホールでデビューする選手もいれば、美闘夕紀みたいに三万人の大観衆の前でチャンピオンになる人もいる。次元が違い過ぎて、笑うしかないよ」

あたしは大きくうなずいた。羨ましいとも思わない。最初から違う世界の人だから、どうでもよかった。

「でも、愛ちゃんだってわかんないよ」顔を真っ赤にした会長がコップを傾けた。

「フェザー級は日本人だってチャンピオンを狙える階級だし、運が良ければチャンプになれるかもしれない」

沖田が舌打ちした。馬鹿馬鹿しい、と言いたいのだろう。あたしも同じだ。ボクシングに限った話ではなく、初心者がチャンピオンを目指すとか、そんなことを軽々しく口にするのは違うだろう。大体、チャンピオンになりたいわけでもなかった。

どうする、と沖田があたしに顔を向けた。

「これで終わりにするか？」

わかりません、と首を振った。いろんな意味で、ボクシングは厳しいスポーツだ。練習時間も長いし、あたしには唯愛もいる。仕事だってある。無理を通してまで続けようとは思ってなかった。

ただ、今日の試合は最低だった。試合とも言えない。みっともないことをした、という後悔があった。

今日でボクシングを止めると言っても、誰も引き止めないだろう。年齢のこともある。ずっと続けられるわけではない。

ちょっと考えます、とあたしは箸で麺を口に押し込んだ。それでいいんじゃないの、と少し呂律が回らない口で会長が話を終わらせた。

いつの間にか、あたしの肩に頭を押し付けるようにして唯愛が眠っていた。

7

止めるか、続けるか。答えを保留したまま、翌週から永倉ジム通いを再開した。

前は運動なんて大嫌いだったけど、体を動かさないと気分が落ち着かなくなる自分がいた。走ったり、ストレッチをしたり、サンドバッグを叩いていると、ストレス解消にもなったし、体調も良くなった。

デビュー戦を終えて半月ほど経った頃、また試合のオファーが来た。しかも二つのジムからだ。人気者だねえと会長が言ったけど、単純に選手数が少ないからに過ぎない。

迷ったけど、試合をやりますと返事した。五月の終わりに村川くんがプロテストに合格して、永倉ジムに二人のプロボクサーが所属する形になり、喜んでいる会長を落胆させたくないということもあったし、望美ちゃんやモモコが勧めてくれたのも大きかった。唯愛も応援してくれた。

あたしの中でも、どこか区切りがついていない、もやもやした感じがあった。まともな試合ができることを証明したかったし、もっと言うと一度くらい勝ってみたかった。

判定でもＫＯでもいいけど、自分が納得できる形で勝ちたい。そうしたら、踏ん切りがつくだろう。ボクシングを止めるのは、その時なんじゃないか。

会長がフットワーク良く動き回って、すぐ二試合のスケジュールが決まった。七月と八月、それぞれ月末だ。

デビュー戦も含め、三カ月で三試合というのは男子だと考えにくい、と沖田が大きなため息をついた。

「昔は月に二試合、三試合なんて選手もいたが、今じゃそんな無茶は通らない。健康面に配慮して、試合後二週間経たないと、次の試合には出場できないことになってる」

「でも、それなら月に二試合っていうのも、できなくはないんじゃないですか？」

あたしの問いに、建前としてはそうだ、と沖田が苦い表情を浮かべた。

「ルール上は可能だが、そんなことを許すジムはないし、選手も断る。ＫＯ負けした時は、三カ月経たないと次の試合が組めない。ただ、これは男子の場合で、女子は事情が違う。まだいろんなことが未整備だ。岡山には五十歳の女子チャンピオンがいるが、これだって男子ボクシング界からすればありえない話だ」

お前はデビュー戦でドローだった、と沖田の額に二本の深い皺《しわ》が浮かんだ。

「ダウンもしていない。一カ月後の七月の試合に出ることは可能だし、そこでKO負けしなけりゃ、次の八月の試合もやれる」

試合の間隔が詰まっているのは、会長も望美ちゃんも心配していたけど、とにかくもう一試合やってみて、三試合目は状況を見て判断しよう、ということになった。

「怪我したり、愛ちゃんの気持ちが前に向かなかったら、体調を崩したとか理由をつけて断ってやるから」

それぐらいお安い御用だ、と会長が胸を張って笑った。

七月二十五日の土曜日、あたしは静岡で開催された大会に出て、大差の判定で負けた。相手が強すぎて、手も足も出なかった。三ラウンド、四ラウンドは、ずっと逃げ回ってお客さんに笑われるような、そんな試合だった。

怪我やダメージはなかったし、試合が終わった時には悔しいという気持ちで一杯だったから、勢いで八月も試合に出ると宣言した。愛ちゃんがそう言うなら、と会長がまた走り回って、仮押さえしていた試合への出場が決まった。

八月三十日、日曜日、今度は東京の大田区にある体育館で行われたボクシング興行に出場した。この時は、自分なりに落ち着いてボクシングができた。慣れもあったし、冷静に戦えているのが自分でもわかった。

四ラウンドが終わった時、今回は勝ったんじゃないかって思ったけど、結果はドローだった。有効なパンチがなかった、と判断されたようだ。

惜しかったなあ、と何度も会長は言ったし、悪くなかったと珍しく沖田も誉めてくれた。それまでの二試合のように、後悔ばかりということはなかったけど、でも満足はできなかった。

ああすればよかった、こうすればよかった、もっと足を使うべきだった、ジャブの後にコンビネーションを打てばよかった、ラスト一分でスタミナが切れた、そんなことだ。悔いというより、反省が自分の中にあった。

試合が終わってから、会場近くのファミレスに行って望美ちゃんと話した。唯愛はおとなしくストロベリーサンデーを食べて御満悦《ごまんえつ》だった。

これからどうするのと聞かれて、やっぱり一回ぐらい勝ちたいと答えた。

「ドロー、判定負け、ドロー。形の上では一敗二分ってことになるけど、何ていうか……気分がすっきりしない」

わかる、と望美ちゃんがうなずいた。

「勝っても負けても、スカッとしたいよね」

そういうことなんだろう。やり切った感じがしない。できれば、勝ってリングを降りてみたかった。

「九月から年末まで、フライ級とバンタム級、フェザー級の選手を集めてトーナメント戦をやるんだって」望美ちゃんが一枚の紙をトートバッグから取り出した。「女子の国内ランキングって、あることはあるけど基準もはっきりしてない。選手数が少ないから、年齢や勝利数だけで決めた暫定《ざんてい》的なものに過ぎない。そこを明確にした方がいいって、ＪＢＣも考えたみたい。愛ちゃんにも出場のオファーが来てる。どうする？」

出てもいい、とあたしは答えた。前より少し積極的な気持ちになっていた。このまま終わるのは嫌だ。

他にもいくつか話が来てる、と望美ちゃんが畳んだ紙をしまった。

「男子だと、試合をしたくてもなかなか組んでもらえないけど、そこだけは女子が恵まれてるところかもしれない」

「そうかも」

女子だって、みんながみんなそうだってわけじゃないけど、と望美ちゃんが顎の辺りを指でこすった。

「あんまり強すぎたり弱すぎると、それはそれで試合が成立しないから……美闘夕紀がそうなんだって。実力が違い過ぎるから、トーナメント戦の出場を断られたって聞いた。世界チャンピオンが日本ランキング一位になったたって、意味ないってこともあるんだろうけど」

　みんないろいろあるんだね、とあたしは言った。勝てなくて悩んでいるあたし。強すぎて対戦相手がいない美闘夕紀。

　ＪＢＣも苦労しているんだよ、と望美ちゃんがため息をついた。

「美闘夕紀の名前で、女子プロボクシング人気に火をつけようと考えてたのに、なかなかうまくいかないって」

　ボクシング界は大変なの、とあたしの肩を叩いた。自分がＪＢＣの代表になったような言い方だった。

「帰ろう」

　あたしは唯愛の手を取って、席を立った。望美ちゃんがレジへ向かう背中越しに、窓の外が見えた。きれいな夕焼け空が広がっていた。

ラウンド8／オファー

1

その後も試合のオファーだけはどんどん入ってきた。何しろフェザー級の女子プロボクサーは六人しかいないのだから、プロになったばかりのあたしでも、引く手あまたになるのは当然だ。

たとえば相撲《すもう》のように、体重が関係なければ、もっと対戦相手の幅は広がるのだろうけど、ボクシングには厳然と階級があり、同じ階級でなければ試合はできない。

デビュー戦で引き分けた尼子ジュンも、決着をつけようと言ってきた。他の選手たちも、スケジュールさえ合えばいつでも、ということだった。

選手の数が足りないという事情は、他の階級も変わらない。その中でも比較的選手層の厚いフライ級、バンタム級、そしてフェザー級のトーナメント戦の計画をJ

BCが立ち上げたのは、その三階級なら試合が組めるという現実的な理由があったからだ。

トーナメント一回戦は九月末に行われた。あたしはその第一試合で、横浜のジムに所属する現役女子大生ボクサーと戦い、一ラウンド四十二秒でKO負けした。

彼女は二〇二〇年東京オリンピックの強化選手候補だったボクサーで、とても勝てるような相手じゃなかった。右フックをきれいにカウンターで決められ、文字通り一回転してキャンバスに叩きつけられるという、完璧な負けだった。

自分では打たれ強い方だと思っていたし、これまでの試合でもダウンを喫したことはなかった。試合後にその女子大生ボクサーは、ラブ選手のパンチが強かったので、無我夢中で放ったパンチがカウンターになっただけですとコメントしていたけど、それは敗者に対する慰めだろう。

KO負けすると、九十日間試合に出場できなくなる。負けたのだから、トーナメントの第二回戦には出られないし、目標がなくなってモチベーションが落ちた。潮時かな、と思うようになっていた。

それは周囲の人たちにもわかっただろう。もう止めた方がいいと沖田が言ったし、さすがに望美ちゃんも反対しなかった。永倉会長は何も言わなかったけど、気持ちとしては同じだったはずだ。

ボクシングそのものを止めるつもりはなかった。始めて約一年、ようやく面白さがわかってきたし、体を動かすこと自体が好きになっていた。

ジムの人たちもみんな優しかったし、応援してくれる人もいる。唯愛にとっては遊び場でもあるから、ボクシングを止めることは考えていなかった。

ただ、プロボクサーとしてリングに上がるのはもう止めると永倉会長や望美ちゃん、ジムの関係者全員に伝えた。誰も反対しなかったのは、ボクシングのことをよく知っているからなのだろう。

毎日のジム通いを週三日にしたら、生活に余裕ができた。アニメスラムでの仕事にも慣れて、柴田店長から正社員にならないかと勧められた。家で一緒にいる時間が増えて、唯愛も嬉しそうだった。

ＪＢＣから永倉ジムに連絡が入ったのは、十月中旬の金曜日のことだった。

2

試合の申し込みがあった、と会長があたしをジムのミーティングルームに呼んだ。そこにいた望美ちゃんと沖田も話を聞いていたようで、難しい顔になっていた。

「ただし、条件がある。フライ級のリミット、五〇・八〇キロまで減量しなけりゃならない」

意味がわからなかった。プロとして試合はしないと伝えたばかりだ。そんなあたしに、どうしてそんな話をするのか。

減量しなきゃならないというのも、意味不明だった。あたしの体重はだいたい五八キロぐらいで、試合の時にはそこから一、二キロ減らして、フェザー級で戦う。ちょっとトレーニングをすれば、二キロぐらいは簡単に落ちる。今まで減量を意識したことはなかったし、それでいいと沖田も言っていた。

食生活や水分を制限すれば、三、四キロなら落ちるだろう。でも、それでようやく五四キロだ。

五〇・八〇となると、そこから約三キロ減量しなければならない。そんな無茶な真似をしてでも、試合に出なければならない理由なんてあたしにはなかった。

まあ聞いてよ、と会長が一枚のファクス用紙を差し出した。

「オファーしてきたのは帝王ジムでね。毎年、大みそかに恒例の格闘技イベントがあるだろ？　あれに美闘夕紀が出場して、世界タイトルマッチをやることになってたんだ」

しばらく前から、ボクシング雑誌はもちろん、スポーツ紙や一般の週刊誌でも話題になっていたから、それは知っていた。イベントのメインは男子ヘビー級の総合格闘技決定戦だけど、他にもいろいろな試合が組まれていて、そのひとつが美闘夕紀対ヴィッキー・シャーロットのIBZ世界フライ級タイトルマッチだった。

前のオリンピック、そしてプロになってから、二人は二度戦い、戦績は一勝一敗のイーブンだ。オリンピックの因縁もあって、決着戦の舞台が大みそかのさいたまスーパーアリーナとなったことは、興味がない人でも知ってるだろう。格闘技イベントにとっては、重要な試合だ。

先週、調印式が行われるはずだった、と会長がこめかみの辺りを指で掻いた。

「でも、中止になった。シャーロットが麻薬の不法所持で捕まったんだとさ。彼女はアメリカでプロとして何度か試合をしてるんだけど、違法な興奮剤を飲んでリングに上がったという証言も出たりして、美闘と戦うどころじゃなくなった。プロのライセンスも剝奪《はくだつ》されることになるだろう。帝王ジムの責任じゃないが、大みそかのタイトルマッチは中止ってことだ」

でも、簡単に中止にはできない事情があるの、と望美ちゃんが口を開いた。

「帝王ジムはテレビジャパンと契約していて、タイトルマッチが中止になると、莫《ばく》大《だい》な違約金を支払わなければならない。もちろん、ジムとしても美闘夕紀にしても、地上波のゴールデンタイムで放送されるイベントに出場するのはビッグチャンスだから、あっさり諦めるわけにはいかないってこともある」

それで対戦相手を探してるんだ、と会長が鼻の下をこすった。

「アメリカ、メキシコ、フィリピン、イギリス、世界ランキングに入っている選手には全員声をかけたが、すべて断られた。大みそかまで二カ月半しかないからコンディションの調整ができないとか、試合の予定があるとか、理由はいろいろだけど、要するに美闘と戦っても勝ち目がないってことなんだろう。わざわざ海を渡ってまで、恥を曝《さら》したくないのはみんな同じだよ」

「今、美闘はWBAとIBZの世界フライ級チャンピオンだ」それまで黙っていた沖田がぼそりと言った。「WBAは挑戦者の資格にうるさいが、女子ボクシング部門を新設したばかりのIBZは、まだ世界ランキングも決まっていないから、チャンピオン側の了解があればタイトルマッチを認可している。海外の選手は全員駄目だったから、日本人フライ級選手を当たった。だが、軒並み断られた。フライ級で美闘夕紀に勝てる可能性がある選手はいない。断られるのは当然だ」

帝王ジムの立場は苦しい、と望美ちゃんがうなずいた。

「大みそか、誰が相手でもいいからIBZの世界タイトルマッチをやらなきゃならない。でも、選手がいない。フライ級が無理なら、もっと重い階級はどうかってことになった。体重が重ければパンチ力がある分、勝つチャンスが生まれるけど、スーパーフライ級、バンタム、スーパーバンタム、全部断られて、とうとう五キロ近く重いフェザー級まで範囲を広げるしかなくなった。愛ちゃんにオファーが来たのは、そういう事情があるの」

知っての通り、日本の女子ボクサーでフェザー級の選手はお前を入れても六人しかいない、と沖田が顔を手のひらで拭《ぬぐ》った。

「他の選手はいろんな理由をつけて断った。自分より五キロも六キロも軽い選手に負けたらみっともないし、本音を言えば美闘と戦っても勝てないってわかってるからな。だから、お前のところまで話が降りてきたんだ」

もう試合には出ないって言ったはずです、とあたしは三人の顔を順番に見つめた。おれたちはわかってるよ、と会長がなだめるように言った。

「でも、帝王ジムはそんなこと知らないからさ。愛ちゃんがまだプロだって思ってる。実際、ライセンスを返上したわけでもないからね。愛ちゃんは永倉ジムに所属するプロボクサーなんだ」

話はわかったけど無理です、とあたしは首を振った。

「二カ月ちょっとで七キロ以上落とすなんて、できるわけないじゃないですか。だいたい、この前の試合であたしはKO負けしてますよね。九十日間は試合に出場できないんでしょう？」

十二月二十二日で九十日になる、と沖田が白髪交じりの頭をがりがり掻いた。

「ルール上、問題はない。十二月三十一日の試合には、出ようと思えば出られる」

無理だって、とあたしは望美ちゃんに顔を向けた。

「二敗二分の戦績しか残していない選手がタイトルマッチなんて、おかしいでしょ？」

おかしいよ、とあっさり望美ちゃんがうなずいた。

「男子だったら、絶対あり得ない。団体によって多少違うけど、世界タイトルマッチだったらランキング十位以内に入っていなければ、挑戦する資格は与えられない。でも、女子のタイトルマッチは違う。挑戦者の資格なんて、プロであればそれで十分だし、IBZが認めればそれでいいの」

それにしても、あたしがチャレンジャーというのは、どう考えてもおかしいだろう。

「二カ月で七キロなんて、一般人がやるにしたって苛酷なダイエットです。リングに上がっても、まともに戦えるはずないでしょう」

嫌なことを言うよ、と会長があたしの肩をぽんぽんと二度叩いた。

「JBCもIBZも帝王ジムも、関係者は誰もまともな試合なんか望んでいないんだ」

説明してやる、と沖田が体を前に傾けた。

「奴らが考えているのは、女子ボクシング人気を上げることだ。美闘夕紀というとんでもない天才が現れたんだから、チャンスだと思うのは当然だ。だから、奴らは美闘をスターにしなけりゃならん。誰も勝てない無敵の最強チャンピオン。それがスターってもんだ」

「わかりますけど……」

「しかも、今度の試合は美闘にとって日本での初防衛戦だ。要するに、圧勝できる相手であれば誰でもいい。お前は噛ませ犬として選ばれたんだ」

酷い話、と望美ちゃんがつぶやいた。お嬢さんはそう言うかもしれませんが、と沖田が肩をすくめた。

「多かれ少なかれ、チャンピオンってのはそういうふうにして作るものです。男子の場合、格下の選手や実力差が歴然としている相手とだけ戦って、五連勝だ十連勝だ、そんな実績を作ってランキングに押し込むのは日常茶飯事ですよ。実力があったって、チャンスがなければタイトルに挑戦できません。対戦相手を選ぶのは所属しているジムで、そういう戦略を取るジムはいくらでもあります」

美闘夕紀と試合をしろなんて言ってるんじゃないよ、と会長が顔の前で大きく手を振った。

「おれだって、帝王ジムの小暮会長の魂胆《こんたん》はわかってる。嚙ませ犬扱いなんて、失礼な話だよ。ただ、こういうオファーがあったって愛ちゃんに伝えるのは、ジムとしての義務だからね。もうひとつ言うと、小暮会長も無理な申し出をしているのはわかってるんだ。だから、ファイトマネーも最低百万円を保証している。交渉次第では、倍までいけるかもしれない。金のことだけ言えば、愛ちゃんにとって悪い話じゃない」

オジさんはそう言うけど、あたしは反対、と望美ちゃんが会長を睨んだ。

「今、愛ちゃんは五八キロぐらい？　二、三キロぐらいの減量なら、そんなに難しくないけど、フライ級のリミットの五〇・八〇まで落とすのは厳しい。無理に減量した体で練習しても、疲れるだけでコンディションの調整なんてできるはずない。リングに上がったって、サンドバッグみたいに殴られて終わるだけ。そんなことやれなんて、愛ちゃんには言えない」

やれなんて言ってない、と会長がテーブルを叩いた。

「ただ、さ、タイトルマッチを戦える選手なんて、百人に一人だよ？　愛ちゃんに晴れ舞台を踏ませてやりたいって気持ちはあるさ。ゴールデンタイム、テレビの生中継も入ってる。どうせ止めるつもりでいたんだから、負けたって構わない。まずいって思ったら、おれだって沖田さんだって、すぐタオルを投げるよ」

だからって、四階級なんてあんまりです、とあたしは声を上げた。

「美闘夕紀が二階級上げて、あたしが二階級下げるっていうならまだしも、あたしだけ四階級下げるなんて不公平すぎます」

彼女が持ってるのは、ＩＢＺ世界フライ級のタイトルだ、と沖田があたしの頭を親指で押した。

「タイトルマッチだから意味がある。美闘の階級を変えるわけにはいかない。やるんなら、お前が合わせるしかないんだ」

戦ったらどうなりますかというあたしの質問に、一ラウンド、一分以内に決着がつくと沖田が答えた。

「ＫＯ負けは間違いない。美闘を女子ボクシング界のスターにしようと帝王ジムが考えたのは、あれだけの素質と実力を持つ選手は、男子だってめったにいないからだ。あれだけ若くてルックスとスタイルがいいということもあるが、何より強いからだ。同じ体重なら、日本ランキングに入ってる男子ボクサーでも倒せるかもしれん。美闘は本物だ。勝てっこない」

だけど、と会長が唇を突き出した。

「美闘は背こそ高いけど、線は細いだろ？　その点、愛ちゃんは骨太だから、パンチ力だったら上なんじゃないかな」

レベルが違うんです、と沖田が真剣な表情で言った。

「確かに、体重が重い方が威力のあるパンチを打てます。ですが、パンチ力というのは重さ×スピードです。美闘のパンチの速さは、人間離れしてますよ。愛が一八〇センチ、一〇〇キロのヘビー級だったとしても、相手にならんでしょう。自分もお嬢さんが正しいと思います。こんな試合、いくらタイトルマッチだからって受けちゃいけません。帝王ジムが圧勝できる相手と戦わせたいと考えるのは勝手ですが、それに合わせる必要はないんです」

わかってるさ、と会長があたしに顔を向けた。

「ただ、おれの立場としては確認が必要なんだ。どうかな、愛ちゃん。試合に出る気はない？　タイトルマッチだし――」

出ませんと即答したあたしに、だよね、と会長がため息をついた。

3

その後、帝王ジムと美闘夕紀の情報を、会長と望美ちゃんが教えてくれた。

あたしが断ったことで、フェザー級にタイトルマッチの相手はいなくなった。そのため、更に一階級上のスーパーフェザー級、そしてライト級の選手にも声をかけたそうだ。

でも、約二カ月では準備期間が足りないと断られたという。世界タイトルマッチというニンジンをぶら下げられても、無理なものは無理ということなのだろう。

結局、帝王ジムはフェザー級以下の階級の選手に改めてオファーをかけた。永倉ジムもそのひとつだったけど、断っておいたからと会長が言った。だから、それで終わったはずだった。

でも、そうじゃなかった。十月二十六日、月曜の午後一時、会長から突然電話がかかってきた。

とにかくすぐ来てくれと言われて、仕事中なんですと断ったけど、そんなのどうでもいいと焦った声がした。

「テレビが来てるんだ」

「テレビ?」

帝王ジムの小暮会長がテレビ局とスポーツ紙、それに週刊誌の記者を引き連れてやってきた、と会長が悲鳴のような声を上げた。

「とにかく顔出してよ。そうじゃないと収まりがつきそうにない。店長にはおれから説明しておくから、急いで来てよ。頼むよ」

お昼休みの時間帯で、あたしはモモコとランチに行く約束をしていたから、一時間ぐらいなら外出できる。事情を話すと、面白そうだから行ってみようとモモコが無責任なことを言って、二人で永倉ジムに向かうことにした。柴田店長には後で説明すればいい。

くれよん商店街に近づくと、いろんな店の人たちが外に集まって騒いでいた。知ってる顔ばかりで、あたしを見るなり、すごいねとか、チャンピオンになってくれよとか、声援が飛び交った。

よくわからないままジムのドアを開けると、大勢の記者がリングを取り囲んでいる姿が見えた。カメラも二台入っている。

ＩＢＺ女子世界フライ級タイトルマッチの挑戦者に、アントニオ・ラブ選手を指名しました、とダミ声で話している男の人の声が聞こえた。誰なの、とモモコが囁いた。

帝王ジムの小暮会長、とあたしは答えた。独特な声に聞き覚えがあった。

タイトルマッチの対戦相手として、あたしを選んだということなのだろう。指名するのは向こうの勝手だから、それはいいとして、どうして永倉ジムで発表するのかわからなかった。

帝王ジムは日本最大手、所属する選手が百人を超える大型ジムだ。地方にある系列のジムまで含めれば、会員数は千人以上だと聞いたことがある。記者会見をするなら、自分のジムでやればいいのに、どうしてここにいるのか。

苦労しましたよ、と小暮会長が苦笑交じりに言った。記者たちの間から、笑いが漏れた。

「うちの美闘の実力は、二団体の世界チャンピオンになっていることからもおわかりだと思います。現役女子フライ級のボクサーとして、世界最強でしょう。ですが、強すぎるチャンピオンっていうのは悲劇ですよ。タイトルマッチを組もうにも、相手がいないんですから」

記者たちが揃ってうなずいた。わからんでもありません、と小暮会長が流暢《りゅうちょう》に話を続けた。

「美闘のパンチ力は、ライト級でも通用する威力があります。同じフライ級の選手だと、ノックアウトどころか下手すれば再起不能になるかもしれません。ジムは所属する選手に対して責任がありますからね。大怪我する可能性がある試合に出場させないというのは、同じように選手を預かる立場にいるわたしにも、よくわかるんですよ」

国内のフライ級女子選手は、全員対戦を拒否したそうですね、と記者の一人が手を挙げた。そうなんですよ、と小暮会長が口をへの字に曲げた。

「気持ちは理解できます。でもね、ここだけの話ですけど、本音を言ったら、それってどうなんだって思ってますよ。圧倒的な実力差があったって、タイトルマッチはタイトルマッチですからね。やってやろうじゃないか、そう言ってくれるジム、選手がいると思っていたんですが、見込み違いでしたなあ。全員、白旗を揚げましたよ」

どうにもならないんで上の階級の選手を探しました、と小暮会長が指で天井を指した。

「スーパーフライ、バンタム、スーパーバンタム。すべて断られました。減量が厳しいとか、時間が足りないとか、理由をあれこれ言ってましたけど、わたしに言わせればあんたら勇気はないのかと。ボクシングって、そういうもんじゃないでしょうと」

話しながら、小暮会長が何度もロープを叩いた。自分の言葉に興奮しているようだ。

「勝ち目が僅《わず》かでも、挑戦するスポーツじゃないんですか？　モハメド・アリだって言ってるでしょう。インポッシブル・イズ・ナッシングって」

それからしばらく小暮会長の独演会が続いた。日本ボクシング界の将来を憂《うれ》い、日本人には根性がなくなったと嘆き、こんなことでは日本に未来はない、と独断と偏見に満ちたことまで言った。記者たちは苦笑いを浮かべているだけだった。

「ですが、フェザー級のアントニオ・ラブ選手から、試合をしてもいいというお返事をいただきました。わたしも永倉ジムさんとは古いつきあいで、常々選手の育成方針には感心していたわけですけど、ひと筋の光明を見た思いがしましたな。勇気のある選手を育てられた永倉会長に感謝しております」

小暮会長が手招きすると、リング下にいた永倉会長が子供のように頬を膨らませたまま、リングに上がった。

「タイトルマッチについて、話をさせていただきました。永倉さんは了解しています」

してませんよ、と永倉会長が首を大きく横に振った。

「検討するとお答えしただけです。常識で考えてください、うちのアントニオ・ラブ選手はフェザー級で、フライ級の美闘選手とは四階級も違うんです。フライ級の世界タイトルマッチですから、こっちが合わせるしかない。半年先ならともかく、二カ月後なんて無理ですよ」

つまり、時間があればやる意志はあるってことでしょう、と小暮会長が目を光らせた。

「その気持ちがあるんなら、あとは精神力の問題じゃないですか。二カ月後でも、半年後でも、そんなに変わりゃしませんよ。いいじゃないの、永倉さん。こんなチャンス、二度と巡ってこないよ。見逃していいの？」

本人も試合に出るつもりはないと言ってます、と永倉会長が答えた。そこを説得するのが、あんたの役目じゃないの、と小暮会長が何度も肩を叩いた。

やめてくださいって言ったんですよ、という囁き声が耳元でした。美闘夕紀が隣に立っていた。

「日本に対戦相手がいないのは、それはそれで仕方ないって思うんですよね。アタシは世界に出て戦うって言ったんだけど、大みそかのイベントには出た方がいいって、会長もテレビ局の人たちも勧めるし……何かすいません、うちの会長が勝手なことばっかり言って」

夕紀が軽く頭を下げた。それでようやく顔があたしと同じ位置に来た。一〇センチ以上背が高い。

白いワンピースに紺のウインドブレーカーを着ていて、普通だとあり得ない組み合わせだけど、彼女が着るとミスマッチがオシャレに見えた。それだけスタイルがいいのだろう。何を着ても似合うのは、モデル体型のなせる業《わざ》だ。

ホントに止めた方がいいって思うんですよ、と夕紀があたしの肩に手をかけた。

「率直な話、ラブ選手ってアタシより十歳上じゃないですか。二十代ならともかく、三十代の選手に怪我なんかさせたくないし、もし何かあったら後が大変だし

「……そういうの、嫌なんです」

はい、とあたしはうなずいた。夕紀の全身から、オーラが漂っている。小暮会長が世界最強と言ったのはハッタリでも何でもない。

もしリングに上がれば、あたしのパンチは一発も当たらないだろう。逆に、夕紀のパンチを一発でも食らえば、その場でダウンするしかない。ひとつ間違えば、大事故になりかねなかった。

うちの会長も焦ってるんですよね、と夕紀が口角を上げて笑った。

「テレビ局に対する責任もありますから。シャーロットを招聘《しょうへい》すると決めたのもうちのジムだし、彼女が事件を起こして来日できなくなったのも、うちの責任になるのかも……だけど、誰でもいいからタイトルマッチをやれっていうのは、おかしいでしょ？」

「はい」

「失礼なことを言うようですけど、未勝利で実績もない選手とタイトルを懸けて争うなんて、意味ないじゃないですか」

失礼なんて思いません、とあたしは小声で答えた。

「タイトルマッチができる資格なんて、あたしにはありません。まともな勝負にならないのは、目に見えてます。あたしは断ったんです」

良かった、と夕紀があたしの手を握った。

「わかっていただけて嬉しいです。無謀なチャレンジなんて、今どき流行《はや》らないですよね。会長の世代だと、それもありなんだろうけど、そんなことしたってしょうがないでしょって話で。たかがボクシングのために、命を懸けて戦うなんて、そんなの笑っちゃいますよ。でしょ？」

そう思います、とあたしは何度もうなずいた。この先も、人生は続いていく。ボクシングのために、人生をあたし一人ならともかく、唯愛のことだってある。ボクシングのために、人生を棒に振るつもりなんてない。

「今から、会長がアタシを呼んで、取材に応えることになってるんです」膝を少し曲げた夕紀が、あたしの耳元に口を近づけた。「マスコミはマスコミだから、ちょっとサービストークはしますけど、ラブさんのことをディスったりはしませんから、安心してください。日本じゃなく、世界が相手だとか、そんな話をしてきますから」

頑張ってください、とあたしは両手で夕紀の右手を握った。会長の言うこともわからなくはないんです、と夕紀が空いていた左手であたしの頭を撫でるようにした。

「一人ぐらい、アタシと戦うって言ってくれる選手がいてもいいんじゃないかって……しょうがないんですけど」

小暮会長が名前を呼ぶと、ウインドブレーカーを脱ぎ捨てて両手を高々と上げた夕紀が、記者たちの間を駆け抜けてリングに上がっていった。

自信満々だね、とモモコが鼻に皺を寄せた。当然だよ、とあたしは答えた。

「彼女は選ばれた人だから。実力もそうだし、ルックスやスタイルもその辺の読モなんか目じゃない。美闘夕紀は本物のチャンピオンで、誰よりも強い」

でもあの人キライ、とモモコがつぶやいた。リングに上がった夕紀がマイクを取って、主要四団体のチャンピオンになって世界統一王者を目指します、と笑顔で質問に答えている。

あたしのことを見ている人は、一人もいなかった。

4

翌日、正式に帝王ジムからタイトルマッチへの再オファーが来た。

昨日、小暮会長と美闘夕紀が永倉ジムにテレビ局やマスコミの記者たちを引き連れてやってきたのは、一種のデモンストレーションで、既成事実を作るつもりだったのだろう。

ＩＢＺもテレビ局も、アントニオ・ラブ選手を挑戦者として認めたという。スポーツ紙にも、美闘夕紀の対戦相手が決定したという記事が載っていた。

再オファーを受けて、永倉ジムで話し合いが行われた。断った方がいい、と望美ちゃんが口火を切った。

「勝ち負けの問題じゃなく、本当に愛ちゃんが壊されるかもしれない。そんなことになったら、愛ちゃん自身も、あたしたちも後悔する」

やり方が気に入らん、と沖田が不快そうに吐き捨てた。

「うちのジムにマスコミの連中とやってきて、お前を挑戦者に指名すると言ったが、なし崩しに試合に持ち込もうって魂胆が見え見えだ。いくら最大手のジムだからって、そんな勝手な理屈が通るわけないだろう」

最初からやるつもりなんてないです、とあたしは言った。

「もし同じ体重で、減量の必要がなくても、絶対、美闘夕紀には勝てないってわかってます」

録画した試合を何度か見ていたけれど、夕紀のパンチを繰り出すスピードは異常なほど速かった。パンチだけじゃなく、フットワークも凄い。目にも止まらないというのは、誇張でも何でもない。

あたしと美闘夕紀では、子供と大人以上に力の差がある。ろくな準備もできないのにそんな人と戦うなんて、無謀な自殺行為だ。

三日以内に返事が欲しいと言ってる、と沖田がプリントアウトしたメールをあたしに渡した。

「昨日の今日で、即断るというのも失礼だから、返事は木曜でいいだろう。会長には自分から話しておく。断っておくから、安心しろ」

よろしくお願いしますと頭を下げて、ジムを出た。昨日、あれだけ大勢の人が詰め掛けていたジムには、誰もいなかった。夢だったのだろうか、と思えるほど寂しい光景だった。

くれよん商店街を抜けて帰る途中、いろんな人に声をかけられた。あたしの写真こそなかったけど、昨日のことがスポーツ紙に載っていたからだ。タイトルマッチ頑張れよ、と誰もが言ってくれた。

最初のうちは、出ないですと答えたけど、どうしてとか聞かれるのが面倒になって、すいませんすいませんと頭を下げて、家までダッシュした。

希望荘に帰ってもそれは同じで、入れかわり立ちかわり住人たちがあたしの部屋をノックして、タイトルマッチ頑張ってね、と激励《げきれい》しに来てくれた。

特にフィリピン人の四姉妹は、スゴイねスゴイねと目を丸くしていた。フィリピンはボクシングが盛んな国だから、ボクサーに対してリスペクトがある。世界チャンピオンに挑戦するというだけで、尊敬の眼差《まなざ》しになっていた。

住人たちにはきちんと事情を説明せざるを得なかった。帝王ジムが勝手にあたしを挑戦者に指名したこと、そしてあたしに戦う意志がないこと、そもそも挑戦する資格がないことも話した。

理解はしてくれたけど、みんな残念そうだった。試合に出たら応援するよと言ってくれたけど、出ないとしか答えられなかった。

それはアニメスラムでも同じだ。柴田店長をはじめ、あたしが大みそかの格闘技イベントで世界タイトルに挑戦するとみんなが思っていたから、誤解を解くのが大変だった。

マスコミの力は想像以上に大きくて、誰もがあたしが試合に出場すると決めつけていた。タイトルマッチには、それだけのニュースバリューがある。普通に試合をするというだけでは、こんな騒ぎにならなかっただろう。

その意味で、帝王ジムの戦略は正しかった。美闘夕紀という女子ボクサーの認知度が今まで以上に高くなったのだから、それだけでも大成功だ。彼女の人気は、ますます上がっていくだろう。

火曜、水曜とあたしは考え続けた。永倉会長じゃないけど、このタイトルマッチにメリットがないわけじゃない。

ファイトマネーもそうだけど、数万人の観客の前で戦うチャンスなんて、二度とないだろう。自己顕示欲とか、目立ちたいとか、そんなことじゃなくて、一回ぐらいそういう大舞台に立ってもいいんじゃないか。

帝王ジムとしては、相手なんて誰でも良かったはずだし、あたしのことを噛ませ犬だと思っているのだろう。女子プロボクシングの歴史に名前を残すことになる才能の持ち主、美闘夕紀と、最下層のボクサーであるあたしとでは、比べることさえできない。

少しだけ迷いがあったのは本当だ。世界タイトルマッチを戦ってみたい気持ちがないわけじゃなかったし、それを最後にプロを止めれば、ちょうどいい区切りになる。たくさんの人が応援してくれているということもあった。

でも、戦っても試合にならないのはわかっていた。みっともない負け方をするだろうし、本当に大きな怪我をしてしまうかもしれない。やっぱり断るしかないと決心したのは、水曜の夜だった。

木曜日、仕事を終えてから、あたしはモモコと一緒に永倉ジムへ向かった。期限の三日目なので、今日愛ちゃんに最終確認してから返事すると会長から連絡が入っていた。

ジムに入ると、会長と沖田、そして唯愛を抱っこしている望美ちゃんが待っていた。電話するだけだから、と会長が自分のスマホを指さした。

「愛ちゃん、最後に聞いておく。タイトルマッチの話、断っていいんだね？」

いいです、とあたしはうなずいた。

「タイトルマッチに挑めるチャンスなんて、二度と巡ってこないとわかってるから、出てみたいっていう気持ちもなくはないですけど……でも、減量のことも含めて、お客さんの前で見せるような試合ができる自信がありません。断ってください」

ずっと考えていて、心が揺れたのは本当だ。もう試合に出ることはないって思ってたけど、どこか決着がついていないところがあるのは、自分でもわかっていた。勝つ可能性なんて、まったくない。一〇〇パーセント、ノックアウトされて終わる。

だけど、それでもいいんじゃないか。踏ん切りをつけるためには、そういう終わり方がベストなんじゃないか。

そう思わないでもなかったけど、やっぱりリスクがあり過ぎた。リングの上では、アクシデントが付き物だ。危険過ぎる相手と戦って、得られるものが自己満足だけでは虚《むな》しい。だから、試合には出場しないと決めた。

じゃあ、返事しよう、と会長がスマホの画面をタップした。

「愛ちゃんが決めたことに、おれなんかが口を挟んじゃいけないよな」

口を挟んでもいいかな、と望美ちゃんがぽつりと言った。会長の指が止まった。

「この二日、愛ちゃんと話さなかった」わざとそうした、と望美ちゃんがあたしに顔を向けた。「愛ちゃんがどう思うかが何より大事だと思ったから、あたしの意見を言いたくなかった」

わかってる、とあたしはうなずいた。愛ちゃんは試合に出ないって言うと思ってた、と望美ちゃんがうなずき返した。

「出るメリット、デメリット、出ないメリット、デメリット。全部愛ちゃんは考えたはず。デメリットの方が大きいのは、誰が考えたってそうだよね。出るべきじゃないという結論は、その通りだと思う。でも、ひとつだけ聞いてもいいかな。愛ちゃん、試合をしたい？　したくない？　本当のところどっちなのか、それだけ聞かせて」

戦ってどうなるわけじゃない、とあたしは答えた。

「美闘夕紀は絶対王者で、勝てるはずがない。それどころか、三十秒も保たないだろうってわかってる。勝ち負けなんかどうでもいいけど、負けるにしても負け方ってあるでしょ？　全力を尽くして戦えるならそれもいいけど、その前に試合が終わっちゃう。それじゃ何も変わらない」

そうかもしれない、と望美ちゃんがゆっくりうなずいた。

「何も変わらないのかも。でも、何かが変わるかもしれない。それはリングに上がって、戦ってみないとわからないんじゃないかな」

望美ちゃんだって、夕紀が強いのはわかってるでしょ、とあたしは言った。

「本当に試合するってことになったら、これから二カ月、今までの比じゃないぐらい、厳しい練習をしなきゃならなくなる。しかも、厳しい減量をしながら。それだけやったって、実力は天と地以上の差がある。それでもリングに上がれって言うの？」

勝ち負けなんかどうでもいい、と望美ちゃんが胸を叩いた。

「目の前に壁があったら、避けて通るのが賢い生き方かもしれない。でも、毎回それでいいのかな。逃げてばっかりでいいの？　後悔しない？」

会長も沖田も無言だった。二人とも、人生の大事なことから逃げてしまった過去がある。だから何も言えないのだろう。そして、それはあたしも同じだった。

美闘夕紀はとんでもなく高い壁だよね、と望美ちゃんが天井を見上げた。

「持って生まれたボクサーとしての資質は、オリンピックに出場してるぐらいで保証付きだし、手足が長いから、常に有利に戦える。スピードは彼女より軽い階級も含めて、世界トップスリーに入るかも」

「パンチのスピード、フットワークのスピード、反射神経」何もかもだ、と沖田が指を折った。「パワーだってある。あの女に穴はない。女子プロボクシング史上、最強の選手だろう。過去、あれだけの選手を見たことはない」

でも美闘夕紀だって人間だよ、と望美ちゃんが真剣な表情で言った。

「彼女はスピード、テクニック、パワー、すべてを兼ね備えているけど、機械じゃない。判断を誤ることだってあるはず。一発ぐらいパンチを入れることはできるんじゃないかな。パンチ力だけなら、愛ちゃんだって負けてない。沖田さん、そうでしょ？」

体格も骨格も、愛の方が上ですと沖田が言った。

「ゲームセンターのパンチングマシンを叩いたら、愛の方が数値は上でしょう。ですが、試合では相手も自分も動いてます。的確にパンチを当てるのは、プロでも難しい技術だとお嬢さんにもわかってるはずです」

もし一発当たったら、と望美ちゃんが首を傾げた。

「理想的なタイミングで、愛ちゃんのパンチが美闘夕紀の顔面を捉えたら……どうなる？」

倒れます、とだけ沖田が答えた。つまり可能性はゼロじゃない、と望美ちゃんがあたしに向き直った。

「もちろん、本当にリングに上がるのは愛ちゃんで、あたしが口出ししていいはずないのはわかってる。だからこれ以上言わないけど、最後にひとつだけ、愛ちゃんの本心を聞かせて。メリットやデメリット、損得や効率じゃなくて、愛ちゃんはどう思ってるの？　美闘夕紀と戦ってみたい？　それとも戦いたくない？」

答えを聞くために、望美ちゃんが口を閉じた。

あたしだって、この三日間、ずっと考えてた。あらゆるメリット、デメリットを計算すれば、自分のためにも、唯愛のためにも、試合をやるべきじゃないのはわかりきった話だ。だから断ることに決めた。

でも、心のどこかで、美闘夕紀とグローブを交えてみたいという思いが、少しだけあったのも本当だ。

ずっと逃げてばかりだった。嫌なこと、辛いこと、苦しいことがあると、そこから逃げ出した。その繰り返し。そんな自分が大嫌いだった。

勝ち負けでもなく、損得でもなく、一度でいいから自分の本気を全部出し尽くしたい。そんなふうに思ってた。そうしたら、何かが変わるかもしれない。

でも、できなかった。勇気がないからだ。臆病だからだ。傷つきたくないからだ。

美闘夕紀は最強の絶対王者だ。一〇〇パーセント、負ける。

だけど、一発だけなら、パンチを入れられるかもしれない。そうしたら、あたしの中で何かが変わる。

そういう気持ちが、心の中のどこかにあった。それでもやらないと決めたのは、怖かったからだ。

一発もパンチを当てられず、あっと言う間にノックアウトされたら、この先ずっとあたしは夢を見ることさえできなくなる。だから、やらないと決めた。

どうする、と会長が壁の時計に目をやった。

「望美が何を言ったって、気にすることはない。嫌だったら言いなよ、すぐ断ってやる」

「会長……」

だけどね、と会長が笑みを浮かべた。

「一ミリでもやりたいって言うんなら、おれがセコンドにつく。できることは何でもやってやる。おれの本心を言ってよけりゃ、一発でいいから、美闘夕紀をぶん殴ってほしいって思ってるよ。小暮会長も、美闘本人もそうだけど、あいつらは強けりゃ何でもありだと思ってる。弱小ジムや、そこに所属している選手のことなんか、何も考えちゃいない。そりゃ違うんじゃねえか。なめるのもいい加減にしろよって。もしやるんなら、ジムを挙げて応援するぜ」

練習は自分が全部見てやる、と沖田が言った。

「減量しながらでも、できることはいくらだってある。危険な相手だが、ボクシングってのは、もともとそういうもんだ。まずいと思ったら、すぐタオルを投げる。お前に怪我なんかさせない」

あたしの手を握った唯愛が、ママ頑張ってと囁いた。あたしはその場にいた全員の顔を見つめた。

ずっと友達がいなかった。一人きりだった。何にもいいことがない、つまらない人生だと思ってた。

でも、違った。ここにいる人たちはみんな友達で、仲間で、家族だ。

友達ができないのは、人のせいだと思ってた。誰も心を開いてくれないからだって。

そうじゃなかった。あたしが自分の心を閉ざしていたから、友達ができなかったんだ。

みんながあたしを信じてる。そして、あたしもみんなを信じてる。

美闘夕紀はとてつもなく高い山だ。越えることなんて、絶対にできない。だけど、最初から諦めているのと、爪跡だけでも残そうとするのは違う。

何もできないかもしれない。だけど、パンチを一発当てるまで諦めなければ、その先に見える世界は、違った風景になるんじゃないか。

あたしは唯愛、望美ちゃん、会長、そして沖田の顔をもう一度見つめた。信じて、応援してくれる人がいる。ここがあたしのホームだ。

ホームから逃げることはできない。結論はひとつだった。

「やります」

電話するぞ、と会長がスマホの画面にタッチした。十月二十六日、午後六時、あたしは美闘夕紀とのＩＢＺ世界女子フライ級タイトルへの挑戦を決めた。

ラウンド9／トレーニング・デイ

1

スマホに向かって、タイトルマッチのオファーを受けますと永倉会長が言った。スピーカーホンにしていたので、帝王ジムの小暮会長の特徴的なダミ声が全部聞こえた。

ファイトマネーや条件面の話を始めた永倉会長が、後は任せろと手を振った。望美ちゃんと沖田が難しい顔でうなずいている。あたしは唯愛の手を引いて、部屋の外に出た。

「ママ、しあいするの？」

唯愛の問いに、改めて自分の決断に驚いていた。まさか、本当に美闘夕紀と試合をするなんて。

でも、決めたことだ。やるしかない。

試合は十二月三十一日、大みそかの夜だ。残された時間はたった六十六日。どれだけ厳しい練習が待っているか、想像もつかなかった。

出てきた沖田が、体重を量れとジムの端に置いてある体重計を指した。セーターだけ脱いで乗ると、デジタルの目盛りが五八・六四キロという数字になった。

「ジーンズやら下着やら、その辺を差し引くと、お前は今五八キロだ」

それぐらいだと思います、とあたしはうなずいた。フライ級のリミットは五〇・八〇キロ、と沖田が腕を組んだ。

「二カ月ちょっとで七キロか……今日から食事量を制限しよう。糖質のカットから始める。炭水化物は一切禁止だ。明日から毎日ジムへ通え。今月いっぱいで二キロは落ちるだろう。問題はそこからだが、やってみなきゃ何とも言えん。お嬢さん、愛の食事を毎日チェックしてください。カロリー計算もお願いします」

任せて、と望美ちゃんが胸を軽く叩いた。今日は帰っていい、と沖田が言った。

「練習メニューを作っておく。仕事帰りにジムへ来て、メニューに従って練習するんだ。これだけは言っておくが、今までの比じゃない。覚悟しておけ」

わかりましたと言えないくらい、沖田の顔が強張《こわば》っていた。送ってく、と望美ちゃんが唯愛の手を引いてジムの外に出た。

希望荘まで三人で歩きながら、明日の朝からランニング再開だよ、と望美ちゃんが言った。

「朝、迎えに行く。五時半に降りてきて」

声がかすかに震えていた。今までとは全然違う。当然だよ、と望美ちゃんが顔を向けた。

「どんな形であろうとも、タイトルマッチはタイトルマッチだもん。誰が見たって無謀なチャレンジだし、愛ちゃんが勝つ見込みなんてゼロだって思うだろうけど、ボクシングに絶対なんてない。あたしは愛ちゃんが勝つ可能性もないわけじゃないって思ってる」

まさかと言ったあたしの手を、マジだよと望美ちゃんが強く握った。

「テクニックもスピードもスタミナも、何もかも夕紀には勝てないけど、パワーは違う。愛ちゃんはフェザー級の選手で、骨格は頑丈だし、体幹が強いから、パンチ力だけなら勝てる。一発当たれば、倒せる」

当たらないよ、とあたしは言った。客観的に見て、あたしのスピードでは夕紀を捉えられないだろう。

だから練習するの、と望美ちゃんが唯愛の両手を引っ張って、空中に持ち上げた。

「難しいのはわかってる。約七キロの減量をしながら、猛練習なんてあり得ない話だもん。でも、勝てばチャンピオンだ。うちのジムでチャンピオンなんて、三十年以上出てない。男だって女だって、チャンピオンには変わりない。頑張ろうよ」

沖田さんはどんなメニューを作ってくるつもりなのかな、とあたしは不安を口にした。昭和の人だからねえ、と望美ちゃんがため息をついた。

「相当厳しいと思う。マジで覚悟しておいた方がいいかも」

そんな話をしながら、くれよん商店街の肉屋さんで鶏肉を、八百屋さんで山のように野菜を買って帰った。しばらくはチキンと野菜サラダしか食べないように、と念を押した望美ちゃんが、すっかり暗くなった道を戻っていった。

「ママ、おなかすいた」

唯愛が手を引っ張った。すぐ作るからと答えて、あたしは部屋の鍵を開けた。

2

翌朝、五時に起きて、まず食事を作った。あたしと唯愛の朝ごはん。そしてアニメスラムに持っていくお弁当だ。

あたしのメニューは凄まじく簡単で、一〇〇グラム分の鶏の胸肉を塩コショウで焼いたものと、大盛りの野菜サラダだけだ。低カロリーのドレッシングをかければ、それで完成。

唯愛はそういうわけにいかない。小学校二年生の女の子には、それにふさわしい食事というものがある。唯愛をダイエットに付き合わせるつもりはなかった。

唯愛のためにご飯を炊き、おかずを作っているとすぐ五時半になった。窓を開けると、自転車に乗った望美ちゃんが待っていた。

今行くと手を振って、ジャージ姿のまま下へ降りた。まだ唯愛は眠っている。今から三十分、五キロのランニングだ。

前の試合でノックアウト負けをしてから、早朝走ることは止めていた。走り始めてすぐ、体が重いのに気づいた。人間の体は正直で、ちょっとでもトレーニングを怠《おこた》ると、すぐ肉がついてしまう。

それでも、望美ちゃんに励まされながら、どうにか五キロ走り切った。全身から滝のように汗が流れて、気持ち悪かった。

六時半、部屋に戻って唯愛を起こし、あたしはシャワーを浴びた。汗を流すだけだから、時間はかからない。

それから二人で朝ごはんを食べた。五キロ走れば、嫌でもお腹が空く。一〇〇グラムのチキンソテーと野菜サラダが、あっという間に目の前からなくなった。

唯愛は眠そうに目をこすりながら、あたしが作ったオムレツとサラダを少しだけ食べて、茶碗のご飯には手をつけなかった。寝起きがいい子じゃないから、朝はいつもそんな感じだ。

それから支度をさせて、唯愛を小学校まで送り、そのまま自分はアニメスラムに向かった。

あたしに限らず、ボクサーはみんな本業を持っているのが普通だ。日本チャンピオンクラスでも、バイトをしなければ食べていけないのが、日本のボクサーの現実だった。

柴田店長やスタッフに、大みそかの試合に出ることが決まったと伝えて、迷惑をかけることになるかもしれませんと頭を下げた。そんなの気にすることないって、とモモコが言った。

「うちが愛ちゃんの分の仕事もする。店長、それでいいよね？　愛ちゃんはトレーニングに専念しなって」

好意はありがたかったけど、そんなつもりはなかった。仕事は仕事、ボクシングはボクシングだ。モモコや他のスタッフに、なるべく負担をかけたくない。

特別扱いはしないよ、と柴田店長が少し黄色くなっている歯を見せて笑った。

「今まで通り、仕事はやってもらう。だけど、定時になったら帰っていいから。迷惑だなんて思ってない。応援っていってもそれぐらいだけど、できる限り協力するよ」

いつものように仕事を始めた。仕分けやら値付けをこなしていくと、すぐ昼になった。ランチは今までモモコと一緒に行くことが多かったけど、持参した弁当をデスクで食べると決めていた。

減量とダイエットは、その意味合いが違うのだけど、誰かと一緒に食べれば、お互い気を遣わなければならなくなるし、好きな物を好きな時に好きなだけ食べるのがモットーのモモコといたら、あたしだって抑えが利かなくなる。

夕方五時になると、帰っていいよと店長の方から声をかけてくれた。時間を無駄にできなかったから、ありがたく厚意を受けて、アニメスラムを後にした。

ジムまで、走れば十分ほどだ。それだけでもウォーミングアップになる。表で待っていた唯愛が、あたしを見つけて飛びついてきた。

ロッカールームで着替えて出ていくと、試合までの練習メニューだ、と立っていた沖田が数枚のＡ４用紙を渡した。手書きの細かい文字がぎっしり書き込まれている。

「始める前に、何のためにこんなことをしなきゃならんのか、説明しておく」

座れ、と沖田が促した。唯愛と望美ちゃんに挟まれる形で、備え付けのパイプ椅子に腰を下ろすと、白髪頭を掻きむしりながら沖田が口を開いた。

「スポーツの練習は何でもそうだが、長所を伸ばし、短所を矯正するためのものだ」

　自分の長所は何だと思う、と沖田が聞いた。望美ちゃんに言われたんですけど、とあたしは隣に顔を向けた。

「もともと体重があって、骨太だから、パワーがあるって……」

　美闘のパンチは半端じゃない、と沖田が言った。

「彼女の試合は全部見た。日本人離れしたバネの持ち主だ。フライ級の体格であれだけ破壊力があるパンチを打てる選手は、男だってめったにいない。ただ、身長と体重を考えると、自《おの》ずとパンチ力にも限界がある。フェザー級のお前の方が、パワーだけなら上だろう」

　もうひとつ長所がある、と沖田が指を一本立てた。

「打たれ強さだ。筋肉の質がいいから、ダメージが残らない。タイミングよく顔面を打たれればダウンするのは、誰だって同じだ。ガードを下げなきゃ、多少打たれたって倒されることはない」

「勝てるかもしれないってことですか？」

　望美ちゃんの問いに、そんな簡単な話じゃありませんと沖田が口元を歪めた。

「短所は数え切れないほどある。スタミナがないのは自覚しているだろう。フットワークも悪い。ガードに至っては素人以下だ。勘だけでパンチを避けてる。今までKOされたのが一回しかないのが、不思議なくらいだ」

スピードも遅いよね、と望美ちゃんが言った。何よりまずいのは、一発パンチを浴びると、訳がわからなくなって突っ込んでいくところだ、と沖田が両手を上げた。

「いいパンチを当てられて、カーっとなっちまうのはわからんでもない。だが、お前はジャブでも軽いパンチでも、一発当てられると覚えたテクニックを忘れて、ただグローブを振り回すだけだ。打たれ強くてダメージが残りにくいお前がそんなふうになるのは、精神面の弱さがあるからだろう。冷静にやれば、デビュー戦だって勝てたはずなんだ。技術面はタイトルマッチまでに伸ばすこともできるが、心の弱さはお前自身の問題だ。他人にどうこうできることじゃない。お前が自分で解決するしかないんだ」

あたしはうつむいた。パンチが怖い。打たれるのが怖い。真利男のDVがトラウマになっているのだろう。

一発でも相手のパンチが当たると、パニックになる。痛いとかダメージがあるとか、そんなこと関係なしに、どうしていいかわからなくなって突進するしかなくなる。それでいつもメチャクチャな試合になってしまう。

「美闘夕紀と比較して、お前が勝《まさ》っているところはひとつもない。パンチ力があっても、当たらなけりゃ無意味だ。勝機はない」

「一パーセントも？」

望美ちゃんの問いに、紙より薄いでしょうと沖田が答えた。

「とはいえ、何の作戦もないまま戦わせるわけにはいかん。やるからには勝つつもりで教える。自分もプロのコーチだ。美闘の試合を繰り返し見てわかったが、彼女は典型的なアウトボクサーで、相手に有効打を打たせない。長いリーチを生かして、外からパンチを放ち、相手が我慢できなくなって打ち返すとカウンターが待ってる。タイプで言えばメイウェザーだったり、ウクライナのロマチェンコだったり、そんな感じだな」

二人とも名前を知らなかったけど、ディフェンスに長けた選手なのだろう。

ただ、美闘は圧倒的に試合経験が少ない、と沖田が話を続けた。

「ボクシングを始めたのは大学入学後というから、実質二年くらいだな。アマチュアで何試合やったか知らんが、アマのルールは四ラウンド制で、オリンピックもそうだった」

決勝は四ラウンド判定負けだった、とうなずいた望美ちゃんに、お嬢さんが詳しいのはよくわかっています、と沖田が苦笑した。

「問題はそこじゃありません。プロ転向後、彼女はエキシビションも含め、四試合しかやっていません。そのうち二度は一ラウンドKO勝ち、あとの二試合も二ラウンドで終わっています。つまり、彼女は長いラウンドを戦ったことがないんです」

最長でオリンピックの四ラウンド、と指を四本立てた。

「それ以上長引かせられれば、勝つチャンスがある？」

望美ちゃんの問いに、沖田が肩をすくめた。あたしにも、何を言いたいのかはわかった。

そんなに長くあたしがリングに立っていられるのか。夕紀の攻撃をしのぐテクニック、スタミナ、タフネス、何ひとつ持ち合わせていないあたしに、そんなことができるのか。

そして、夕紀の体格や過去の試合を見ていれば、彼女のスタミナが無尽蔵《むじんぞう》なのはわかりきった話だ。今まで、いくら早いラウンドで勝ってきてるからといって、長期戦になったら急にガス欠を起こすかといったら、そんなことはないだろう。

とはいえ、長引けば何かが起きる確率は高くなります、と沖田がうなずいた。

「美闘はアウトボクサーで、長いリーチのアドバンテージを生かし、制空権を握ったまま試合を進めます。過去、彼女は顔面を打たれたことがありません。オリンピックでのシャーロット戦では、ボディを打たれていましたがね」

「顔にパンチを入れられれば、ダメージがある？」

打たれ弱いかどうかは別にして、と沖田が腕を組んだ。

「顔に傷をつけたくないという心理は、どこかにあるでしょう。精神的なダメージは与えられます。それが突破口になるかもしれません」

やっちゃいなよ愛ちゃん、と望美ちゃんがあたしの背中を叩いた。やっちゃいなよママ、と唯愛がうなずく。

言うのは簡単ですが、難しいでしょうと沖田が首を振った。

「美闘と愛では、約一〇センチ身長が違います。リーチ差もある。美闘の顔面に強いパンチを当てるのは、至難の業ですよ」

でも不可能じゃない、と望美ちゃんが言った。

「思い切って接近戦に持ち込めばいい。そうでしょ？」

理論的には、と沖田が苦笑した。

「かつてのマイク・タイソンがそうでした。ヘビー級として決して大柄ではありませんでしたが、逆にそれを有効に使った選手です。懐《ふところ》に飛び込んでしまえば、身長もリーチも関係なくなりますからね。ですが、美闘ほどのテクニシャンが、愛みたいなスピードがない選手の接近を許すはずがない。身長とリーチ、足して二〇センチの差は根性じゃ埋められませんよ。愛が接近戦に持ち込もうとしても、ジャブの雨が降ってきます。愛のパンチは届きません」

　でも、それ以外にチャンスはない、と望美ちゃんがあたしを見つめた。

「どうすれば接近戦が可能になる?」

「ガードを固め、フットワークを駆使し、スピーディに美闘の懐に飛び込む」全部、愛が苦手なことです、と立ち上がった沖田があたしの両肩に手を置いた。「あと二カ月でそんなテクニックが身につくはずもありません。だが、やるしかない」

　教えてくださいと頭を下げたあたしに、無言で沖田がうなずいた。ママがんばって、と唯愛があたしにしがみつく。まずストレッチで体をほぐせ、と沖田が命令した。

「それからロープスキッピング、三分三セット」

　望美ちゃんがあたしに縄跳びを渡した。

「それが終わったら、フットワーク三分二セット。その次はリングに紐《ひも》を張ってのウィービング三分二セット」

　始めろ、といきなり手元の三分計を鳴らした。慌ててストレッチをしてから、ロープスキッピング、つまり縄跳びを始めた。リズムが悪い、と沖田が唸り声を上げた。

「自分の中でリズムを意識して跳べ。踵《かかと》はつけるな。高く跳ぶんだ」

両足、片足、両足、片足、と沖田が手を叩き始めた。

「ステップを変えろ。パターンで跳ぶな。考えろ、自分のリズムを作れ」

やってみれば誰でもわかることだけど、縄跳びを三分続けるのは、凄くきつい。足首、脚全体に体重がかかり、その負担は決して軽くない。

そして、スピードも速かった。三分間、全力でダッシュし続けるのと同じだ。苦しくて叫びだしたくなるのを堪《こら》えて、跳び続けた。三分計が鳴るまでが、十分以上に感じられた。

その場に座り込んだあたしに、休憩は一分だ、と冷たい声で沖田が言った。

「最初のワンセットでそれか？　まだ先は長い。止めるなら今のうちかもしれんな」

横で望美ちゃんが指を三本立てた。あと三十秒。立たなければならない。

震える膝に手を当てて体を起こした。大きく息を吸い込むと、また三分計が鳴った。

「最初からトップスピードで跳べ」

命じられるまま、あたしは脚を回転させた。二セット目になると、脚だけじゃなくて、腕も痛むようになっていた。喉が渇き、呼吸が荒くなる。胸が苦しい。吐きそうだ。

スピードが落ちてる、と沖田が持っていた空のペットボトルで壁を叩いた。

「怠《なま》けてんじゃない。やればできる。まだ一分も経ってないぞ」

ジム生やボクササイズのママさんたちが、あたしと沖田を見ていた。今まで、永倉ジムでこんなハードなトレーニングをしている選手を見たことがないのだろう。ママさんたちの中には、顔を背けている人もいた。

三分計が鳴り、同時にあたしはその場に膝をついた。まだワンセット残ってる、と沖田が悪魔のような顔で宣告した。

「これは挨拶みたいなもんだ。どうする、今なら止めますと言っても、帝王ジムも文句は言わんだろう。それでも、続けるか」

沖田さん、と遠慮がちに望美ちゃんが声をかけた。

「愛ちゃんはしばらくハードな練習をしてなかったわけだし、いきなり激しくやっても、ついてこられないのはしょうがないっていうか……」

甘やかしちゃいけません、と沖田が腰を屈《かが》めてあたしの肩に手を置いた。

「何のためにこんなことをしているか、わかっているはずです。こいつはタイトルマッチのチャレンジャーなんですよ。相手は日本最強の女子プロボクサーで、実力差は天と地より離れています。何をやったって勝てる相手じゃありませんが、最初から負けるつもりでやるなら、リングに上がらない方がいい。練習についてこられないようなら、今すぐ試合を断るべきです。無理な試合を組んだのは帝王ジムですが、一度受けた話ですから、こっちにも責任があります。止めるなら早い方がいい」

望美ちゃんが口を閉じた。立て、と沖田があたしの腕を引っ張った。

「どうする、止めるか。自分にしても会長にしても、ボランティアでやってるわけじゃない。お前がギブアップするというなら、止めはしない」

三分計が鳴り、あたしは無言で縄跳びを始めた。唯愛が心配そうに見つめていた。

3

今までも目一杯練習をしてきた。プロテストを受けると決めて、村川くんに教わっていた時もそうだったし、プロになって試合を組まれれば、それに向けて努力してきたつもりだ。

でも、それは思い上がりだった。単なる四回戦の試合と、タイトルマッチを戦うための練習は、今までと全然違った。とにかく密度が濃くて、ハードだった。

普通に生活していると、あたしの体重は五八キロ前後で、これは女子ボクシングでいうとスーパーフェザー級に相当する。五七・一五キロ超から五八・九七キロまでがスーパーフェザー級だ。

ボクサーであれば誰でもそうだけど、そこから体重を落として、少しでも下の階級で戦う。単純に、その方が有利だからだ。

スーパーフェザー級のパンチ力を持つ選手が、一階級下のフェザー級で戦えば、パンチ力が上回る。だから勝つ確率が上がる。それはボクシングに関わる人間にとって、常識と言っていい。

そして、あたしの場合、少しトレーニングをすれば、一、二キロは簡単に落ちた。だから減量について、今まで真剣に考えたことはなかった。

会長も沖田も望美ちゃんも、あたしがフェザー級で戦うことについて、それでいいと考えていた。無理に体重を落として、もっと下の階級で戦えば、それだけ有利になるのはわかっていたはずだけど、そこまでしなくてもいいと思っていたのだろう。

だけど、今回はタイトルマッチだ。美闘夕紀はフライ級のチャンピオンだから、それに合わせなければならない。

二カ月で約七キロ体重を落とし、しかもコンディションを整えてタイトルマッチに臨《のぞ》まなければならなかった。そうである以上、練習内容が厳しくなるのは覚悟していたつもりだったけど、次々に沖田は新しいメニューを与えて、それをこなすように命じた。

練習時間も長かった。男子ボクシングの場合、一ラウンド三分で、だからすべての練習を三分刻みに行う。そうやって体に三分という感覚を叩き込んでいく。でも、女子は一ラウンド二分だ。にもかかわらず、沖田は男子と同じ三分という時間での練習を命じてきた。

たった一分の差と思うかもしれないけど、その一分が地獄だった。二分間の連続ダッシュと三分間の全力ダッシュを想像してほしい。一分の差が永遠に感じられるのがわかるだろう。

縄跳びを三分三セット、九分間行った後、一分休んですぐフットワークの練習に入った。

足を肩幅に開き、片方の足を少しだけ前に出して、基本姿勢を作る。そして前足をすり足で進め、前に出た分、後ろ足を引き寄せる。

このステップインと、逆の動作のステップバック、そして左右に足を踏み出して行うサイドステップを組み合わせて、フットワークの練習をした。

足だけではなく、ジャブも合わせせなければならない。足だけに神経を集中させていれば、それなりにフットワークも刻めるけど、ジャブが入ると頭が混乱して、リズムが乱れてしまう。

今まではフットワークの練習はしてきたけど、沖田はスピードを要求した。両手両足を交互に動かし、速いスピードで正確なリズムを保とうとしても、うまくコントロールできなくて、どうしていいのかわからなくなり、体が止まってしまう。そのたびに沖田の怒鳴り声がジム内に響いた。

フットワークを二セット、六分間行った後、リングに上がってウィービングの練習をした。細い紐を肩ぐらいの位置に張って、頭を左右に振りながら、すり足で前進していく。逆サイドのコーナーまで行ったら、また戻ってくる。その繰り返しだ。

ボクシングでは常に頭を動かし続けなければならない。頭の位置を固定していたら、そこを狙われる。

ウィービングは防御テクニックのひとつだけど、できる限り頭を低くしておけば、打たれにくくなる。理屈はわかっていたけど、屈んだまますり足で前進していくと、不自然な姿勢が続くから膝が痛んだ。

でも、頭を上げると怒られる。ウィービングはリズミカルに、そしてスピーディにやらなければならない。

意地で二セット、六分間続けたけど、それが限界だった。沖田のメニューでは、

次にシャドーを三セット、そしてミット打ちとサンドバッグが続くことになってい
たけど、あたしはコーナーポストにもたれたまま、動けなかった。
初日だからこれぐらいにしておいた方がいい、と望美ちゃんが言ってくれたおか
げで、とりあえず今日の練習は終わりになった。リングにへたり込んだあたしに、
今日だけだと白髪頭をがりがり搔きながら沖田が言った。
「明日もこの調子なら、自分が会長に話して、タイトルマッチの件は断る。お前に
とってもうちのジムにとっても、帝王ジムにとってもその方がいい。こんな状態で
リングに上がるのは、美闘夕紀に対して失礼だし、ボクシングへの冒瀆《ぼうとく》だ。観客に
とっては迷惑以外の何物でもない。ひと晩じっくり考えろ。それでもやると言うな
ら、明日もう一度だけ付き合ってやる」
背中を向けた沖田がリングを降りていく。水、とひと言だけあたしはつぶやい
た。口の中が渇き切っていて、舌がもつれる。
シャワー浴びてきなよ、と望美ちゃんが耳元で囁いた。
「沖田さんが必要以上に水を飲ませるなって……体重を落とすんだったら、まず水
分調整からだって言ってる。あの人、そういうところ細かいから、ここで飲むとま
た怒られるよ」
望美ちゃんの肩にすがるようにして立ち上がった。足が藁《わら》になっていて、一人で

は歩けない。背負われるようにして、シャワー室に入った。

飲むなよ、と外から沖田の大声が聞こえた。

「汗を流すのはいいが、口には入れるな。お前が飲んでいい水分量は一日一・二リットルまでだ。計算しているから、脱水症状になることはない」

元看護師として、成人が一日に摂取しなければならない水分量は一・五リットルだと知っている。こんなに厳しい練習をしているのに、それより少ないってどういうこと？

少しぐらいなら平気だって、と望美ちゃんがあたしのトレーニングウェアを脱がせながら言った。

「ガブガブ飲んだらさすがにまずいけど、うがいぐらいならバレないよ」

スポブラとトレーニングパンツ姿になったあたしを残して、望美ちゃんが出ていった。

シャワーを全開にして、頭から浴びた。顔に垂れてくる水が口の中に入ってくる。我慢できずに大きく口を開いて、シャワーの水を飲み込んだ。

4

永倉ジムに入会するまで、スポーツ経験なんて何もなかった。学生時代、一番苦手な授業は体育で、運動なんて大嫌いだった。

ただ、その頃と今は違う。ボクササイズから始めて、ボクシングのまね事の段階から、勧められてプロテストを受け、合格するまでになった。

その後、立て続けに試合が組まれたこともあって、毎日のようにジムに通った。プロテストのための練習と、試合をするための練習は違うし、厳しく鍛えられた。

一カ月前の試合でKO負けしてから、モチベーションが下がって、毎日ジムで練習することはなくなったけど、それでも週に二、三度は、体慣らしのスパーリングをしていた。

だから、美闘夕紀とのタイトルマッチに向けた特訓が始まっても、どうにかついていけた。本当に何もしていなかったら、最初の一日で逃げ出していただろう。

沖田はあたしのコンディションを見ながら、練習の難易度を上げていった。最初の二週間、スピード強化をメインに、毎日ジムに通って練習した。

大みそかの格闘技イベントで使われるリングの大きさが一辺七メートルになる、

と主催しているテレビ局から連絡があったのはその頃だ。通常のボクシングのリングより少し大きいのは、同じリングでヘビー級の格闘技トーナメント戦が行われるからで、会場内に二面のリングを設営することはできないから、それは受け入れるしかなかった。

　永倉会長が急場しのぎにキャンバスを増設して、七メートル四方のリングを作ってくれた。あたしはその中で、七メートルという広さと距離感を体で覚えていった。

　フットワークをうまく使うと、二メートル四方の空間しかなくても、相手の攻撃をかわすことができる。逆に、相手にコーナーを背負わせたとしても、フットワーク次第で左右どちらにも逃げられる。

　逃がさないためには、圧倒的なスピードがなければならない。でも、そんなスピードはあたしになかった。

　だから、沖田が教えたのは、相手の頭、腕、足、体の一部分の動きで、次にどちらへ移動するかを予測することだった。ひと言で言えば、考えて戦えということだ。

　右に行くと見せかけて左へ動く、その逆ということもある。ボクシングの試合は、パンチによるオフェンスだけではなく、ディフェンスによるフェイントの掛け合いでもあった。

相手の心理を読み、動きを読み、次に何をするかを読み切って先回りする。そうやって戦えば、美闘夕紀のフットワークを封じることができる、というのが沖田の教えだった。

理屈はわかるけど、実践するのは難しい。タイトルマッチに向けた練習を始めて二週間、十一月十日の段階で、あたしの体重は三キロ落ち、五五キロになっていた。

その分スピードは増していたけど、スタミナが続かなくなった。練習中に倒れたことも、一度や二度じゃない。

七メートル四方のリングの対角線上に沖田が立ち、あたしがそれを追っていく。沖田は足に古傷があり、引きずって歩くほどだったけど、二メートルまで近づくと、あたしの動きを読んで離れていった。

幽霊を相手にしているようだ。踏み込んでいっても、かわされる。沖田のフェイントは巧妙で、次の動きがまったく予想できなかった。

ボクシングは肉体のスポーツだけど、頭脳戦でもある。頭と体を同時にフル回転させていると、スタミナを消耗《しょうもう》してしまい、リングの中で立ち往生してしまうこともたびたびだった。

　そのたびに、勘で動くなと沖田の容赦《ようしゃ》ない叱責が飛んだ。

「美闘がどっちへ動くか、何をしようとしているか、二手三手じゃない。五手先まで読み切れ。考えるんだ。そうじゃなきゃ、相手の懐に飛び込むことなんかできやしないぞ」

　この練習だけで、一日十ラウンド以上行った。時間にして三十分。

　もちろん、それだけじゃない。朝のランニング、ストレッチや柔軟体操、ロープスキッピングその他準備運動に始まり、シャドー五ラウンド、マススパーリング五ラウンド、サンドバッグやミット打ち、腹筋、背筋、首の筋肉のトレーニングなど、やらなければならないことは山積みだった。

　くどいほど言われたのは脱力で、あたしは何をやっていても全身に力が入ってしまうところがある。それが最大の欠点だと指摘された。

「そんなことじゃ、すぐ全身の筋肉がガチガチになって、動きが取れなくなる。力を込めて集中するのは、パンチが当たる瞬間だけでいい。緊張しっぱなしじゃ、二ラウンドも保たんぞ」

　本当にその通りで、スパーリングをやっても、二ラウンドを超えると途端に動きが悪くなるのが自分でもわかった。練習用の一二オンスのグローブが重くなり、ガードが上げられなくなる。

足は動かないし、腰の据わったパンチが打てなくなった。美闘夕紀どころか、その辺の女子中学生と戦っても勝てないだろう。

沖田も望美ちゃんも、夕紀に弱点があるとすれば、五ラウンド以上戦ったことがない点だと言った。練習では十ラウンドのスパーリングをやっているかもしれないけど、試合と練習では全然違う。

でも、あたしだって五ラウンド以上戦ったことはなかった。全部で四試合やって、フルラウンドドローになったことはあるけど、あの試合も四ラウンド制だった。夕紀がそうであるように、あたしにとっても五ラウンド以上の戦いは未経験だ。

前半はしのいで、五ラウンド以降に勝負を懸けるというのが、あたしたちの基本的な作戦だったけど、そのためにはスタミナをつけなければならない。だけど、食事は完全に制限されている。特に糖質類、米、パン、麺類は全面的に禁止だった。

食べることが許されているのは、鶏の胸肉かツナ缶、そして野菜サラダだけ。毎日毎食、その繰り返し。

もちろん間食もできないし、水は一日一・二リットル。しかも練習はハードになる一方だ。

アニメスラムではモモコに、ジムでは望美ちゃんにイライラをぶつけた。二人ともあたしの愚痴《ぐち》を辛抱《しんぼう》強く聞いてくれたし、唯愛はどんな時でもそばにいてくれた。

フラストレーションが溜まって、すれ違っただけの人でも殴りかねないくらい追い詰められていたけど、三人がいてくれたから、何とか耐えることができた。

十一月の後半になると、プロになっていた村川くんがスケジュールを空けてくれて、連日スパーリングの相手を務めてくれた。他のジム生のスパーとは違い、プロである村川くんと向き合うと、それだけで緊張した。

この頃から、他の練習も含め、すべてを二分単位で行うことを指示されるようになった。試合まで約四十日、二分間という時間の感覚を体で覚えなければならない。

それで楽になったかというと、そんなことはなくて、三分のスパーを四ラウンドやれば十二分、二分のスパーを六ラウンドやれば、やっぱり十二分。結局何も変わらなかった。

村川くんとのスパーは、常に沖田がコーナーで見ていた。永倉会長と望美ちゃんが撮影している中、あたしたちはグローブを交えた。開始一秒で沖田の怒声が飛んだ。

「ガードが駄目だ！　顎を引け！」

毎回同じことを言われた。自分ではきちんとガードを固めているつもりなのだけれど、無意識に顎が上がってしまう。

「脇を締めろ！　腹筋を意識して！」

一ラウンド、二分の間、沖田の怒鳴り声が止むことはなかった。週に何度か見に来ているモモコが、最低最悪の姑《しゅうとめ》より口が悪いと言ってたけど、本当にそんな感じだ。

一日の練習が終わると、撮影した動画を見ながら、反省会が始まる。顎を引けと命じられると、あたしはその通りにするのだけど、そうすると今度はフットワークが悪くなってしまう。

それを沖田が叱ると、今度はジャブが打てなくなって、パンチを打てと言われれば、ガードが下がってしまう。毎回、その繰り返しだった。沖田が怒鳴り続けるのも無理はない。

十一月の終わりまで村川くんとのスパーリングが続いたけど、最後まで沖田の口が閉じることはなかった。何をやっても怒られる。毎日がパニックだった。

でも、ガードの勘がいいと村川くんが慰めてくれた。形は不格好でも、急所を打たせないようにしているので、ダメージが残らないという。真利男のDVを受けていて身についたものだけど、そんなことが役に立つとは思わなかった。

十二月五日、土曜日。朝十時にジムへ行って体重計に乗ると、目盛りはジャスト五三キロになっていた。予定よりうまくいってる、と満足そうに沖田がうなずいた。約ひと月で五キロの減量に成功したことになる。

「この調子なら、試合当日までにフライ級のリミットまで落とせるだろう」

そろそろ行くか、と沖田があたしの肩を押した。ジムの表に出ると、そこに永倉会長の車が停まっていた。望美ちゃんと唯愛はバックシートに座っている。

「愛ちゃんは後ろ、沖田さんは助手席に乗って」

道が混んでるらしい、と永倉会長が腕時計に目をやった。あたしたちが乗り込むのと同時に、車がスタートした。目指していたのは、目黒《めぐろ》にある帝王ジムだ。

今日、美闘夕紀がマスコミ各社の記者の前で、公開スパーリングを行う。あたしたちもそこへ行くことになっていた。前から決まっていた話で、テレビ局が前宣伝のために撮影すると聞いている。

十二月最初の土曜日で、新大久保の町も何となく冬モードに入っていた。気の早いクリスマスデコレーションが施された街路樹の間を抜けて、車が走り続けた。

5

ＪＲ目黒駅から徒歩二分、目黒通りを渡ったところに帝王ジムはあった。ジムというより、ビルと言った方がいいだろう。七階建て、地下には駐車場完備。場末の弱小ジム、永倉ジムと比べたら、何十倍もの規模だ。

地下駐車場に車を停め、案内標示板に従いエレベーターに乗って二階で降りると、巨大な空間に、リングが三つ置かれていた。壁には歴代チャンピオンの写真が額に入れて飾られている。その数、二十六人。

練習しているジム生は誰もいなかった。その代わり、数台のテレビカメラ、そして五十人ほどの記者とカメラマンが、中央のリングサイドに陣取っていた。ライトが辺りを照らし、シャッター音がうるさいほど鳴り響いている。記者たちが取り囲んでいたのは、美闘夕紀だった。いつものように、手を振りながら微笑を浮かべている。

記者たちの質問に答えているのは、帝王ジムの小暮会長だ。押しの強いダミ声と、それに交じる高笑いが、昔の政治家みたいだった。

フードのついたパーカー、上下は金のウェア、そしてグローブをはめたまま、夕紀がカメラマンの要求に応じてポーズを取っている。まるでレッドカーペットの上を歩く女優のようだ。

彼女自身、現役のモデルだし、プロポーションとルックスはその辺のアイドルより遥かに上だったから、そんなふうにしていても違和感はなかった。

「皆さんの方からも、説得してもらえませんかね」苦笑を浮かべた小暮会長が記者たちに向かって話す声が聞こえた。「来年、主要四団体のチャンピオンになって、世界フライ級を統一したら、ボクシングは止めると言い出しましてね。わたしも困ってるんですよ」

だってしょうがないじゃないですか、とグローブを構えながら夕紀が微笑んだ。

「ボクシングばっかやってたら、アタシ大学卒業できなくなっちゃいますよ。一応、夢は小児科医なんで」

それは話し合ったじゃないの、と小暮会長が後退している額を何度か手のひらで撫でた。

「医師免許なんか、いつでも取れるわけでしょ？　試験は逃げないよ。でもさ、ボクシングっていうのは、どうしたって活躍できる期間が限られているんだから……」

統一チャンピオンになったら、それ以上何をすればいいんですか、と夕紀が首を捻った。

「小さな団体のチャンピオン全員と戦うなんて、アタシ嫌ですよ。面倒臭いし、どうせ結果も見えてるんだから、やっても意味ないし。それに、アタシと戦いたい選手なんていないでしょ？　今回のことで、会長もそれはよくわかったって言ってたじゃないですか」

そりゃまあ、と小暮会長が首の後ろを手で揉んだ。

「うちとしても、そこは本当に困ってるんですよ。どうしたものかって……チャンピオンになったって、防衛戦の相手がいないんじゃ、試合ができませんからね。でも夕紀ちゃん、防衛記録を作るとか、目標はいろいろ考えられるじゃないの」

そうですよね皆さん、と小暮会長が記者たちに同意を求めた。苦笑を浮かべるだけで、誰も何も答えなかった。

今は大みそかの防衛戦に向けて練習するだけです、と夕紀がパーカーを脱ぎ捨てた。

「特に質問とかないんだったら、アタシ、スパーやりたいんですけど」

その前にシャドーを、と小暮会長が指示した。ゴングが鳴らされ、シャドーボクシングが始まった。リング上にいたテレビカメラがその動きを撮影している。

夕紀のシャドーは、トップスピードに乗るまでが異常に速い。車で言ったら、一速からいきなりトップギアにチェンジする感じだ。

リズミカルでスピーディで、まるでダンスを踊っているようだった。体のどこにも余分な力が入っていない。優雅ですらあった。

前後左右にステップを踏み分け、頭を振りながらジャブ、フック、ストレートとパンチを打ち分けていく。完成されたテクニックの持ち主だ、と改めて思った。

二ラウンドのシャドーが終わると、トレーナーの中年男がミットを構えて向かい合った。ミット打ちが始まり、鋭い音がジム内に響き渡った。

トレーナーは中肉中背で、たぶん体重は六〇キロくらいだろう。夕紀より一〇キロほど重いはずだけど、パンチの勢いに押されて下がっていく一方だった。

どういうバネをしてるんだ、と見ていた沖田が額に指を当てた。

「同じ体重同士だって、ミット打ちならああはならない。あんな細い女の子のパンチで下がるなんて、考えられんよ」

結局、ミット打ちは一ラウンドで終わった。腕を痛めたのか、トレーナーが痛そうに手首を押さえている。

「それじゃ、スパーにしますか」

小暮会長が手招きすると、椅子に座っていた若い男の子がリングに上がった。身長は夕紀と変わらなかったけど、横幅はひと回り大きい。

少なくともバンタム級、もしかしたらスーパーバンタム級かもしれない。五キロ前後体重が重いだろう。

いつも美闘はこうでして、と小暮会長が記者たちに説明した。

「うちのジムには女子プロボクサーもいるんですが、スパーなんてとてもとても……今上がったのは牧野《まきの》くんといって、まだプロにはなってませんけど、バンタム級の有望株なんです」

ゴングが鳴った。中央に進み出た二人がグローブを合わせて、スパーリングが始まった。

先に仕掛けたのは牧野の方だった。鋭い左のジャブを二発、コンビネーションの右。

でも、夕紀は避《よ》けなかった。正確に言えば、数センチ頭を動かしただけだ。パンチが見えているのだろう。

今はアマチュアかもしれないけど、有望株というだけあって、牧野のジャブは速かった。あのジャブをあっさりかわすなんて、男子プロボクサーでも難しいはずだ。動体視力が異常にいいのか、それとも勘がいいのか。

その後、一方的な牧野の攻撃が続いた。バックステップやスウェイを使ってパンチをかわしていた夕紀が、本気出してくださいよと囁く声が聞こえた。

牧野が本気で打っていたのか、それはわからないけど、どこか遠慮しているところがあったのだろう。表情が変わり、リミッターを外したのがわかった。

ガードを固めている夕紀に、重いワンツーを放つ。それまでとは気合の入り方が違うパンチだった。

五キロ重い男子ボクサーのパンチを受けても、夕紀は下がらなかった。余裕で体勢を入れ替え、軽くグローブで牧野の額を小突いた。

馬鹿にされたと思ったのか、牧野がラッシュした。でもそれは一瞬で、すぐ膝が折れた。左だ、と沖田がつぶやいた。

夕紀の左フックが牧野の顎を捉えたのだ。急所にタイミング良くパンチが当たれば、子供だって大人を倒せる。

そして、夕紀のパンチは子供どころか女子レベルを遥かに超えていた。ダウンするしかない。

ストップがかかったが、立ち上がった牧野がスリップだと怒鳴った。プライドがあるのだろう。小暮会長が続行を命じた。

その時、あたしの目の前でストロボが光った。アントニオ・ラブ選手ですね、と記者がICレコーダーを突き出している。

「大みそかのタイトルマッチに向けて、意気込みは？」

あたしは顔を伏せた。今度の試合はテレビで生中継される。スポーツ紙や雑誌なんかにも記事が載るはずだ。

真利男がそれを読むかもしれない。そんなことになったらどうなるか。

今までだって、写真には気をつけていた。カメラから顔を背けたり、ヘッドギアを着けたままにしたり、あたしだってわからないようにしていた。代わりに進み出た沖田が、美
違いますとだけ言って、永倉会長の背中に隠れた。代わりに進み出た沖田が、美闘選手の強さは女子とは思えませんと言った。

「正面から戦っても勝てないでしょう。今日はスパーリングを見にきただけで、対策はこれから考えます。コメントは以上です」

そうですか、と記者があっさり引き下がった。どう戦っても勝ち目がないと思っているのだろう。写真を撮ることもなかった。

よく考えると、真利男がスポーツ新聞を読むのは、競馬のページと芸能記事だけだ。ボクシングどころか、格闘技にも興味はない。むしろ、馬鹿にしていたぐらいだ。

大みそかにテレビを見るにしても、他の番組だろう。ばれたりはしない、と自分に言い聞かせた。

もしあるとしたら、真利男の周りにいる誰かが、奥さんをテレビで見たとか、そんなことを言った時だけだ。そうなれば真利男はあたしを捜すはずだけど、試合が

終わったらしばらくジムに近寄らず、ほとぼりが冷めるまで時間を稼げばいい。そこまで考えて、ようやく落ち着いた。大丈夫だ、リングネームも本名とは違うんだし、真利男に気づかれるなんてあり得ない。

ゴングが何度か打ち鳴らされた。リングに目を向けると、牧野が仰向けになって倒れていた。

ため息をついた夕紀がリングを降りていく。汗ひとつかいてなかった。

話にならん、と沖田が吐き捨てた。

「バンタム級じゃ太刀打ちできんだろう。フェザー級の男でも厳しい……どうしました、お嬢さん？」

あたしは横に目を向けた。泣きそうな顔の望美ちゃんが、唯愛の頭を支えている。

「いきなりふらついて、倒れたの」望美ちゃんが唯愛を抱えたまま、あたしに言った。「呼吸はしてる。でもどうして？　唯愛ちゃん、聞こえる？　目を開けて！」

唇を動かした唯愛が、一瞬目を開けて、またつぶった。病院へ行こう、と永倉会長がエレベーターへ走った。唯愛を抱えたあたしは、その後に続いた。

乗り込んだエレベーターの扉が閉まった。最後に見たのは、リングサイドで記者たちに笑みをふりまいている夕紀の姿だった。

ラウンド10／カウンター

1

帝王ジムの近くに、小さな内科クリニックがあった。小児科ではないからと断られたけど、永倉会長が何度も頭を下げ続けると、根負けしたのか、とりあえず診ましょうと言ってくれた。あたしはぐったりした唯愛を抱えているだけで、何もできなかった。

二十分ほど待合室で待っていると、お入りくださいという看護師の声がした。あたしと望美ちゃんだけで診察室に入ると、七十歳ぐらいの白衣を着たおじいさんが、あんたが母親かと低い声で言った。胸に坂本《さかもと》という名札があった。

「いったい何をしちょったんかね」どこの方言かわからないアクセントで、坂本先生がいきなりまくしたてた。「こがいに小さな子供が栄養失調って、あんたそれでも母親かね。あれか、あんたはこの子を虐待《ぎゃくたい》しちょったんか」

違います、と望美ちゃんが一歩前に出た。

「愛ちゃんは、そんな鬼みたいなママじゃありません」

何を言うちょるか、と坂本先生がベッドに横たわっていた唯愛に顔を向けた。

「栄養失調どころか、脱水症状まで起こしとる。今、点滴しちょるから、しばらく安静にしとればそれでようなる。じゃが、こんな子供がここまで弱っちょるのは、一日二日のこっちゃない。ろくに飲み食いもしよらんかったんじゃろう。あんた母親だったら、何で気がつかなかったんじゃ」

すいません、とあたしは何度も頭を下げた。ボクシングのことで頭が一杯で、唯愛のことを見ている余裕がなかったのは本当だった。最低の母親だ。

でも、朝ごはんは一緒に食べていたし、お昼は給食を食べていたはずだ。夜だって、作りおきだけど、ご飯は用意していた。

冷蔵庫にはペットボトルのお茶や牛乳が入っている。喉が渇いたらそれを飲むように言ってあったし、何もなかったとしても水道は通っているのだから、水を飲むことはできる。

このところ、唯愛が朝ごはんにほとんど口をつけていなかったのは気づいていた。もともと朝から食欲旺盛という子ではなかったから、食べたくないのだろうぐらいに思っていたけど、そうではなかったのか。

「どうして……唯愛ちゃん、何でこんな……」

望美ちゃんが首を振った。あたしはベッドの脇に膝をついて、唯愛の手を握った。なぜ食べ物も水も口にしなかったのと聞くと、唯愛が目を開けた。

「ママ、しあいするでしょ?」がんばるんだよね、と唯愛がにっこり笑った。「だから、唯愛もがんばる。ママだけ何にもたべない、のめないなんてかわいそすぎる。だから、唯愛もそうするってきめたの」

試合って何かね、と聞いた坂本先生に望美ちゃんが説明を始めた。ママと唯愛は違う、とあたしは熱っぽい額に手を当てた。

「唯愛はまだ子供なんだよ。たくさん食べて、たくさん飲んで、たくさん遊んで、たくさん寝るのが一番大事なの。ママは大人だから、ダイエットしなきゃならないけど、子供がそんなことをしたらおかしいでしょ。わかるよね?」

しばらく黙っていた唯愛が、あの人キライ、と小さな唇を動かした。

「あの人?」

ちゃんぴおんの人、と唯愛が言った。美闘夕紀のことだ。

「あの人、ママのことバカにしてる。唯愛、わかる。キレイだし、カッコイイし、強いおねえちゃんだなっておもうけど、ママのことわらってた。唯愛、あの人大キライ」

笑ってなんかいない、とあたしは首を振った。夕紀はあたしにないすべてを持っている。

ボクサーとしての強さ、才能はもちろん、若さ、美しさ、スタイル、頭の良さ、学歴、その他、何もかもだ。

自分より低い立場の者を、バカにしたり笑いものにするのは簡単だけど、あたしと夕紀ほどに差があると、そういう対象にはならない。笑っているのは、余裕の表れに過ぎない。

ちがうよ、と唯愛がつぶやいた。

「ママ、わかんないの？　あの人、ママのことバカにしてる。ママだけじゃなくて、ながくらのおじさんとか、望美おねえちゃんとかも。唯愛、くやしい。ママはくやしくないの？」

目をつぶりなさい、とあたしは唯愛の顔に手のひらを載せた。

そうだ、本当は最初からわかっていた。美闘夕紀は、あたしのことを下に見ている。バカにしているというより、憐れんでいると言った方が正しいのかもしれないけど、それは初めて会った時から感じていた。

怒るつもりはない。ボクサーとして天才的な素質を持っている彼女にとって、あたしはその辺の地べたを這っている蟻《あり》と変わらないのだろう。

しかも、年齢は十歳上で、デブでおバカなオバさんだ。素質なんてかけらもないのに、選手層が薄いというただそれだけの理由で、プロテストに受かった女。偶然と幸運だけで、タイトルマッチの挑戦者になっただけの素人。

そんなふうに夕紀があたしのことを考えていたのは、わかっていた。そして、しょうがないって思っていた。だって、その通りだから。

でも、やっぱり悔しい。うまく言えないけど、それって違わないか。

あたしは三十三年間、ずっと負け続けてきた。だから、勝ってる人たちが何を考えてるかわかる。

あの人たちはいつもそうだ。勝って当たり前だと思ってる。

そして、負けている者、弱い者の気持ちを考えたことはない。その必要はないし、考えても理解できないと思ってる。いつだってそうだった。

唯愛の唇から、かすかな寝息が漏れていた。少し落ち着いたようだ。

ゴメン、と望美ちゃんがあたしの耳元で囁いた。

「あたしの責任。唯愛ちゃんのことは任せてとか言っておきながら、気がつかなかった。本当にごめんなさい」

望美ちゃんのせいじゃない、とあたしは首を振った。子供の責任はいつだって母親にある。あたしがバカだった。

でも、唯愛ちゃんの言う通りだよ、と望美ちゃんがあたしの肩に手を置いた。

「美闘夕紀は愛ちゃんのことを見下している。悪気はないのかもしれない。でも、悔しい」

見せてやろう、と望美ちゃんが手に力を込めた。

「女の意地ってやつを、夕紀や帝王ジムの連中に見せてやろう。何をやったって、どんなに頑張ったって、勝てるわけがないと思ってるあいつらに。愛ちゃんは何もできないかもしれない。倒すなんて無理だし、一方的にパンチを浴びることになるのかも。だけど、何度倒されても、立ち上がる姿を見せてやろう。最後まで諦めない女がいるって、あいつらに教えてやるんだ」

わかった、とあたしはうなずいた。あたしは美闘夕紀に勝るものを持っていない。スピードも、スタミナも、テクニックも、すべてだ。

でも、胸の中にひとつだけ残ってるものがある。誇りだ。

何も持っていない最低の女にだって、プライドがあることを教えてやる。絶対諦めない。最後の最後まで、全力を尽くして戦う。

無言であたしたちを見つめていた坂本先生が、大声を出してすまんかったの、と言った。

「この子のことは、うちでしばらく様子を見るから、心配せんでいい。二、三時間眠っていれば、元気になるじゃろ。連絡するから、後で迎えにきなさい」

何かを感じたのか、優しい声になっていた。あたしたちは並んで頭を下げて、診察室を出た。

2

夜、希望荘に帰って、唯愛と話した。ママと一緒に頑張ってくれるという気持ちは嬉しいけど、子供が何も食べないとか、水も飲まないのは良くない。唯愛が元気でいてくれないと、ママは頑張れないと言うと、唯愛もわかってくれた。

これからはちゃんとご飯も食べるし、水も飲むと約束した。それで話は終わったけど、あたしの心は不安だらけだった。

試合まで、ひと月を切っている。今後、ますます練習は厳しくなっていくだろう。自分のことはいいとして、唯愛のことを誰が見てくれるのか。

望美ちゃんには保育士としての仕事があるし、あたしの練習も見なければならないから、四六時中唯愛と一緒にいるわけにはいかない。

かといって、他に頼れる人はいなかった。隣のフィリピン人四姉妹に預かってもらおうかと思ったけど、あの人たちは夜の仕事で、帰ってくるのは朝方だから、唯愛のケアをずっとは頼めないだろう。

試合に集中しなければならないこの時期に、唯愛のことが心配で練習に身が入らなくなるのでは、何のためにこんなことをしているのかわからない。いったいどうすればいいのか。

ノックする音が聞こえた。ドアを細く開けると、小柄なおばあさんが立っていた。ひとつ上の階で一人暮らしをしている村岡さんだった。

前に、唯愛のことを預かってほしいと頼みに行ったことがある。でも、その場で断られた。

持病のリューマチがあるから、子供の世話なんかできないと言われたけど、本当は関わりたくないと考えているのがわかった。それ以来、一度も話したことはない。

「あの、何か……もしかして、うるさかったですか？」

希望荘は壁も床も薄い。上下左右の部屋の音は、ほとんど筒抜けだった。

働いているフィリピンパブから朝方帰ってきたフィリピン人四姉妹が、ずっとお喋りしている声も聞こえていた。最初は気になったけど、今ではそれが目覚まし代わりになっているほどだ。

他の住人に迷惑をかけたくなかったから、なるべく静かにしていたつもりだったけど、村岡のおばあさんは神経質そうな顔をしている。小さな音でも気になってしまうのかもしれない。

ここに住んでる人はみんな最低だ、と村岡さんが唐突に口を開いた。

「人柄の話じゃない。運が最低ってことだ。嫌な世の中だよ。そうは思わないかい？」

はあ、とあたしはもぐもぐと返事をした。何を言いたいのだろう。

「一度でも失敗したら、何をやったってうまくいかない。沈んでいくだけで、諦めるしかないんだ。何にも、ひとっつも、いいことなんてありゃしないよ」

村岡さんはあたしを見ていなかった。誰に対して怒っているのかわからなかったけど、心の中にある鬱憤《うっぷん》をすべて吐き出そうとしているようだった。

「あんたもそうだろ。何をやってもうまくいかなかったんじゃないかい？」初めて村岡さんがあたしの顔に視線を向けた。「何があったか知らないけど、バカな女だって思ってた。小さな子供を連れて、こんな掃きだめで暮らすなんて、まともなら考えられないよ。そうだろ？　でも、それはあんたが自分で蒔《ま》いた種で、つまりはあんたの責任だ」

そうです、とあたしはうなずいた。だから、子供のことを預かってほしいと言われても断った、と村岡さんが少し黄色くなっている歯を剝き出して笑った。

「ろくでもない女のろくでもない子供の面倒なんか見たくないよ。あたしだって、毎日一人で大変なんだ、苦労してるんだからってね……あんたもバカなんだろう。でも、あたしはもっとバカだ」人として最低だった、と深いため息をついた。「無理なことを頼まれたわけでもないのに、自分の都合だけで断るなんて……悪かったね、許してくれるかい？」

村岡さんはちっとも悪くありません、とあたしは言った。

「知らない女から、いきなり子供を預かってくれって頼まれても、誰だって断ると思います。あたしの方に、常識がなかったんです」

隣のホステスたちから話を聞いた、と村岡さんがフィリピン人姉妹の部屋を指さした。

「子供のことを見てやりたいけど、自分たちは夜の仕事だから難しいってね。悪い連中じゃないけど、あの四人は部屋で酒を飲むし、煙草《たばこ》も吸う。時間帯も違うし、小さな子供を預けるには不向きだよ」

「かもしれないです」

だからあたしが預かる、と村岡さんが軽く胸を叩いた。

「こんなおばあさんだけど、何かの役には立つだろう。ご飯ぐらい作れるし、一緒にいればあんたも安心できる。そうじゃないかい？」

「……ご迷惑じゃありませんか？」

そんなわけないだろう、と村岡さんが大きな口を開けて笑った。

「寂しい老人にとっちゃ孫ができるみたいなもんだ。こんなありがたい話があるかね……あんたのことはずっと見てた。年寄りは朝が早いからね、毎朝自転車の女の子と走ってるのも見てたよ。何のためかわからなかったけど、健康のためとか、痩せようとか、そんなことじゃないのはすぐわかった。雨にも負けず、風にも負けず、毎日走るなんて、普通じゃできないだろうさ」

ボクシングをやってるんです、とあたしは言った。それもあのホステスたちから聞いた、と村岡さんが不器用に腕を振った。

「あたしは大嫌いだけど、死んだ主人が好きでね。付き合いで、テレビで見たことがある。最近は女もやるようになったらしいね。プロになったそうだけど、あんたに覚悟があるのがわかった」

覚悟ってほどじゃないです、とあたしはショートカットの頭を掻いた。いいことなんて何もない、と村岡さんが唇をすぼめた。

「毎日嫌なことばっかりだ。あんたも諦めてたんだろう。でも、何かを変えようとして、ボクシングを始めた。そうじゃないのかい？」

うなずいたあたしに、何にも変わりゃしないよ、と村岡さんが重い声で言った。

「そんなに人生は甘くない。何をやったって無駄だって諦めちまう方が楽だ。だけど、あんたは違うってわかった。何をどうしたいのか、それはわからんけど、何かを変えたいって思ってる。そんな人間を放っておくなんて、いくらあたしがバカな年寄りでも、そんなことはできないよ」

そんな立派なことを考えていたわけじゃない。今のままじゃ悲し過ぎるって思ってたけど、流されるようにして毎日を過ごしていた。

真利男から逃げたのも、それ以外選択肢がなかったからだし、その後のことも全部成り行きだ。だけど、確かに何かが変わった。

あたしが変えたんじゃない。周囲の人たちが変えてくれた。希望荘の住人、アニメスラムの社員たち、永倉ジムの人たち、商店街の人たち。

何かを変えたいと、真剣に願ってる人の手助けぐらいはできるさ、と村岡さんが言った。

「他の住人とも相談して、あたしが預かるのが一番いいってことになった。何しろ年寄りは、時間だけは余るほどあるからね」

「本当にいいんですか？　唯愛はまだ小さいですし、ご迷惑になるんじゃないかって……」

相手は強いらしいね、と村岡さんがまた腕を前後に振った。

「死ぬ気で戦ってきな。娘のことは、あたしが引き受ける。勝ってこい、なんて言わないよ。でもね、精一杯やってくると約束しておくれ。あんた自身のためにも、あたしやここに住んでるみんなのためにも」

ありがとうございます、とあたしは思いきり頭を深く下げた。ママ、と近づいてきた唯愛に、村岡のおばあちゃん、と手を握らせた。

「これからしばらく、ママはお仕事やボクシングのことで忙しくなる。唯愛に寂しい思いをさせることになるかもしれない。だから、学校が終わったら、村岡のおばあちゃんの部屋に行って、ご飯とか食べさせてもらうの。わかった?」

ばあばだよ、と村岡さんが唇を吊り上げるようにして笑った。悲鳴をあげた唯愛が泣き出した。前途多難だね、と村岡さんがまた笑った。

3

翌日から、猛特訓が始まった。迎えに来てくれた望美ちゃんの伴走で、五キロ走るのは同じだけど、内容が変わった。

四〇〇メートル走ると、一〇〇メートルダッシュ。また四〇〇走ったら、一〇〇ダッシュ。単なる五キロ走とは違う。その苦しさは、やった者でなければわからないだろう。

食生活を厳しく制限されているので、メインは野菜サラダ、それにツナ缶半分とか鶏のササミを茹《ゆ》でたものだけ、それで五キロ走ること自体無理があるのに、水分も最小限しか摂取できない。

最後に一〇〇メートルの全力ダッシュが計十本、一キロ入る。後半になるとスタミナ切れで、足が上がらなくなるほどだった。

それからシャワーを浴び、アニメスラムに出勤する。大みそかの試合まで二十五日、こんな毎日が続くのかと思うと、絶望的な気分になった。

席についたあたしの顔を見て、何かあったの、とモモコが囁いた。よほど顔色が悪かったのだろう。

帝王ジムへ行って、美闘夕紀のスパーリングを見学したことや、唯愛が倒れたこと、そしていっそう厳しくなった練習について話すと、愛ちゃんは仕事しなくていいよ、とモモコがパソコンを叩いた。

「倉庫で品出ししてるふりして、休んでなって。大丈夫だよ、うちが愛ちゃんの分まで仕事するから」

「そんな……悪いよ。それに、働いてないのに給料もらうなんて、まずいって」

聞こえてるぞ、と柴田店長が睨んでいたファイルから顔を上げた。

「ここは会社で、愛ちゃんはバイトの身だ。働いてもらわなきゃ、こっちも困る。一人で愛ちゃんの仕事のフォローなんて、できるわけないだろ」

つまんないこと言うよね、と立ち上がったモモコが柴田店長に詰め寄った。

「店長だって、試合行ったでしょ？　愛ちゃんの応援するって言ってたじゃない。今度の試合はタイトルマッチなんだよ？　勝ったらチャンピオンで、そうなればうちの店の宣伝にもなるし――」

ボクシングとアニメのファン層は違う、と柴田店長が首を振った。

「チャンピオンになったからって、店とは関係ない。他のスタッフだっているんだぞ。愛ちゃんだけ特別扱いにはできない」

だから、うちが仕事を代わるって言ってんじゃん、とモモコが怒鳴った。あの、と反対側のデスクに座っていた矢口くんという社員が手を挙げた。

「ぼくも愛さんの仕事、手伝います。試合って大みそかなんでしょ？　一カ月ぐらい、別にいいじゃないですか」

ありかも、と他の二人の社員がうなずき合った。その様子を見ていた柴田店長が、大学のサークルじゃないんだぞ、とため息をついた。

「そんなことを言ってるから、オタクは社会性がないとか言われるんだ。ここは会社で、店長はぼくだ。指示に従えないというんなら、辞めてもらうしかない」

偉そうに、とモモコが横を向いた。指示を聞け、と柴田店長が厳しい声で言った。

「大崎さんは今日から倉庫担当。こっちはこっちで忙しいんだ。いちいちチェックなんかしない。任せるから、頼んだよ」

いきなり立ち上がった柴田店長が、フロアの入り口にあったタイムカードの機械をドライバーで外して、落ちた基盤を靴で踏みつけながら、壊れちゃったよ、と頭をがりがり掻いた。

「本社に報告して、直すか交換するか確認する。しばらく出退勤の時間は自己申告にするしかないんだろうな。これ、誰の責任になるんだろう。やっぱりぼくかなあ」

そりゃそうでしょう、と矢口くんがうなずいた。部下に冷たくされて、自殺する中間管理職が増えてるらしい、と柴田店長が倉庫を指さした。

「大崎さん、さっさと仕事してよ。スペースだけはあるから、後はよろしく」

本社への連絡は後にしよう、とキーボードを叩き始めた。行きなよ、とモモコがあたしの肩を押した。頭を下げることしか、あたしにはできなかった。

4

それから三週間、一日も休むことなく練習を続けた。早朝ランニングに始まり、アニメスラムでは倉庫に籠もって筋トレやシャドーボクシング、縄跳びなど基礎体力作りを中心に、筋力アップのためのトレーニングを重点的に行った。

時間の管理は自分でやるしかないけど、沖田が作ってくれた練習メニューは細かく分刻みになっていて、休憩時間も入っていたから、それに従っていれば何も考えなくてよかった。

サボろうと思えば、いくらでもサボれる。でも、そんなことできるはずがない。美闘夕紀に勝ちたいとか、そういうことじゃない。応援してくれているすべての人に対する裏切りになるからだ。

唯愛、望美ちゃん、永倉会長や沖田、ジム生のみんな、希望荘の人たち、アニメスラムの社員たち。どうしてなのかわからないけれど、誰もがあたしの応援をしてくれている。

勝つことを期待しているわけじゃない。みんなが、あたしと夕紀の実力差を知っている。勝てる要素なんて、一ミリもない。

永倉ジムは弱小だし、希望荘の住人は苦労を抱えた人ばかりだ。アニメスラムのスタッフも、世間から何となく蔑視《べっし》されている。みんな、ずっと負け続けの人生を送ってきた。

そんな人たちの代表に、あたしがなれるはずもないのだけれど、みんなが応援してくれるのは、自分のために戦ってくれる誰かが必要だったのだろう。だから、あたしは練習を続けることができた。

タイムカードの機械は、いつまで経っても直る気配がなかった。柴田店長は、本社に報告していないようだ。

あたしの仕事をモモコたちが代わってくれて、おかげで夕方には永倉ジムへ行くことができた。まず体重を量り、体調を確認した後、ジムでの練習が始まる。ウォーミングアップは十分にやっているから、いきなりグローブをつけてリングに上がることも多かった。

課題はたくさんあったけど、減量とスタミナについては予定通り進んでいた。後はスピードと実戦での攻防のテクニックだ。三週間、特に徹底して強化したのは、フットワークとガードだった。

フットワークはセンスが必要で、それは持って生まれた才能によるものだ。そして沖田によれば、お前の才能はゼロだ、ということになる。

たった三週間で身につくものではないとわかっていたけど、とにかく慣れることが重要だ、というのが沖田の指導法だった。

ガードについてもそれは同じで、ただ顔面や腹を守るだけなら、グローブを構えて亀みたいにガードを固めていればいい。でも、それじゃ攻撃ができない。

攻防一体、と沖田が何度も繰り返した。

「殴られるのが嫌なのは誰だって同じだが、お前はパンチを当てられるのを怖がってる」

それは自分でも気づいていた。一発でもパンチが飛んでくると、無意識のうちに体がすくんでしまう。固まった体でガードができるはずもない。

それはボクシングじゃない、と沖田が言った。

「素人のケンカの方がましなぐらいだ。パンチに対する恐怖心を捨てるためには、慣れるしかない」

ヘッドギアとボディプロテクターをつけて、リングに上げられた。ボクシングの試合では、お互いがパンチを打ち合う、と沖田が腕を振った。

「女子の場合一ラウンドは二分で、その間に打つパンチは五、六十発ほどだろう。クリーンヒットするパンチは一発あるかないかだ。どんな弱いパンチだって、当たれば痛い。だが、怖がるな。怯《おび》えるな。相手をよく見るんだ」

永倉ジムの練習生が、代わる代わるあたしのスパーリングの相手をしてくれた。全員男性で、パンチ力は女子と比べ物にならない。パンチが飛んでくるたび、反射的に体がすくんだけれど、ヘッドギアやボディプロテクターの上からならそんなに痛くない。パンチへの恐怖心を取り除くには、実践的な教え方だった。

平均すると、一日十ラウンドのスパーリングをこなしていた。一ラウンドは二分間だから、トータルすると二十分ほどだ。普通なら、いくらタイトルマッチでも、そこまではしない。

でも、あたしは半ば素人で、試合の経験も少ない。フットワーク、スピード、スタミナ、テクニック、全部をまとめて教わるには、スパーリングが一番効果的だった。

もちろん、十ラウンドをぶっ続けにやるわけじゃない。そんなことをしたら、体が壊れてしまう。

合間にはミット打ちやサンドバッグを挟んだり、気分転換のために走ったり、腹筋を鍛えるために沖田が腹に乗って足踏みしたり、やれることはすべてやった。

スパーリングの様子は、永倉会長が撮影してくれて、練習が終わると沖田や村川くん、望美ちゃんたちと映像を見て、反省会を繰り返した。

自分でも気づいていたけど、疲れてくるとガードが下がり、顎が上がってしまう癖がある。打ってくださいと言ってるのと同じだと沖田がため息をついたけど、集中力を途切れさせなければ大丈夫だから、と村川くんが言ってくれた。

パンチを打った後の腕の動きも注意された。打ったら打ちっ放しで、腕を戻すことが疎かになってしまう。それでは、次の攻撃にスムーズに移行できない。

距離感を摑めていないから、必要以上に相手に接近し過ぎることも指摘された。近すぎても遠すぎても、ベストなパンチを当てることができないというのは、言われてみれば当たり前のことだった。

何より、体に力が入り過ぎていると毎日のように注意された。リラックスしてパンチを打て、というのが沖田の教えだったけど、それが一番難しかった。

練習を終えて希望荘に帰るのは、毎日十時過ぎだ。村岡さんの部屋へ行って、唯愛を引き取り、それからシャワーを浴びて寝る。その繰り返しの三週間だった。

こんなにひとつのことに集中した経験はなかった。自信を持てるほど実力が上がったわけじゃないけど、意識しなくても腕や足、体全体が動くようになっていったのは、自分でもわかった。

美闘夕紀の過去の全試合を何度も見て、研究した。あたしのレベルだと、速いとか、巧いとか、そんなことしか言えなかったけど、沖田や村川くんが解説してくれた。

簡単に言えば、スピードのあるフットワークで対戦相手の攻撃を防御し、長いリーチというアドバンテージを生かして、距離を支配する。それが夕紀の強さの秘密だった。

常に相手の腕が届かない距離で戦うから、パンチをもらうことはない。だから余裕を持ってカウンターを狙える。

パンチ力の強さより、確実に連打を当ててダメージを与えるタイプのボクサーだ。夕紀と戦った選手の多くが、出血したり、傷を負うことになるのは、何発ものパンチを同じ場所に当てるテクニックを持っているからだった。

あたしもそうなるだろう。一年以上前にボクシングを始めて、プロテストに受かるぐらいのレベルにいるのは本当だ。でも、夕紀のような天才ボクサーに勝てるはずがない。

世の中には才能に恵まれた人がいる。それはどうしようもないことで、才能のない人間がどれだけ努力しても、どうにもならない。無理なものは無理で、それが現実だ。

だけど、何もしていないわけじゃない。やれるだけのことをやって、あたしはリングに上がる。そこでファイティングポーズを取ることができる。

それしかできないけど、それで十分だ。諦めなければ、倒されても立ち上がれば、一発ぐらいパンチを入れられるかもしれない。

あたしには応援してくれる人たちがいる。みんなのためにも、自分のためにも、最後まで諦めないと心に固く誓った。

勝ち負けじゃない。自分が何もできない虫けらとは違うと、証明してみせる。そのためにリングに上がり、世界最強の女子ボクサー、美闘夕紀と戦う。

覚悟を決めると、今まで味わったことのない清々しい気分になれた。十二月二十六日、試合まで五日を残したところで、集中特訓が終わった。

5

十二月三十日の午後一時、六本木《ろっぽんぎ》のテレビ局で大みそかの格闘技イベントに参加する全選手の公開計量が行われた。

出場する選手のほとんどが男性で、一〇〇キロ以上の超ヘビー級の選手たちがたくさんいたけど、女子はあたしと夕紀のフライ級タイトルマッチと、オリンピック柔道金メダリストが女子プロレスラーと戦う二試合だけだった。

あたしと夕紀が一番最後に計量を行った。最後の三日間、フライ級のリミット、五〇・八〇キロまで、どうしても三〇〇グラムが落ちず、その間あたしはほとんど水を飲んでいなかった。

我慢できなくなると、氷をなめては吐き出した。昨日の夜中は、三十分おきに冷凍庫から氷を出して、一瞬だけ舌に当て、また戻すというそれだけを繰り返していた。

でも、その甲斐があって、あたしの体重は五〇・七九キロだった。最後に体重計に乗った夕紀もまったく同じ、五〇・七九キロ。お互い、ベストの状態で戦えるということだ。

公開計量には、大勢のマスコミが集まっていたし、テレビカメラも入っていたけど、注目されていたのは男性選手によるヘビー級のトーナメントで、取材もそれに出場する選手たちに集中していた。

正直なところ、女子の試合はイベントに彩《いろど》りを添えるだけの役割で、夕紀でさえも短いインタビューを受けただけで終わっていた。あたしとしては、その方が気が楽で良かった。

テレビ局を出たのは、午後三時だった。ゆっくり飲め、と沖田がスポーツドリンクの入ったボトルを渡してくれた。

「計量が終わった以上、体重が増えたって構わんが、いきなり体に水分を入れたら良くない。五〇〇ミリリットルを一時間で飲むつもりで……」

沖田の言葉が終わる前に、あたしはボトルのスポーツドリンクを全部飲み切っていた。

焦るな、と苦笑した沖田と永倉会長に連れられて、近くにあったイタリアンレストランに入った。唯愛と望美ちゃん、そしてモモコが待っていた。

コンソメスープ、温野菜のサラダ、一〇〇グラムのチキンソテーという、あたしにとってはフルコースの食事を、二時間近くかけて食べた。涙が出るくらい美味しかった。

その間、ずっとあたしたちは喋り続けていた。不思議なくらい全員がリラックスしていた。

やるべきことをすべて終え、明日で本当に何もかもが終わる。これ以上何もしなくていいという安堵《あんど》感があった。

クリスマスが終わり、明日で今年も終わりだ。六本木の街はすっかり新年仕様になっていて、通りには人が溢れている。みんな寒そうにコートの襟《えり》を立てていたけど、誰もが幸せそうだった。

「明日の試合が終われば、愛ちゃんも普通のオバさんに戻れるよ」

望美ちゃんが、モモコと手をたたき合いながら笑っていた。オバさんは酷過ぎるって思ったけど、そうかもしれない。

六時、会長の車で希望荘まで送ってもらった。食べ過ぎるなよ、と最後に沖田が言った。

「腹が減ってるだろうが、あと一日の我慢だ。消化のいいものを少しだけ摂って、水分も控えめにしておけ。練習はしなくていいから、温かくしてさっさと寝ろ。明日はスタミナ勝負になる。わかったな」

はい、とあたしはうなずいた。夜ご飯は唯愛と一緒に食べるつもりだったけど、その後はひと晩だけ、村岡さんに預かってもらうことにしていた。試合前日ということで、その方がいいというのが沖田の判断だった。

昼食を食べたのが遅かったので、あまり空腹感はなかった。唯愛に焼き魚を作り、あたしはツナサラダと目玉焼きという簡単な夕食を食べた。二人でお風呂に入ってから、村岡さんの部屋に行った。

唯愛も明日の試合の意味をわかっている。泣いたりすることもなく、村岡さんの手を握って、バイバイと手を振った。

ご迷惑をおかけしてすいませんと頭を下げたあたしに、気にしなくていい、と村岡さんが肩を叩いた。

「あんたも早く寝なさい。唯愛ちゃんは責任持って預かる。何も心配いらない。明日の朝九時に、あんたの部屋に連れていく。それでいいね？」

お願いしますともう一度頭を下げて、自分の部屋に戻った。一人だけで寝るなんて、いつ以来だろう。

唯愛がいないのは寂しかったけど、オシッコ行きたいと起こされるようなことはないから、熟睡《じゅくすい》できる。みんなの心遣いが身に染みた。

ありがとうございますとつぶやいて、布団をかぶった。明日の試合のことが一瞬頭をかすめたけど、目をつぶるとそれきりだった。

6

ノックの音が聞こえて、目が覚めた。枕元に置いていたスマホで時間を確かめると、夜十一時を過ぎていた。

二時間ほどだったけど、熟睡していたので体が重い。夜の十一時に、誰が来たのだろう。

（唯愛だ）

他にはいないと気づいて、体を起こした。ママがいないと眠れないとか、そんなことを言い出して、困った村岡さんが訪ねてきたのか。それとも熱でも出したのだろうか。

パジャマ姿のままドアを開けると、真利男が立っていた。捜したんだぜ、と腕を摑まれた。

「疲れたよ。入るぞ」

土足のまま、部屋に上がってきた。辺りを見回しているのは、唯愛を捜しているのだろう。

「どうして……ここがわかったの？」

「お前がいきなりいなくなって、どんだけ捜したかわかってんのか？」真利男が足を投げ出して座った。「唯愛を連れてどこへ逃げたのか、調べようと思ったけど、何ひとつ手掛かりがないから、とにかく小学校へ行って、どうなってるのか聞いた。おばあちゃんが危篤だとか言ったそうだな。学校も心配してたぞ」

こんなに時間がかかるとは思わなかった、と真利男が古着の革ジャンのポケットから煙草を取り出して、火をつけた。

「どこに行ったかすぐわかると思ってたが、意外と難しかった。お前は神奈川生まれで、他の土地を知らない。県内にいるはずだと踏んで、公立私立、全部の小学校に電話をかけまくって、唯愛って子が転校していないかって聞いたけど、最近は学校もしっかりしてるよな。個人情報だから教えられないとさ。仕方ないから、一校ずつ歩いて回ったよ。手間かけさせやがって……それでも見つからなかった」

どうしてここがわかったの、ともう一度あたしは尋ねた。テレビだよ、と真利男が唇を歪めて笑った。

「何だ、アントニオ・ラブって？　訳のわからねえ名前付けやがって……たまたま見てたニュース番組か何かで、一瞬お前の顔が映ったのを見たんだ。でも、お前とボクシングが結び付かなくて、その時は似てる女がいるな、ぐらいにしか思わなかった」

いつ見たの、と抑えた声で聞いた。何とか夕紀って子の記者会見だ、と真利男が答えた。

「あの子は美人ボクサーで有名だし、グラビアなんかにも載ってたから、顔は知ってた。インタビューを受けてるあの子の後ろに、お前が映ってたんだ」

あたしは唇を嚙んだ。先月のはじめ頃かな、と不精髭《ぶしょうひげ》の生えている顎の辺りを、真利男が垢《あか》の詰まった爪で掻いた。

「お前のママ友にばったり会った。前に話したことがあった女だ。奥さん、ボクシング始めたのねって、そいつが教えてくれたよ」

あたしにママ友なんていない。ただ、唯愛の保育園の送り迎えで、一緒になるママは何人かいた。そのうちの一人が、真利男に話したのだろう。

「テレビのことを思い出して、何を言ってるのかすぐわかった。それで図書館の新聞やら雑誌やらを漁《あさ》ったら、お前のちっちゃな写真を見つけた。アントニオ・ラブ、大久保の永倉ジム所属って書いてあったよ。何で大久保なのかはわからなかったが、間違いなく写真の女はお前だった」

先月って言ったよね、とあたしは真利男の平べったい顔を見つめた。

「だったら、どうしてすぐここへ来なかったの？」

おれも下手打ってな、と真利男が煙を低い天井に向かって吐いた。

「お前がいきなり姿を消しちまったから、当座の金に困って、前から誘われてた振り込め詐欺の出し子をやるしかなくなった。ついてねえよ、最初のバアさんの金を引き出しに行ったら、銀行に警官が待ち構えてて、捕まっちまった。金を引き出す前だったから、逮捕はされなかったけどな」

されればよかったのに、とあたしは心の中でつぶやいた。相変わらず陰気《いんき》な目をしてやがるな、と真利男が足であたしを蹴った。

「おれみたいな使いっ走りを逮捕しても、しょうがないんだとさ。代わりに事情聴取が毎日続いた。仲間の名前を言えとか、バックは誰かとか、そんなことだ。聞かれたって、知らねえもんは知らねえよ。だけど、警察の機嫌を損ねたら、何されるかわかんねえ。それで神奈川から出られなかった。片がついたのは一昨日で、やっと今日東京に来た。テレビ局で公開計量があるのはわかってたから、六本木からずっと尾《つ》けてたんだよ」

気がつかなかった。もっとも、あれだけ大勢の人がいたのだから、真利男の姿が目に入らなかったのは当然かもしれない。

周りに人がいたから手を出せなかった、と真利男が言った。

「ここへ戻ってきてからも、人が出入りしたり、誰かいるんじゃないかと思って、様子を窺ってた。誰もいないとわかって、ドアを叩いたってわけだ……さて、唯愛はどこにいる？　帰ろうぜ」

親戚に預けた、と咄嗟《とっさ》に嘘をついた。なめんなよ、と手を振り上げた真利男があたしの頭を殴った。

「一緒にいるところを見てるんだ。ここで暮らしてるんだろう？　ランドセルだってあるじゃねえか」

さっさと連れてこい、と真利男が立ち上がった。

「奈久井町のアパートに帰るんだ。お前がいないと困るんだよ。メシ作ったり、掃除や洗濯をする女がいないと、部屋が豚小屋みたいになっちまう。おれはきれい好きだからな、臭い部屋に住んでるわけにはいかねえんだ」

自分でやればいいじゃないと言ったら、いきなり張り手が飛んできて、目の前で火花が散った。

「なめたこと言ってんじゃねえぞ、ふざけやがって」倒れたあたしの頭を踏み付けた真利男が、帰るんだと低い声で言った。「横須賀の病院とは話をつけてある。あそこも人手不足で大変らしい。お前が戻ってきたら、また雇ってくれるってよ」

髪の毛を摑んだ真利男が、強引に引っ張った。勢いで壁に頭が当たり、大きな音がした。

「こんなこと、したくないんだよ」本当だぜ、と真利男があたしの頭を何度も力いっぱい殴った。「おれは暴力なんて大嫌いだ。ただ、お前と唯愛と暮らしたいだけなんだよ。その方が唯愛にとってもいいに決まってる。母子家庭なんて、ろくなもんじゃねえ。そうだろ？」

逆らうことができなかったのは、過去のDVがフラッシュバックしたからだ。恐怖で体がすくみ、指一本動かせない。

来い、と真利男があたしのパジャマを摑んで、床を引きずった。表に出ると、冷気が肌を刺した。

「帰ろうぜ」

真利男があたしの腹を思いきり踏み付けた。息が止まるほど痛かった。

「帰るぞ」

あたしを立ち上がらせた真利男が、顔面を殴った。階段から転げ落ちて、パジャマが破れた。

「立て、この野郎。帰るんだ」

まだ電車はある、と真利男があたしを立たせた。目が血走っていて、焦点も合っていない。真利男の中で、何かが壊れたようだった。

帰るぞと言っては一発殴り、帰るんだ、ともう一発蹴られた。パジャマが引きちぎれて、すだれのようになった。鼻と口から出血しているのもわかった。

「唯愛はどこにいるんだ。さっさと言え、このアパートか？　どの部屋だ？」

うるせえよ、とあたしは真利男の腕を振り払った。

「あんたに関係ないだろ！　父親だっていうんなら、父親らしいことをしろよ！一回だって何かしたことあんの？」あたしの叫び声が夜道に響いた。「無視するか殴るか、それしかしたことないくせに。あんたに唯愛に触れる権利なんてない！」

生意気なこと言いやがって、と真利男が右の拳を振った。条件反射で、スウェイで避けた。

へえ、と感心したように真利男が見つめた。

「さすがなもんだな。ジムじゃそういうことを教わってるのか？　そうだよな、仮にもプロボクサーだもんな」

あたしは左右の拳を上げて、左半身で構えた。ふざけんな馬鹿野郎、と真利男が怒鳴った。

「お前なんかに何ができる？　ぶっ殺すぞ！」

飛びかかってきた真利男の体をかわして、左のジャブを打った。軽いパンチだったけど、鼻を押さえた真利男が悲鳴を上げた。

「痛えじゃねえか、何すんだ、てめえ！」

突進してきた真利男が、右のパンチを繰り出してきた。街灯の光に照らされて、パンチの軌道が全部見えた。

毎日、永倉ジムの練習生たちとスパーリングしてきた。中には村川くんのようなプロもいる。出稽古《でげいこ》にも行って、大勢のプロと拳を交えてきた。

そんなあたしにとって、真利男のパンチはそれこそ蠅《はえ》が止まるほどスローに見えた。

頭を下げ、左のカウンターを合わせると、鈍い音がして、真利男の体が崩れ落ちた。

試合では、誰もがグローブを使用する。練習の時だってそうだ。グローブは拳を保護するためのものだけど、はめていると威力は何割か落ちる。

でも、今のあたしは素手だった。素手のパンチがベストなタイミングで当たれば、女のあたしでも男を倒せる。真利男みたいな体重の軽い男なら、なおさら簡単だ。

畜生、とつぶやいた真利男があたしの体にしがみつくようにして立ち上がった。何も見えていないのだろう。闇雲にパンチを振り回して、飛びかかってくる。

今までやってきたどんな試合より、スパーリングより、あたしは冷静だった。飛んできたパンチを叩き落として、真利男の顔面にジャブを二発、そして右のストレートを思いきり打ち込んだ。手加減なしの、本気のパンチだ。

アスファルトの路面に、鼻血が飛び散った。膝を折った真利男が、喚きながら両腕を振り回している。泣き声も混じっていた。

その顔に、正面からフックをたたき込んだ。蛙《かえる》を素手で潰したような感触があった。

アスファルトに後頭部を打ち付けた真利男が、動かなくなった。関係ない。あたしはその上にのしかかって、顔面にパンチを何発も何発も叩き込んだ。泣きながら打ち続けた。

誰かがあたしを羽交《はが》い締《じ》めにした。離せと叫びながら振り向くと、フィリピン人のお姉さん、サマーさんだった。年末だから、仕事は休みなんだろう。韓国人の兄弟や、ゲイのカップルも外に出てきていた。騒ぎを聞き付けて、飛び出してきたのだろう。

韓国人兄弟が真利男を立たせて、二度と愛ちゃんに近づくなと脅している。うちの親父はコリアンマフィアだぞという嘘の脅し文句に、足を引きずりながら真利男が闇の中に消えていった。

「愛ちゃん、ダイジョウブ？」フィリピン人の四姉妹が、あたしに着ていた服をかけてくれた。「明日、試合ダヨネ？　怪我シテナい？　どこカイタイ？」

病院へ行こう、とゲイのカップルが言ったけど、行かないと断った。真利男に殴られて鼻血が出ていたし、顔が腫れているのはわかってたけど、こんなのたいしたことない。

まずいのは拳だった。熱を帯びて、痺《しび》れている。最初のカウンターで、真利男の顎を殴った時、骨に罅《ひび》が入ったか、最悪折れているかもしれない。

このまま病院へ行けば、ドクターストップがかかる。試合を明日に控えて、今さら中止にはできない。どれだけ多くの人に迷惑をかけることになるか、よくわかっていた。

ママ、という声がした。顔を上げると、アパートの玄関から飛び出した唯愛が、あたしにしがみついた。後ろで村岡さんが心配そうに見つめている。

いいんです、とあたしは唯愛を抱きしめながら言った。

「最初から、勝ち負けなんか考えていなかった。怪我したって、リングには上がります」

とにかくこっちへ来なさい、と村岡さんが手招きした。

「冷やすなり何なり、手当てをして様子を見ないと。どうしようもなかったら、知ってる医者がいるから、叩き起こしてでも診てもらえばいい」

それがイイよ、とサマーさんがあたしの背中を押した。左の拳が脈を打つのと同じリズムで、痛み始めている。そして、痛みはどんどん大きくなっていた。

ラウンド11／ゴング

1

村岡さんの部屋で応急処置をした。あたしは元看護師だから、どうすればいいかわかっていたし、村岡さんは普段から備えているらしく、大きな木の救急箱に薬や湿布など必要な物を全部入れていた。

ゲイカップルがコンビニで買ってきたクラッシュアイスと水を洗面器に入れ、そこに左手を突っ込んだ。腕が凍りそうなぐらい冷たかったけど、我慢するしかない。三十分ほどそうしていると、ずきずきする痛みが収まった。

でも氷水から手を出すと、また痛みが襲ってくる。動くことは動くけど、満足に握ることもできない。

氷嚢《ひょうのう》で左手全体を巻き、毛糸の編み棒を添え木にして、腕を心臓より高く上げていると、やっぱり医者に診てもらった方がいい、と村岡さんが部屋の電話に手を伸ばした。十二月三十日の真夜中に診てくれる医者なんて、救急病院の夜間外来しかないはずだけど、開業医だという。

早口で事情を話した村岡さんが、タクシーを呼んでおくれと言った。韓国人兄弟がスマホの画面をスワイプして、タクシー会社のアプリに住所の入力を始めた。

「近いよ、西新宿のクリニックだ。大丈夫、昔からの知り合いだから、あんたは心配しなくていい」

医者に診てもらうしかないのは、あたしもわかっていた。薄紫色に腫れている左の小指と薬指の状態から、罅が入ってるのは間違いなかったけど、折れている可能性もあった。

韓国人兄弟が呼んでくれたタクシーに乗って、西新宿へ向かった。着いたのは古いビルの一階で、藤枝《ふじえだ》整形外科クリニックと書いてあるガラスのドアを村岡さんが叩くと、すぐに七十代の太ったおじいさんが出てきた。

「どうしたんだい、幸江《ゆきえ》さん」白衣に袖を通しながら、藤枝先生があたしたちをじろじろ見た。「こんな夜中に、いったい――」

いいからさっさとこの子を診ておくれ、と村岡さんがあたしの背中を押した。どういう関係なのかわからないけど、藤枝先生は村岡さんの命令に従わなければならないらしい。

氷嚢を外した藤枝先生が、おやおやとつぶやく。骨折でしょうかと聞くと、まだわからんとレントゲン室に通された。

藤枝先生が自分で撮影して、五分も経たないうちに写真ができた。診察室の椅子に座ると、X線写真観察器、シャウカステンに挟んだ写真を指さした。

「左の小指、薬指、第二関節のここに罅が入ってる。わかるだろう、きれいな罅だから、案外治るのは早いよ」

わかります、とあたしはうなずいた。愛ちゃんはナースなんだよ、と付き添っていた村岡さんが言った。そうかね、と藤枝先生が欠伸《あくび》をした。

「ヨッちゃん、大事な話があるんだ」村岡さんが藤枝先生の手を包み込むように握った。「この子は明日……いや、もう今日だね。今日の夜、ボクシングの試合に出なきゃならない。あんたも知ってるだろ、毎年大みそかにテレビでやってる大会だよ」

ボクシング、と怯えたように藤枝先生が手を引っ込めた。

「そりゃいったいどういう……待ってくれ、試合に出る？　そんなことできるわけがない。ボクシングっていったら、殴り合いだ。幸江さん、この手でそんなことできると思うかい？」

「ヨッちゃんなら、何とかしてくれるよね？」もう一度、村岡さんが藤枝先生の手を強く握った。「お願いだよ、人助けだと思ってさ。頭を下げろって言うんなら下げますよ。それでも足りないっていうんなら……」

そういうことじゃないんだよ、と藤枝先生が白髪頭を指先で掻いた。

「詳しいわけじゃないが、ボクシングの試合前にはドクターチェックがあるはずだ。治せって言われたって、骨をくっつけるのは神様でも無理だよ。ギプスで固定するしかないけど、そんな選手が試合に出るのを認めるドクターなんて、いるはずもない」

だからさ、と村岡さんが藤枝先生の肩に手を置いた。

「ギプスなんかしないでおくれ。とにかく試合ができるようにしてくれれば、それでいいんだから」

「いくら幸江さんの頼みでも、どうにもならんよ」途方に暮れたように、藤枝先生が天井を見上げた。「この状態でボクシングなんて、絶対できない。痛み止めを注射したって、効くのは三十分かそこらだよ。強い衝撃を受けたら、骨が砕けちまうかもしれない。そんなことになったら――」

そこを何とかお願いだよ、と村岡さんが深く深く頭を下げた。無理なんだって、と藤枝先生が頭を抱えた。

2

治療が終わったのは、それから一時間後だった。

何度も頭を下げ続けた村岡さんに根負けしたのか、藤枝先生はあたしの小指と薬指にきつくテーピングをして、添え木を当てた上から、医療用の包帯とネットでガチガチに巻いた。内服の痛み止めを飲んだこともあって、ある程度痛みは収まっていた。

昼にもう一度ここへ来なさい、と藤枝先生が言った。今度は座薬を入れるという。

「包帯と添え木はその時に取る。テーピングは残すけど、ドクターチェックの際に、どうしたのかと聞かれるだろう。突き指したと答えるしかない。骨に異常があるとドクターがわかるかどうかは、五分五分だな」

村岡さんに付き添われて希望荘に帰ると、唯愛が起きて待っていた。顔が涙でびしょびしょに濡れている。

「ママ、だいじょうぶ？　痛い？」

痛くないよ、と答えて唯愛を抱き締めた。不思議なことに、そうしていると本当に痛みは感じなかった。

どれぐらいそうしていただろう。気づくと、唯愛が寝息を立てていた。夜中の四時になっていた。

唯愛を起こさないようにそっと布団に入り、一緒に横になった。左の拳がずきずき疼《うず》き始めている。

試合に出るという決心は揺らがなかったけど、ドクターチェックがある。藤枝先生は五分五分と言ってたけど、まともな医者なら、紫色に腫れた手を見ればおかしいと思うだろう。

その時は強制的にストップがかかり、試合に出場できなくなる。ドクターチェックをパスしてリングに上がったとしても、この手で試合ができるだろうか。

右利きのあたしは左半身で構える。左腕が前に出るし、左のジャブはリードパンチで、常に動かし続けていなければならない。ガードをするのも基本的に左腕だ。

美闘夕紀のパンチの威力は、二階級、三階級上の選手でも倒せるほどで、当たれば左手が壊れるかもしれない。罅や単純骨折は、時間さえあれば必ず治るけど、粉砕骨折となると、その先の人生にも影響が出る。

しかも、ボクサーにとって小指は生命線だ。小指をしっかり握ることができなければ、パンチを打つ時、力が入らない。

まともな試合にならないのは、わかっていた。そこまでのリスクを背負って、試合に出る意味があるのか。

痛みと迷いと不安が、頭の中をぐるぐる回っていた。一睡もできないまま、七時前にようやく夜が明けた。

3

朝八時、迎えに来た望美ちゃんが、あたしの顔の青アザを見るなり、どうしたのと低い声で言った。

望美ちゃんにだけは、本当のことを話しておかなければならない。昨日の夜、真利男があたしと唯愛を連れ戻しに希望荘まで来たこと、口論から殴り合いになったこと、その時に二本の指に罅が入ったこと、そして村岡さんの知り合いの医者に診てもらったこと、すべてを話した。

黙って最後まで聞いていた望美ちゃんが、試合に出るのは止めようと言った。

「大丈夫。帝王ジムや美闘夕紀、テレビ局なんかには、永倉のオジさんが話してくれる。怪我なら仕方ないって、誰でもわかってくれるよ。愛ちゃんの責任でもないわけだし、心配いらないから」

試合には出る、とあたしは強く首を振った。甘く考えないで、と望美ちゃんが険しい表情になった。

「二本の指に罅が入ったボクサーがリングに上がるなんて、許されることじゃない。そんなにボクシングは甘くない。選手の安全を守るのはジムの責任だし、お客さんもいるんだよ。誰が怪我人の試合を見たいと思う？」

勝手なことを言うけど、とあたしは望美ちゃんの目を見つめた。

「あたしが試合をするのは、永倉ジムのためでも、望美ちゃんのためでもない。まして や帝王ジムや美闘夕紀やテレビ局、客のためでもない。あたしは自分のために試合に出る。自分の中に誇りがあるって胸を張れなかったら、これから何十年生きたって意味はない」

「愛ちゃん……」

お願い、とあたしは頭を下げた。

「望美ちゃんや会長、沖田さんやジムのみんなには本当に感謝してる。でも、試合をするのは自分のためで、みんなのためにやるわけじゃない」

それから一時間、望美ちゃんはあたしを説得しようとしたけど、ノーと言い続けた。絶対に試合に出る。殺されたって出る。気持ちは変わらなかった。

納得できないけど、と望美ちゃんが大きなため息をついた。

「何を言っても無駄なのはわかった。これ以上は言わない。オジさんにも沖田さんにも、怪我のことは話さないって約束する。でも、ドクターが止めたら、それには従うって愛ちゃんも約束して。ていうか、ストップがかかったら、どんなに愛ちゃんが望んでも、試合には出られなくなるんだけど」

約束する、とあたしは右手を差し出した。小さく笑った望美ちゃんが、しっかりと手を握った。

それから、唯愛と三人で近くのファミレスに行って朝ごはんを食べた。寝てなかったから食欲はない。やたらと喉だけが渇いて、ドリンクバーに何度も行ってお茶ばかり飲んでいた。

その足で、藤枝クリニックへ行った。村岡さんと待っていた先生が、包帯とネットを外し、小指と薬指にそれぞれ二本ずつ太い痛み止めの注射を打ってくれた。

三時に永倉ジムに集合して、会長の車でさいたまスーパーアリーナ、通称たまアリへ向かうことになっていると望美ちゃんが言った。会場に入るのは四時、ドクターチェックは五時の予定だ。

「ドクターチェックをクリアしたら、試合直前まで添え木をつけて包帯で巻いておいた方がいいんだがね」

難しいです、と望美ちゃんが首を振った。ドクターチェックが終わったら、バンデージを巻かなければならない。

とにかく動かさないようにと言って、藤枝先生が諦めたように肩をすくめた。

注射を打った時、指の状態を確かめると、肌の色こそ結構青黒くなってたけど、思っていたより腫れは引いていた。最初に徹底的に冷やしたのが良かったのだろう。

望美ちゃんが持っていたペンシルタイプのコンシーラーで指の色を補正すると、それなりに普通に見えた。六分四分でどうにかなるかもしれない、と藤枝先生が苦笑した。

村岡さんがまた頭を下げて、藤枝先生もたまアリに来てくれることになった。チケットは望美ちゃんが手配してくれた。

状況次第だけど、試合直前にまた痛み止めの注射を打つことになるかもしれない。それは藤枝先生の判断に従うしかなかった。

一度希望荘に戻って、用意していた着替えやタオルを入れたバッグを持ち、三人で永倉ジムに向かった。ジムの前に車を停めて待っていた会長が、あたしの顔を見るなり、落ち着けと叫んだ。自分の方がよっぽど浮足立っていて、地に足がついていない感じだ。

すぐに沖田がジムから出てきた。頭を下げたあたしに、何かあったのかと不安そうな表情を浮かべた。

「その顔はどうした……左手は？」

ちょっと階段で転んでと言い訳したけど、何があったか察したようだ。どうする気だと言いかけた沖田の後ろで、会長がクラクションを鳴らした。

「早く乗ってくれ。焦ることはないけど、余裕を持って行こうじゃないの」

新大久保からさいたま市にあるたまアリまでは、車で四、五十分ほどだという。意外と近いんだよねと、望美ちゃんが唯愛の手を引いて後部座席に回った。

無言のまま沖田が助手席に乗り込み、最後にあたしが乗ったのを確認して、永倉会長がアクセルを踏んだ。

晴れてよかったなあと会長がお喋りを始め、それは会場に着くまで止まらなかった。

4

毎年大みそかに行われる格闘技イベントは、テレビで生中継される。今年はヘビー級の世界最強トーナメントがメインで、夏と秋に行われた予選で勝ち上がった四選手が準決勝と決勝を戦う。

その他にもキックボクシングや、オリンピックの柔道金メダリストがプロに転向後初めての試合だとか、プロレスラーとプロボクサーの異種格闘技戦とか、さまざまな試合が組まれていた。あたしと美闘夕紀のIBZ世界女子フライ級タイトルマッチは、オープニングマッチだった。

JBCとIBZが認可する正式なタイトルマッチで、ルールはJBCルール、二分十ラウンド、フリーノックダウン制で、KO、レフェリーストップ、ドクターストップ、判定で勝敗が決まる。

四ラウンドの試合しか経験のないあたしにとって、十ラウンド、フリーノックダウン制は初めてだったけど、それ以外は今までと同じだ。

関係者入り口から控室に入り、用意されていたパーテーションの蔭《かげ》でウェアに着替えた。今までと違い、たまアリは最大三万七千人を収容できる大会場で、選手一人ずつに控室がある。

落ち着かんなあ、とうろうろしている会長の声を聞きながら、あたしは左手の包帯と添え木を外した。かすかな痛みが、指の付け根から手のひらにかけて疼いている。

パーテーションから出て行くと、何があった、と車の中で一切口を開かなかった沖田が尋ねた。足を止めた会長の視線も、あたしの左手に向いている。

階段で転んで突き指しただけですと答えると、それ以上二人は何も言わなかった。何かがあったのはわかっただろうけど、今さら言っても始まらないと思ったようだ。

しばらく待っていると、たまアリ内にある医務室へ行くよう指示された。通路の奥で、あたしたちの控室とは近い。すぐに名前を呼ばれて、沖田と一緒に中に入った。

若いドクターがあたしの顔色を見て、体温と脈拍、血圧を測った。それから問診があり、心音と呼吸器チェックの後、両手を見せると、ＯＫですとあっさり言った。拍子抜けするぐらい簡単だった。

メディカルチェックで試合への出場を止められる選手はめったにいない、と沖田があたしの耳元で囁いた。

「形だけとは言わんが、今日の大会のように出場選手が多いと、どうしてもそうなる。一人一人の診察に時間をかけることはできないからな」

自分から故障していると言えば別だが、と沖田が付け加えた。大丈夫ですと答えると、諦めたように首を振って控室に戻った。待っていた望美ちゃんも会長も、何も言わなかった。

試合開始まであと二時間。控室のモニターで会場の様子を見ると、客入れが始まっていた。

今日はアリーナモードだから、二万二千人の客が入るそうだ、と会長が言った。

「女子ボクサーで二万人を超える会場で試合ができる選手なんて、世界中探したって数人だろう。愛ちゃん、これは凄いことなんだよ」

別に愛の試合を見に来てるわけじゃありませんよ、と沖田が洟をすすった。

「客が見たいのは、メインイベントの世界最強トーナメント決勝戦です。愛の試合は前座もいいところで、言い方は悪いかもしれませんが、にぎやかしに過ぎませんし」

それにしたって二万二千人だぜ、と会長が興奮気味に両手を振った。確かにそうです、と沖田が苦笑した。

五時ちょうど、望美ちゃんが村岡さんと藤枝先生を連れて入ってきた。会長と沖田には、あたしの親戚だと説明して、控室の外に出てもらった。

痛むかね、と藤枝先生が革の鞄から注射器を取り出した。少し、とあたしは答えた。

思っていたより痛みを感じていないのは本当で、アドレナリンが出ているからなのだろう。心配そうに見つめている村岡さんの前で、藤枝先生が痛み止めの注射を二本の指に打った。

「三十分ほどで効いてくる」テーピングの具合を確かめながら、藤枝先生がうなずいた。「普通にしていれば、痛みは感じないはずだ。でもねえ、ボクシングとなると、私もわからんのだよ。スポーツドクターじゃないし、経験もないんだ。ただ、常識的に言えば、ボクシングなんかやっちゃいかんと思うよ」

先生の言いたいことはよくわかる。看護師という立場で、もし同じような患者が目の前にいたら、あたしも止めるだろう。でも、そんなわけにはいかなかった。

意地を張っているわけじゃないけど、ここで諦めたら、何もかもに負けたことになる。真利男にも、自分にも、世間にも。

リングに上がって戦うと決めていた。勝ち負けじゃない。結果が欲しいわけでもない。すべてに決着をつける機会は、今日しかなかった。

沖田と望美ちゃんが入ってきて、そろそろやるかと言った。両手を差し出すと、沖田がバンデージを巻き始めた。

しっかり巻かなければならないし、巻き方によってパンチ力に差が出る。丁寧に作業を進めていくと、それだけで四十分以上の時間が経っていた。

それが終わると大会スタッフが入ってきて、バンデージチェックをしますと言った。会長と一緒にスタッフの案内で別室に入ると、そこに美闘夕紀と帝王ジムの小暮会長が待っていた。小さく頭を下げたあたしに、よろしくお願いしますね、と笑いながら夕紀が言った。

スタッフの見ている前で、あたしたちはお互いの両の拳を差し出した。永倉会長と小暮会長がそれぞれバンデージに触れ、結構ですと短く言った。マジックで印をつけると、それで終わりだった。

いい試合しましょうね、と夕紀が微笑んだ。あたしは何も言わずに背を向け、部屋を出た。もう試合は始まっている。

5

控室に戻り、軽くストレッチとシャドーをやって体をほぐした。控室に入るのを許されていたのは村川くんだけで、唯愛はモモコに預けていた。

六時半になったところで、ストップ、と沖田が声をかけた。

「これ以上はスタミナをロスするだけだ。体は温まっただろう。休んでろ」

二十分後に入場だ、と永倉会長が言った。生中継の関係で、試合は七時ジャストに始まることになっている。

「セコンドには俺と会長がつく」沖田があたしを座らせた。「やることは全部やった。作戦はわかってるな？」

一ラウンドは様子を見る、とあたしはうなずいた。格好をつけてもしょうがないが、と沖田が苦笑を浮かべた。

「テレビも入ってる。いきなりKOされたんじゃ、みっともない。美闘は一ラウンドKOを狙ってくるだろうが、つきあうな」

夕紀の試合はあたしたち全員が何度も繰り返し見ていたし、研究もしていた。プロに転向してから、彼女は全試合を二ラウンドまでにKO勝ちで終わらせている。それだけの実力を持ってるし、早い段階で仕掛けてくるのは間違いなかった。

夕紀にとっても、帝王ジムにとっても、今日の試合はプレゼンテーションの意味がある。世間に女子ボクシングというスポーツを認知させるために、そして自分が最強のチャンピオンだと示すためにも、圧倒的な勝ち方を狙ってくるはずだ。

お前に勝ち目がないのは、最初からわかってると沖田が腕を組んだ。

「美闘はどんどん前に出てくるだろう。打ち合うな。ガードを固めて、とにかく距離を取れ。三ラウンドまで持ちこたえれば、美闘だって焦るし、そこから先は経験もないから、隙が生まれるかもしれん。こっちが狙うのは長期戦だ」

無理だと思うよ、と永倉会長が両手を上げた。

「そんなにうまくいくはずないだろ。美闘のスピードは凄いよ。愛ちゃんなんか、あっと言う間に捕まっちまうさ。あんまり期待しない方がいいんじゃないの？　愛ちゃんも勝てるなんて思ってないんだし、無理することないって」

本当に無理するのだけは止めよう、と望美ちゃんが言った。

「あたしが言うことじゃないけど、ボクシングはボクシングでしかない。これからの人生の方が全然長いんだから。わかってるよね、愛ちゃん」

一発だけ、とあたしはうなずいた。

「勝てるなんて思ってないけど、一発でもいいパンチを入れられたら、それで十分だから」

気持ちは落ち着いていた。迷いも欲もない。一発だけ夕紀の顔にパンチを当てることができたら、それでいい。それであたしのボクシングは終わる。

ノックの音がして、ドアが開いた。顔を覗かせた大会スタッフが、五分前ですと壁の時計を指さした。

やるだけやってこい、と会長があたしの背中を両手で思いきり叩いた。

6

気がつくと、リングに立っていた。

あがっていたつもりはなかったけど、入場口に立つと、二万二千人の大観衆が目に入って、そこから何が何だかよくわからなくなった。

凄まじい光量のライトが会場全体を照らしている。その中をどうやってリングに上がったのか、自分でも覚えていない。

聞こえてきたのは、リングアナウンサーがあたしをコールする声だった。セコンドについていた会長が、頭を下げろと叫んだ。それでようやく、自分がリングに立っているのがわかった。

拍手が起こったけど、それは義理のようなものだった。顔も名前も知らない女子ボクサーに、思い入れなんてあるはずもない。

「赤コーナー、ＩＢＺ女子フライ級チャンピオン、美闘夕紀！」

コールに応えて、夕紀がリング中央に出てきた。大歓声。圧倒的な声援。

知名度も違うし、オリンピック銀メダリストという肩書もある。しかも若くて美人だ。会場の観客、全員が夕紀の応援をしていた。

あたしと永倉会長、夕紀と小暮会長が向かい合って立った。間にいたレフェリーが、バッティングに注意とか、エルボーは反則とか、簡単な説明をした。

青コーナーに戻ると、沖田があたしの肩を指で押した。

「力が入り過ぎてる。リラックスしろ」

リングの下で望美ちゃんが見守っている。不安と緊張で、顔色は真っ白になっていた。

「危ないって思ったら、すぐタオル投げるよ」

望美ちゃんの手に、白いタオルがあった。任せるとうなずいて、あたしはリングサイドに目を向けた。

唯愛を抱っこしたモモコが二列目の席にいる。その隣に柴田店長、フィリピン人四姉妹が座っている。少し後ろにアニメスラムのスタッフたちと、村岡さんや希望荘の住人たち、そして藤枝先生が並んでいた。

それだけじゃなく、商店街の人たち、ジムの仲間たち、大崎さんや原西さんも応援に来ていると、試合前に望美ちゃんが教えてくれた。二万二千人の観客がいる中で、その人たちだけがあたしを応援してくれている。

今まで生きていて、応援されたことなんて一度もなかった。だから、それで十分だった。

自分のために戦うって言った、とあたしはリング下の望美ちゃんに向かって叫んだ。

「ゴメン、嘘ついた。本当はみんながいてくれるから戦える。ありがとう」

わかってる、と望美ちゃんがにっこり笑った。やってやる、とあたしは両手を強く握りしめた。痛みは感じなかった。

ジャッジ、と叫んだレフェリーが、ボックスと手を振った。七時ジャスト、試合が始まった。

7

男子ボクシングは一ラウンド三分、女子は二分。この一分の差はとてつもなく大きい。

中央に進み出て、夕紀とグローブを重ねると、すぐにコーナーに下がった。それがあたしの作戦だった。極端に距離を取ったのは、様子を見るためだったし、二分という時間に対する意識があった。

スピードもスタミナも、夕紀の方が段違いに上だから、いずれは必ず捕まってしまう。身長も高いし、リーチも長い。この試合は絶対的にあたしが不利だ。

でも、一ラウンドだけに限って言えば、スタミナは劣らない。スピードにしても、二分だけなら何とかなる。とにかく一ラウンドだけは夕紀の攻撃をかわそう、と決めていた。

夕紀もこっちの意図を察したのだろう。無理に攻めてくることはなかった。

「三十！」

セコンドから会長の声が響いた。三十秒ごとにカウントしてほしいと頼んでいる。あと九十秒、とあたしはガードを固めた。

「六十！」

また会長が叫んだ。その時、夕紀がすっと前に出て、左のジャブを打ってきた。二メートル以上距離を取っていたはずなのに、あたしの肩に鈍い衝撃が走った。

一瞬、パニックになった。二メートルだ。二メートル離れているのに、たった一歩前に出ただけで、どうしてパンチが当たるのか。

しかも、ジャブとは思えないほど強くて鋭いパンチだ。普通の選手が思いきり打つストレートと同じ威力があった。

いったいどうなってるのかわからないまま、あたしは左へ走った。フットワークでも何でもない。文字通り、走って逃げた。客席から失笑が起きた。

「ボックス！」

打ち合ってとレフェリーが指示したけど、それどころじゃない。必死で左に回って、態勢を整えようとした。でも、夕紀は僅かに足の向きを変えるだけで、距離を縮めてくる。

音もなく忍び寄ってくる夕紀。ベタ足で逃げ回るあたし。ブーイングが聞こえたけど、気にする余裕もなかった。

「ラスト三十！」

会長が悲鳴のような声をあげた。あと三十秒。とにかく三十秒。両手のグローブで頭を抱えながら、あたしはリングを走った。

「ボックス！」

レフェリーが苛立ったように怒鳴った。わかってる、こんなのボクシングじゃない。でも、どうしようもない。今は逃げるしかない。

あと十秒、と心の中で数えた。十秒逃げ切れば、一ラウンドが終わる。

油断していたわけじゃないけど、どこかに隙があったのだろう。不意に距離を詰めた夕紀が、スイング気味のパンチを放った。

ガードが空いていた左のこめかみに、パンチが当たった。頭が真っ白になり、気づいた時には足が崩れて、ロープ際に倒れていた。

「ダウン！」

レフェリーが夕紀をニュートラルコーナーへ下げた。スリップだと青コーナーで会長が怒鳴ったけど、レフェリーはダウンカウントを取り始めている。

今倒れたのは、パンチによるダメージではなく、足がもつれたからだ。でも、レフェリーの判断も間違っていない。

パンチが当たって倒れたのだから、ダウンと見なすしかない。自分でも意外なくらい、冷静に考えることができた。

カウント六で、ロープに摑まって立ち上がった。同時に、一ラウンド終了のゴングが鳴った。

大丈夫だね、とあたしの目を覗き込んだレフェリーが言った。うなずいてコーナーに戻ると、顔をしかめた沖田が小さな椅子にあたしを座らせた。

「どうだった」

どうもこうも、と望美ちゃんが差し出したボトルのストローをくわえたまま、あたしは首を振った。

「あんなに速いなんて、信じられない」

俺もだ、と沖田が苦笑した。客席から拍手と歓声が沸き起こっている。赤コーナーで夕紀が右手を挙げて、二ラウンドと叫んでいた。

「次でKOすると宣言してる」客を味方につけたな、と沖田が頭を掻いた。「やるもんだ。あの女はプロだよ」

インターバルは一分しかない。どうすればいいか聞くと、つきあって玉砕《ぎょくさい》するか、逃げ回ってブーイングを浴びるかだ、と沖田が言った。

「一発だけでもパンチを当てたいんなら、逃げに徹しろ。正面から打ち合えば、その前に倒される。足を使って逃げるのは、卑怯《ひきょう》でも何でもない。ボクサーにとって立派な戦術だ。どこかでチャンスが来るかもしれん。もっとも、きれいなKO負けをするのも、プロの選択肢のひとつだがな」

チャンスが来るまで待ちますとあたしが言った時、セコンドアウトのブザーが鳴った。本物のプロならそれが正解だ、と沖田があたしの肩を叩いた。

「最後まで諦めないっていうのも、プロの資格のひとつだ。客のことなんか気にするな。ブーイングを浴びるのも仕事のうちだ」

ラウンドツー、とアナウンスが聞こえた。二ラウンドが始まった。

8

ゴングの音と同時に、夕紀がまっすぐ迫ってきた。圧倒的なスピードに逃げ場を失って、あたしはコーナーを背負ったまま棒立ちになった。右が来るか、それとも左か。

夕紀の右肩がかすかに動いた。フェイントなのはわかっていたけど、反射的に右に逃げた。待っていたのは左のカウンターだった。

ガードを下げていなかったから、グローブの上からのパンチだったけど、鉄の棒で殴られたのかと思った。それほど重いパンチだ。リングに尻餅をつく格好になった。

「ダウン！」

レフェリーがカウントを始めた。客席から、ユッキーコールが起きている。

すぐ後ろに望美ちゃんがいた。立って、とキャンバスを叩く音が反響して、頭がくらくらする。

でも、意外とダメージはなかった。ガードの上からのパンチだったから、これぐらいなら耐えられる。

カウント七で立ち上がり、顔の前でグローブを構えた。やれるね、と念を押すようにレフェリーが言った。

妙なもので、今のパンチを食らって、逆に落ち着いた。ふわふわしていた足元が定まって、ここからだと気持ちを切り替えることができた。

コーナーに下がっていた夕紀が、残念、というように右腕を振っている。ガードを固めたまま、あたしは前を見つめた。

二ラウンドでKOする、と彼女は宣言した。盛り上げるためにそう言ったのだろうけど、観客は期待している。

夕紀はその期待に応えようとするだろう。そういう性格だ。

無理を押してでも、攻めてくる。どれだけブーイングを浴びても、このラウンドは逃げに徹しよう。少しでも焦ってくれれば、チャンスが生まれるかもしれない。

手を挙げたレフェリーが試合再開を命じる前に、シューズが脱げそうですとアピールした。ストップと手をクロスしたレフェリーの前で、リングにつま先を押し付けていると、夕紀のセコンドから時間稼ぎだと抗議の声が上がった。客も同じだ。嵐のようなブーイングが沸き起こっている。

あたしはわざと笑いながら、観客一人一人の顔を睨みつけていった。どんなに怖いか、あんたたちにわかるか？

文句ばかりで、思う通りにならないと怒り出し、自分は安全圏にいながら、居丈《いたけ》高《だか》に他人の批判をする。あんたたちはいつもそうだ。

リングに立って、自分より百倍強い相手に立ち向かったことのないあんたたちに、何を言われたって傷つかない。勝手に言ってろ。

ラスト一分、と会長が叫んだ。夕紀は強引に攻めてくる。とにかく、この一分はひたすら逃げ回ってやる。みっともなくてもいい。それがあたしのボクシングだ。

「ボックス！」

レフェリーに促されてグローブを構えると、思っていた通り、夕紀が突っ込んできた。左のジャブが攻撃の起点なのは、何百回も彼女の試合を見ていたからわかっている。基本に忠実なオーソドックススタイルのボクサーだ。

しかも、あたしのことを下に見ている。いつもと同じやり方で戦えば楽勝だと思っているだろう。

「右へ回れ！　右だ！」

沖田の指示が聞こえた。繰り返し練習していたけど、左のジャブに対しては、右へ回った方がパンチをかわせる。当たったとしても、それほど威力はない。

相手につきあって、こっちも左で応戦しようとすると、自分も左へ回るしかない。スピードもテクニックも夕紀の方が上だ。互角の戦いなんかできない。右後方に足をスライドさせた。

普通の選手なら、相手のジャブをかわして、自分もパンチを入れようとする。だから、距離を取るわけにはいかない。

だけど、あたしは二ラウンドを捨てると決めていた。こっちから攻撃する必要はない。だから、あり得ないほど距離を取った。

ボックス、とレフェリーが腕を振った。消極的なあたしに、前へ出ろと促している。でも、一歩も近づくつもりはなかった。

足を止めた夕紀が両手を上げて、来い来いと挑発した。その手には乗らない。

またブーイングが始まった。つまんねえよ、打ち合え、早く終わらせろ。

無視するつもりだったけど、どこかで苛ついていた。それが隙になったのだろう。前に出た夕紀が右のストレートを打ってきた。

予想以上に伸びがあって、二メートル離れていたのに、パンチが顔をかすめた。

痛いと思う前に、頬が切れたのがわかった。

リーチが二メートルあるんじゃないのか、とガードを固めながら首をすくめた。

一歩踏み込んだだけで、どうしてパンチを当てることができるのか。

しかも威力も凄い。パワーのあるパンチだ。全身のバネが日本人離れしているのだろう。

ラスト三十、と会長が手をメガホンにして怒鳴った。両手を横に広げた夕紀が近づいてくる。右にも左にも逃げられない。

左の肩が動いた。ジャブが来る、と反射的にグローブを顔の前で構えた。

でも、それはフェイントだった。次の瞬間、夕紀の右があたしのボディに入った。マウスピースが口からマットに落ちた。

「ダウン！　下がって！」

あたしは顔を上げた。自分でも気づかないうちに、折れた膝がマットについていた。痛いというより、苦しい。吐き気が込み上げてくる。

「……スリー、フォー、ファイブ」

レフェリーのカウントが進んでいく。畜生、とつぶやいて、グローブをマットにつけた。立ち上がってやる。絶対立ってみせる。

カウント八が数えられた時、体を起こした。グローブを構えると、まだやるのかとレフェリーが顔を寄せてきた。やれますと叫んだつもりだったけど、唇の間から空気の抜けた音が漏れただけだった。

うなずいたレフェリーが、あたしたち二人に目をやって手をクロスさせた時、小さく息を吐いた夕紀が背中を向けて、赤コーナーに戻っていった。

どうしたのかと思う間もなく、ゴングが鳴った。二ラウンド終了だ。

青コーナーへ戻ると、リング下から望美ちゃんがあたしを見つめていた。大丈夫なの、と目で聞いている。小さく首を振って、永倉会長が出した椅子に座った。

美闘は強いな、と頰の傷にワセリンを塗りながら沖田が言った。

「ここまでとは思ってなかった。戦っていればどこかでチャンスは来ると自分は言ったが、甘かったようだ」

勝てるなんて最初から思ってない、とあたしはバケツに唾《つば》を吐いた。

「あいつの勝ち誇った顔に、一発パンチを入れたい。それだけでいい」

いいだろう、と沖田がうなずいた。

「次のラウンド、こっちから行け。美闘は強いが、プロになってからの試合は全部二ラウンドまでで終わっている。三ラウンドに持ち込まれたのは初めてだから、スタミナ配分とかも考えなきゃならん。どうせ負けるにせよ、玉砕した方が格好もつく。その前にパンチを一発入れてこい」

マウスピースを口の中に押し込まれた。左手はどうだ、と沖田がロープの外に出ながら言った。

「痛むか？　我慢できないようなら――」

痛くない、とあたしは唇だけを動かした。沖田に言われるまで、左手のことは頭になかった。

痛み止めの注射も打っていたし、会場の大きさ、観客の多さに圧倒されていた。アドレナリンが体中を巡っていたから、それで痛みを感じないということもあるのだろう。

「ラウンドスリー！」

リングアナの声と同時に、ゴングが鳴った。あたしはゆっくり立ち上がった。

9

右、左と体を揺らしてフットワークを使いながら、様子を窺った。逃げるのは止めたの、と夕紀の目が笑っていた。

左に回り込みながら、ジャブを放った。当たる距離じゃない。牽制のパンチだ。でも、夕紀の右で弾かれた。グローブが飛ばされるくらい、強いパンチだった。慌てて構え直すと、身を沈めた夕紀が、低い体勢からアッパーを打ってきた。スウェイしてよけたけど、空を切ったパンチの風圧に押されるようだった。

アッパーカットはパンチの軌道が大きいので、何のフェイントもなく打っても、めったに当たることはない。それでもぎりぎりだった。

当たっていたらと思うと、背筋がぞっとした。顎が砕けていたかもしれない。

ただ、ほんの一瞬だけど、夕紀のガードに隙が生じた。アッパーにはそういう欠点がある。打った直後、どうしてもガードが遅くなるのだ。

反射的に、右のストレートを夕紀の顔面に打ち込んだ。今なら当たる。はずだった。

でも、前のめりになっていた体を足でコントロールして、夕紀がバックステップした。あたしの右は届かなかった。

「三十!」

会長が叫んだ。信じられない。まだ、三十秒しか経っていないのか。

右を戻した直後、夕紀の体が倍に膨れ上がったように見えた。来る、とわかった。このラウンドで終わらせるつもりだ。

ラッシュしてきた夕紀が、ダンスのようなフットワークを使いながら、左右のコンビネーションパンチを打ってくる。リズミカルなジャブ、右からのフック、またジャブ、そして右ストレート。一方的な猛攻に、あたしは下がるしかなかった。

「コーナーを背負うな！　回り込め！」

沖田が叫ぶ声が聞こえたけど、ゲリラ豪雨のようなパンチの前ではどうすることもできず、亀のように体を丸めて、ただ耐えるしかなかった。

夕紀はガードに関係なく、次々にパンチを打ち込んできた。普通なら、ガードの上から打たれても、ダメージは吸収される。

でも、夕紀のパンチは一発一発が異常に重かった。痛みではなくて、体の芯に杭《くい》を打ち込まれているような感覚。

一発打たれるたび、ガードが少しずつ下がっていく。まずいとわかっていたけど、止められない。

無呼吸で打ち続けていた夕紀が、小さく息を吸い込んだ。必死であたしは体を左にずらした。

狙いすましたように、右のストレートが降ってきた。体を動かしていなかったら、まともに当たっていただろう。

左のテンプルを夕紀の右がかすった。首がもげるかと思うほど、強いパンチ。腰から下に力が入らなくなって、あたしはそのままマットに沈み込んだ。

「ダウン！」

レフェリーが前進しようとしている夕紀を止めて、コーナーに下がるよう指示した。勝利を確信したのか、両手を挙げてジャンプしている。大歓声が会場にこだました。

カウントが進んでいる。こめかみをかすっただけなのに、脳が揺れて足に力が入らない。左右に顔を向けると、何もかもが歪んで見えた。

ただ、目の前にロープがあるのはわかった。すごく遠くに見えたけど、手を伸ばすと掴むことができた。

ロープを頼りに、体を起こした。足に力が入らないまま、立ち上がる。エイト、とレフェリーの声が聞こえて、慌ててグローブを構えた。

まだやるのか、とレフェリーがあたしの瞼《まぶた》を押し開く。やれますと答えたけど、膝が細かく痙攣《けいれん》していた。

「愛ちゃん、ラスト一分！」コーナーに上がった望美ちゃんが、タオルを振り回していた。「頑張って！」

頑張ってるよ、とつぶやいた。いつだって頑張ってきたって。誰も認めてくれなかったけど、やるだけのことはやってきたつもりだ。

それでも、どうにもならなかった。頑張ったって、報われることはない。それが現実だ。

だから、ずっと諦めていた。最初から諦めていれば、期待しなければ、それ以上落ちることはないってわかってたから。

でも、今日は違う。最後まで絶対に諦めない。ここですべてが終わってもいい。

やりますと言ったあたしの肩に手を置いたレフェリーがうなずいて、ボックスと叫んだ。

コーナーを背に小暮会長と何か話していた夕紀が、驚きの表情を浮かべた。まだやるんだ、と顔に書いてあった。

素早く前に出た夕紀が、細かいフェイントを入れて右を打ってきた。足が動かないあたしは、それに反応できなかったけど、腕でガードができた。夕紀の右を左のグローブで受け止めて、カウンターの右を放つ。

あっさりかわされたけど、夕紀にとって意外な反撃だったようだ。余裕の笑みが消え、左右のコンビネーションで攻撃してくる。

四発目までは覚えてるけど、そこから先はサンドバッグ状態だった。ガードこそしていたけど、お構いなしに夕紀はフルスイングのパンチであたしを殴り続けた。布一枚でくるんだ鉄の棒を振り回すような重いパンチ。

夕紀の左がガードを弾き飛ばして、あたしの鼻に当たった。火薬の匂い。すぐに鼻血があふれ出した。

飛び散った血の量に、夕紀が一瞬打つのを止めた。同時にストップをかけたレフェリーが、あたしの顔を覗き込んだ。

開いた口に血が入って、鉄の味がする。グローブで鼻を拭い、気合を入れると少し血が止まった。

グローブを拭いたレフェリーが、ボックスと命じた。ゴングが鳴ったのはその瞬間だった。三ラウンド終了。

コーナーに戻ると、沖田があたしの鼻に綿棒を突っ込んだ。酷いな、と横に立った会長が呻《うめ》いた。

「愛ちゃん、もう止めてもいいんじゃないか？　これ以上やったって――」

あたしは首を振った。鼻血が癖になっているのは、真利男のＤＶのせいで、こんなことはしょっちゅうだった。慣れているし、たいしたことじゃない。

それより気になるのは左手だった。握ろうと力を込めると、それだけで痺れるような痛みが走る。夕紀のストレートをガードしたあの時からだ。

痛み止めが切れたのではなく、それでは追いつかないほどのダメージがあったのだろう。小指と薬指だけじゃなく、拳全体に痛みが広がっていた。

うがいをすると、バケツに吐いた水が真っ赤だった。口の中も切れている。

どうする、と沖田があたしの顔を正面から見た。

「まだやれる」あたしは立ち上がった。「諦めない」

沖田がタオルで乱暴にあたしの顔をこすると、二本の赤い線が残った。

「止める時は止めるぞ」

それが自分の仕事だ、と言った。何も言わず、あたしは右のグローブでコーナーを叩いた。

まだやれる。まだ何も始まっていない。

ゴングが鳴り、四ラウンドが始まった。

ファイナルラウンド／ラストスタンディング・ウーマン

1

四ラウンドと五ラウンド、二回ずつダウンを奪われた。左手が痛くて、ガードを上げることができないまま、夕紀の右を避けられず、フックとストレートをもろに食らい続けた。一方的な展開だった。

五ラウンドの終了時には、客席から大きなブーイングが起きていた。あたしというより、この試合を組んだ主催者に対するものだった。

もう止めろ、つまんねえ、金返せ、そんな声が聞こえた。このままじゃ殺されるぞ。

コーナーに近づいてきたレフェリーが、まだやりますかと沖田に尋ねた。一ラウンドから五ラウンドまで、あたしのパンチは一発も当たっていない。夕紀の方は百発百中だ。

誰が見ても力の差が歴然としていたし、選手の安全を第一に考えなければならないレフェリーが確認を取るのは当然だけど、もう一ラウンドだけ、とあたしは目で訴えた。

顔をしかめた沖田が、次のラウンドで考えますと答えた。仕方ない、というように首を振ったレフェリーが戻っていった。

予想以上に一方的な試合になったな、と沖田が苦笑いを浮かべた。

「これじゃ嬲《なぶ》り殺しだ。自分ならとっくにリングを降りてる。会長、どうしますか？」

止めてもいいんだ、と永倉会長があたしの顔を覗き込んだ。

「ここまでよく頑張った。何にも恥ずかしいことなんてない。愛ちゃんが無理だと思うんなら、いつストップしてもいいんだから」

一発だけでも、美闘にパンチを入れたいという気持ちはわかる、と沖田があたしの両肩を摑んだ。

「だが、どうしようもないことが世の中にあるのは、お前だってわかってるはずだ。どうする、それでもやるか？」

愛ちゃん、手はどうなの、とリング下で望美ちゃんが叫んだ。

「全然ガードができていない。痛むの？」

セコンドアウトのブザーが鳴った。このラウンドだけ、とあたしは立ち上がった。諦めたように肩をすくめた沖田が、ロープの外に出た。

ゴングが鳴り、六ラウンドが始まった。リングの中央に進み出たところで、夕紀がフェイントもかけずに打ってきた。もう終わりにしよう、と顔に書いてあった。

コーナーに追い詰められ、あたしはガードを上げた。左手の痛みを感じなくなっていたのは、感覚が麻痺《まひ》していたからだろう。

夕紀の左ジャブが二発、そして右のストレートが飛んできた。ガードを弾かれて、無防備になったあたしのボディに右のパンチが入り、衝撃でマウスピースが口から吹っ飛んだ。

「ダウン！」

レフェリーが割って入った。あたしの膝がマットについている。吐きそうだ。やるのか、とマウスピースを拾ったレフェリーが、あたしの目を見つめた。

「どうする、止めるか？」

無言でマウスピースを口に押し込んだ。何でだろう。今止めたって、誰もあたしを責めたりしないのに。

ため息をついた夕紀がファイティングポーズを取った。あたしはロープに沿って、右へ回った。

コーナーを背にしていたら、逃げ場がない。パンチを打つためにも、動くしかなかった。

でも、それは夕紀にとって予想通りの動きだったのだろう。左のジャブから右のアッパーへ繋いで、顎を打ち抜かれた。目の前で爆弾が爆発したようだ。仰向けに倒れた後頭部がロープに当たって、大きく弾んだ。

脳が揺れて、平衡感覚を失ったまま、手でロープを探った。カウントが続いていたけど、その声が反響している。意識が切れかけていた。

エイト、というレフェリーの声がいきなり頭の中で響いて、体を起こした。振り向くと、コーナーに上がった望美ちゃんが白いタオルを握りしめていた。

待って、とあたしはつぶやいた。望美ちゃん、今じゃない。

グローブを構えると、ナイン、と言いかけたレフェリーが驚いたようにカウントをストップした。

違うんだとつぶやいて、あたしは前に出た。何だろう、何が違うのか、自分でもわからない。でも、何かが違う。

レフェリー、止《と》めろ、と赤コーナーで小暮会長が怒鳴った。

「もういいだろう。かわいそうだ、止めろって！」

夕紀が赤コーナーに下がったけど、ボックス、とレフェリーが手を振った。試合再開だ。

六ラウンドに入っているのに、夕紀のフットワークは軽快だった。今、試合が始まったばかりのようだ。左右に体を振り、あっと言う間に距離を詰められた。そのままノーモーションで右のフックを放つ。ガードごと弾き飛ばされて、ダウンした。

六十、と会長が悲鳴のような声で叫んだ。まだ一分しか経っていない。それなのに、三度目のダウンだ。

フリーノックダウン制だから、試合は続行される。残り一分、あたしに何ができるだろう。

畜生とつぶやいて、カウント五で立ち上がった。勢いに押されて倒れただけで、ダメージはそれほどない。

その代わり、また左手が疼き始めていた。ガードした時、夕紀のパンチをもろに受けたのだろう。折れたのが感覚でわかった。

「愛ちゃん！」

コーナーで望美ちゃんが叫ぶ声が聞こえた。待って、このままじゃ終われない。何にも変わらない。

負けるのはいい。でも、納得したかった。本当に立ち上がれなくなるまでやらせて。そうしたら、すべてをリセットできる。まだやれる。

ボックスと叫んだレフェリーが、打ち合ってと両手を振った。笑みを浮かべた夕紀が近づいてくる。

怖くて、まっすぐ下がった。また殴られるという恐怖心が、あたしから判断力を奪っていた。

フットワークを使わず、ただまっすぐ下がるのは逃げ方として最悪だ。夕紀が一歩踏み込んだだけで、パンチが届く距離になっていた。

左ジャブ、右ストレート、その二発でガードが飛ばされた。思わず目をつぶったあたしの顔面に、もう一発右のストレートが突き刺さった。

凄まじい勢いで鼻血があふれ出した。鼻骨が折れたのかもしれない。

気がつくと、ダウンカウントが始まっていた。このまま立たなかったら、という考えが頭をよぎった。立ち上がらなければ、どんなに楽だろう。

それならそれでいいかと思った。絶対に勝てない相手との試合だと、最初からわかっている。負けるのは当たり前だし、あたしは負けることに慣れている。

でも、両手をついて体を起こした。客席から驚きの声が上がった。今のパンチを食らって、何で立てる？

ラスト三十、と会長が叫んだ。夕紀が近づいてくる。あたしの中にあったのは、混じり気のない純粋な恐怖だった。もう一度今のパンチを受けたら、本当に殺される。

だけど、今度は下がらなかった。怖いから逃げたいと思うのは誰だってそうだ。でも、それじゃ何も変わらない。

目を見開いたまま、あたしは前に出た。ずっと怖かった。心が逃げていた。体をすくめて、頭を下げて、亀みたいにガードを固めて。それって、あたしの人生そのものだ。

お前の悪い癖だ、という沖田の声が頭の中で響いた。パンチが飛んでくると、怖いから反射的に体がすくむ。それじゃパンチを避けることなんてできるわけがない。

ヘッドスリップで左ジャブをかわした。夕紀はパターンで攻めてくる。左ジャブ、そして右ストレート。ここまで、何度同じ形で倒されてきただろう。

それが夕紀の得意なコンビネーションで、今まで何人もの敵を倒してきたことはわかっていた。彼女には自信がある。実力差のあるあたしのことを、下に見ている。左をかわされても、右ストレートを打ってくる。絶対だ。

だから一瞬早く前に出て、左のストレートを打った。夕紀が油断していたのは間違いない。反撃してくるなんて、思ってもいなかっただろう。ろくにガードもしていなかったのが、その証拠だ。

ジェット機のような轟音《ごうおん》と共に、夕紀の右があたしの頭をかすめた。同時に、自分の左拳が夕紀の顔面を捉えたのがわかった。カウンター。

レフェリーがあたしたちの間に割って入った。夕紀が膝をついている。ダウン、と叫ぶ声が聞こえた。

2

綿棒をあたしの鼻に突っ込んだ沖田が、折れてるなとつぶやいた。もういいんじゃないか、と後ろで会長が言った。

「愛ちゃん、一発当てるどころか、ダウンを奪ったんだ。ここで終わりにしよう」

膝をついた夕紀がカウント六で立ち上がったところで、ゴングが鳴った。あたしとしてはベストのパンチだったけど、ノックアウトできなかった。折れている左で打ったパンチだったから、そこまでの威力がなかったのだろう。

十分じゃないか、と沖田があたしの頭にスポンジから絞った水をかけた。

「たいしたもんだ。よく逃げなかったな」

逃げるのは止めた、とあたしは答えた。もう十分だ、と沖田が繰り返した。

「会長の言う通り、ここで止めよう。目標は果たしたんだし、ダウンまで奪った。見ろ、赤コーナーを。小暮会長もセコンドも、目を白黒させてる。笑えるな」

もう一ラウンドだけと言ったあたしの腕を摑んだ沖田が、駄目だと首を振った。

「お前、左手が折れてるな？　最初からおかしいと思ってた。鼻も折れてる。これ以上やったら、選手生命どころか人生にまで関わってくるぞ。お前を護る責任が自分にはある」

顔を上げると、夕紀があたしを睨みつけていた。右の頰がかすかに赤くなっている。ダウンを奪われたことが屈辱《くつじょく》なのだろう。冷静な表情を作ろうとしていたけど、怒りで唇がかすかに震えていた。

止めても止まらんか、と沖田が望美ちゃんの手からタオルを取り上げた。

「次のラウンドだけだ。ちょっとでも危ないと思ったら、タオルを投げる。それで試合は終わりだ」

綿棒を抜くと、血を吸った綿の部分が真っ赤に膨れ上がっていた。やります、とあたしはロープを思いきり叩いた。あの女は負けず嫌いだ、と沖田が囁いた。

「一気に来るぞ。距離を取れ」

ゴングが鳴り、七ラウンドが始まった。沖田の予言通り、夕紀が飛び出してくる。あたしはフットワークを使って、右に回り込んだ。

ここまで、怖くて逃げてばかりだった。だから防戦一方になって、常に先手を取られ続けていた。一発殴られるとますます怖くなって、手も足も出なくなった。

今は違う。怖いけど、夕紀から目を逸らさず、自分から踏み込んだ。

夕紀の方が身長もリーチもあるから、彼女の距離で戦うしかなかったけど、それじゃ駄目だ。本当に必要なのは勇気だ。

怖くても懐に飛び込む。そうすれば、夕紀のパンチは威力を失う。

もうひとつ、狙いがあった。彼女にとってダウンは初めてのことで、KOしなければプライドが許さないだろう。

だから、夕紀は自分の得意なパターンに持ち込もうとする。左のジャブ、右のストレートのワンツー。ノックアウトするためにはそれしかない。

左ジャブの連打であたしのガードを崩して、がら空《あ》きになった顔面を右のストレートで打ち抜く。夕紀の狙いはそれだ。

夕紀のパンチがあたしのガードを弾き飛ばしてきたのは、左手の指が折れていて、痛みに耐えられなかったからだ。

だったらいいよ。左手なんかくれてやる。全部の骨が折れたって砕けたって、絶対ガードは下げない。

右に回り続けていた足を止めて、夕紀と正面から向き合った。一歩踏み込むと、待ってましたとばかりに夕紀が左のジャブを打ち込んできた。前に出していたあたしの左のグローブに衝撃が走ったけど、一ミリも下げなかった。

痛いけど、それが何だっていうんだ。もっと酷いことばかりだった。

真利男のDVだってそうだ。殴られ、蹴られ、罵声《ばせい》を浴びせられた。一番痛かったのは心だ。心を折られたら、立ち上がれない。

でも、体は違う。何度倒されたって、傷つけられたって、立ち上がればいい。

夕紀の連打に晒《さら》されても、あたしはガードを下げなかった。指が、手が折れたとしても、心は折らせない。

更に一歩前に出ると、焦ったように夕紀が右のスイングを打ってきた。苦し紛れの大振りなパンチだ。

距離を縮めていたので、拳ではなく右の前腕部があたしの側頭部に当たった。ダメージはない。チャンスだ。ボディに右を打ち込むと。夕紀が後退した。

突進して、左右からボディにパンチを連続して入れた。右手は怪我していない。パワーだけなら、あたしだって負けてない。

三発目のボディを打って、空いた顔面に左のフックを浴びせた。夕紀の頭がふらつく。

「ストレート！」

望美ちゃんの悲鳴が聞こえたのと同時に、右を思いきり振り抜いた。夕紀の左目の下がざっくり切れ、そのまま腰が落ちた。ダウンだ。

「すげえよ、愛ちゃん！」コーナーに戻ったあたしに、会長が両手を振り上げた。

「やりゃあできるんだ。そうだろ、おい！」

ダウンカウントが進んでいる。八で立ち上がった夕紀が、静かにグローブを構えた。気をつけろ、と沖田が叫んだ。

「あの女は本気でお前を殺しにくる。下がれ！」

ボックス、とレフェリーが手を交差させた。関係ない、とあたしは前進した。チャンスは今しかない。ダメージはあるはずだ。簡単に立て直せるはずがない。

でも、それは甘かった。夕紀のフットワークが異常なまでに速くなり、あたしの足では追いつけなくなった。

遠い距離からジャブを左右に打ち分けた夕紀が、そのまま右フックを放った。そこまでは見えていたけど、間を空けず降ってきた左のパンチはわからなかった。右はフェイントで、狙っていたのは左のストレートだった。

口の中で鈍い音がして、奥歯が折れた。そのまま、前のめりに倒れた。

何が起きたのかわからなかった。どうして右フックと同時に、左のストレートが打てる?

血と一緒に、折れた奥歯を吐き出したあたしの前で、夕紀が両手を挙げて歓声に応えている。沖田が右手で握っていたタオルを見つめて、首を振った。

待って、と立ち上がろうとした。まだだ。まだやれる。今じゃない。まだできるんだ。

沖田がタオルを投げた。終わった。

3

トップロープを握った望美ちゃんが、白いタオルを空中で摑んで、そのままリング下に投げ落とした。

「愛ちゃん、立って! まだやれる! 諦めるな!」

あたしは両腕をついて体を起こした。望美ちゃんならわかってくれると信じていた。

誰だって、何かを背負っている。ハンディキャップやコンプレックスがある。

望美ちゃんみたいに、病気の人もいる。あたしみたいに気が弱くて、不運ばかり続く者もいる。

何をやってもうまくいかない人、負けてばかりの人、辛く苦しいことばかりの人。いいことなんて何もない、と絶望してる人もいるだろう。

勝つ人はどんどん勝ち続けて、負ける人はどこまでも負け続ける。その差は一生埋められないのかもしれない。

だけど、誰でもリングには立てる。ファイティングポーズを取ることはできる。どんなに頑張っても、努力しても、勝てないものは勝てない。でも、負けを認めたくないからって、リングに上がらなかったら、そんな人生に何の意味がある？

グローブを構えたまま、客席に目をやった。唯愛、見てる？　ママは勝てない。でも、諦めない。一生負け続けても、リングに立つことを選ぶ。

勝ち組とか負け組とか、あんなのは嘘だ。だって、それは結果だから。

勝てなくてもいい。でも、リングに上がるのを怖がらないで。自分の足で立って、戦えばそれでいい。

百回負けたって、千回負けたって、もう一度立ち上がればいい。あたしは知ってる。勝ち負けより、もっと素晴らしいものがある。

客席がざわめき始めていた。まだやるのか。やれるのか。あの女は立つのか。信じられない。

ボックス、というレフェリーの声に反応した夕紀が、パンチを打ってきた。右、左、右。完璧なコンビネーションだ。なすすべもなく、最後のボディであたしの体がくの字に折れた。

「ダウン！」

ワン、と手を挙げたレフェリーの足にすがりながら、あたしは立ち上がった。休んでろと会長が叫んだけど、どうだっていい。まだやれる。戦える。

吐いた唾が真っ赤だった。ファイブでカウントを止めたレフェリーが、リング下のドクターに目を向けた。

ストップ、と言いかけたレフェリーを無視して、近づいてきた夕紀がパンチを放った。ガードした左の拳が悲鳴を上げた。

表情のない顔で、夕紀が左右のパンチを打ち続けている。ガードの上からでも、体中の骨がきしむような重いパンチだ。

コンビネーションも何もない。ただ機械のように連打している。後退することしかできなかった。

「スタンディングダウン！」

レフェリーが間に入った時、夕紀が深く息を吸い込んだ。無呼吸のまま、パンチを打っていたのだろう。

ロープにもたれたままのあたしの顔を覗き込んだレフェリーが、カウントを取り始めた。エイトまで進んだところで、ゴングが鳴った。

ファイティングポーズを取ると、レフェリーが肩をすくめた。七ラウンドが終わった。

コーナーに戻ると、そこにいたのは帝王ジムの小暮会長だった。逆だ、と言われて青コーナーに向かうと、沖田とレフェリーが話していた。

限界じゃないのか、と言ったレフェリーに、何を言ってる、と沖田が怒鳴った。

「邪魔だ、どいてくれ。セコンドの仕事をさせろ」

沖田と会長があたしを椅子に座らせた。あと三ラウンドだ、と沖田が思いきり顔を近づけてきた。

「ここまで来たんだ、あの女をぶっ倒してこい。ダメージはある。足がふらついていた。いつもの美闘じゃない」

もう止めよう、と首を振った会長が唇を強く嚙んだ。

「どう見たって、愛ちゃんはここまでだ。十分だって。凄いよ、よくやったよ」会長の目からひと筋の涙がこぼれた。「いい試合だ。最高だよ。だけど、これ以上やったら、愛ちゃんがどうなるかわからない。命を懸けて戦うなんて、もうそんなの時代遅れだ。もしものことがあったらどうする？　一生悔やんでも悔やみきれないことになるぞ！」

あと三ラウンドだ、と沖田が繰り返した。

「最後まで諦めるな。美闘だって人間だ。倒せるんだ！」

止めろ、と会長が怒鳴った。その時、会場からコールが沸き起こった。観客が叫んでいたのは、あたしの名前だった。

4

リングサイドで、モモコが顔を覆《おお》って泣いている。隣の椅子の上に立っている唯愛が腕を振り上げている。柴田店長も、アニメスラムのみんなも、希望荘の住人たちも、全員立ち上がっていた。

モモコたちだけじゃない。会場の観客が総立ちになって、口々にあたしの名前を叫んでいる。勝てるぞ、と悲鳴にも似た叫び声があちこちから飛んでいた。

アウェーをホームに変えたか、と沖田がつぶやいた。顔を二の腕で拭った会長が、あたしの背中をそっと押した。

八ラウンドのゴングが鳴り、立ち上がろうとしたけど、足がよろけてその場に倒れた。会場中からどよめきが起きた。

どうした、と近寄ってきたレフェリーに、滑っただけですと手を振ったけど、本当はそうじゃない。ここまで七ラウンド戦ってきたダメージが足に来ていた。思うように動かせない。リングシューズの底が糊付《のりづ》けされているようだ。

強引にリング中央へ進んで、待っていた夕紀とグローブを合わせた。美人ボクサーとして、グラビアを飾っていた夕紀だけど、見る影もなかった。左の目尻が切れて、血が垂れている。顔がお化けみたいに腫れていた。

左でジャブを打った。夕紀も返してくる。それが何度も繰り返された。彼女の足も藁になってるのがわかった。

どのパンチがダメージを与えたのかわからないけど、七ラウンドまでの閃光のようなフットワークは消え、ただパンチを打ってくるだけだ。スタミナを使い切ってしまったのかもしれない。

そこからは消耗戦だった。お互い足が使えないから、止まったままパンチを打ち合うだけだ。スピードは夕紀の方が速いけど、あたしのパンチには重さがある。

一発打っては、一発打たれた。その繰り返し。永遠の我慢比べ。

夕紀のフックがあたしの右目に当たって、目の上が切れた。瞼が腫れ上がっていくのが、自分でもわかった。畜生、と夕紀が叫んでいる。

あたしも夕紀の切れている目の下を狙って打った。ガードの上から強引に殴りつけると、出血が激しくなった。畜生、とあたしも叫んだ。

打って、打たれて、打たれて、打って。もうボクシングじゃない。足を止めての殴り合いだ。お互いがパンチを打つたび、血と汗が飛び散り、客席から悲鳴と歓声が上がった。

六十、という会長の声が聞こえた時、夕紀が半歩だけ後退した。あたしの方が押している。

無理やり前に出て、右ストレートを打った。同時に、夕紀の右のカウンターがあたしの顎を捉えた。

マットを叩く音で意識が戻った。青コーナーで望美ちゃん、沖田、永倉会長が両手でマットを激しく叩いている。

顔だけ上げると、夕紀も同じ姿勢でこっちを見ていた。赤コーナーでは小暮会長やセコンド陣が、立てと叫びながら同じようにマットを叩いている。ダブルノックダウンだ。

ファイブ、とレフェリーがカウントを数えている。あたしたちは睨み合ったまま、一瞬だけ無言の会話を交わした。

どうする？　立つ？

夕紀が体を起こして、ロープにもたれかかった。あたしも立ち上がった。カウントはナインだった。

凄まじい歓声、そして拍手。あたしたち二人の名前を、みんなが叫んでいた。

レフェリーがあたしと夕紀の目をチェックして、見えるかと聞いた。うなずくと、ボックスと両手を振った。まだ戦えると判断したようだ。

ここまで来たら、とことんやってやる。打ち合ってやる。どちらかが潰れるまで、この試合は終わらない。

夕紀の左が飛んできた。スウェイでかわし、左のアッパーを打つと、ブロックされた。

きれいにセットされていた夕紀の長い髪がほつれて、落ち武者のようになっている。あたしはショートだけど、似たようなものだろう。

呼吸が苦しい。血と鼻水が溜まって、鉄の味が口の中に広がっていく。夕紀の鋭いパンチを顔面で受けると、その拍子に口から血の塊が飛んでいった。

右の瞼が塞がっていたせいで、距離感がわからない。開いている左目にも血が入ってきて、ほとんど何も見えなかったけど、気配だけは感じることができた。

右の強烈なフックを打ってきた夕紀にしがみつくようにクリンチして、何とか避けた。もし左のフックだったら、何もわからないままダウンしていただろう。

そのまま右腕をホールドした。あと十秒もない。ダメージが回復するまで、どんなにみっともなくても、この腕を離すわけにはいかない。

でも、気づくと夕紀もあたしの右腕を抱えていた。彼女もスタミナを消耗している。二人とも次のパンチが打てなかった。

ゴングが鳴り、間に入ったレフェリーが、コーナーに戻ってと指示した。汗と血がべっとりついた顔を拭いながら、あたしは青コーナーの椅子に座った。

酷いな、と沖田があたしの右目尻にワセリンを塗った。

「今は血も止まるが、殴られたらまた出血する。これじゃ何にも見えんだろう。あと二ラウンドある。正直に言うが、自分なら止める」

もう一ラウンドだけ、とあたしはつぶやいた。それは聞き飽きた、と沖田が苦笑した。

「足はどうだ？　動くか？」

愛ちゃん、とリング下で叫ぶ声がした。顔を向けると、唯愛を抱え上げたモモコが立っていた。

「まだやるの？　もういいんじゃない？」

あと一ラウンドだけ、と繰り返した。ママ、と唯愛があたしの手をグローブの上から握った。大丈夫だから、とうなずいた。

「唯愛、よく聞いて。こういう時は弱い方が強い。ママは負けることが怖くないのを知ってる。でも、あの人は勝ったことしかないから、負けるのが怖い」

赤コーナーを指さした。椅子に座っている夕紀が、表情のない顔で天井を見上げている。

ドクターを連れてきたレフェリーが、チェックをお願いしますと言った。目を見せなさい、とドクターが手のひらを振った。

「指が見えるか？　何本立ってる？」

見えなかった。指どころか、ドクターの顔もはっきりしない。唯愛があたしの手を強く二回握った。

「二本です」

これはどう、とドクターが言った。手を三回握られて、三本と答えると、大丈夫だねとリングを降りていった。

「永倉さん、小暮会長がもう止めさせた方がいいと言ってます」レフェリーが早口で言った。「ポイントは美闘が圧倒的に取ってるし、これ以上続けても意味がないと……」

てめえの選手を心配しろと言ってやれ、と会長が怒鳴った。

「チャンピオンが倒されて困るのはそっちだろう。つまんねえこと言ってんじゃねえぞ！」

セコンドアウトのブザーが鳴った。肩をすくめたレフェリーが下がっていく。

思い出せ、と沖田があたしの頭をひとつ叩いた。

「あれだけ厳しい練習をやってきたんだ。あと二ラウンド、四分なら耐えられる」

ゴングが鳴った。気合を入れて立つと、夕紀がマット中央に進み出ていた。少しスタミナが回復したのだろう。フットワークが軽かった。

関係ない、とあたしはつぶやいた。右目は見えない。左腕は使えない。足は動かない。でも、戦える。だって、心が折れてないから。

歓声が大きくなっていた。見てろ、と左半身でグローブを構えた。

5

夕紀があたしから距離を置いて、右へ右へとステップを踏んでいる。疲れた様子はない。一分のインターバルで、立て直してきたようだ。

右からだ、と小暮会長が怒鳴っている。指示通り、夕紀が回り込んでパンチを打ってきた。あたしの左腕が使えないとわかったようだ。

無理やり左腕を上げたけど、お構いなしに夕紀が打ってきた。顔やボディではなく、左腕を壊そうとしている。一発当たるたびに、脳天まで痺れるような衝撃が走った。

思うように足を動かせないから、右へ回り込んでくる夕紀に体の正面を向けることしかできない。左のパンチは打てないし、防戦一方だ。

夕紀の顔に笑みが浮かんでいた。勝利を確信しているのだろう。反撃しようと思ったけど、スピードが速くて、追いつかない。

「逆だ、逆！」沖田がマットを叩いた。「練習を思い出せ！」

そうだ、夕紀の動きに合わせることはない。こんな時のシミュレーションは何度もやってきた。夕紀と村川の姿がオーバーラップする。

「六十！」

会長が怒鳴った。あと一分。大きく左へステップを踏み込むと、夕紀の前に出ることができた。

あたしは右の肩を僅かに動かした。下手くそなフェイントだったけど、夕紀はあたしの右だけを警戒している。ラッキーパンチが当たったら、ダウンは避けられない。

リスク回避のために、彼女はガードを自分の左に集中している。あたしは全身の力を込めて、左のストレートを打ち込んだ。テンプルに当たったパンチの感触がないくらい、完璧なタイミングで打てた。

崩れるように夕紀が倒れていく。客席から、今日一番の大歓声が沸き起こった。

ニュートラルコーナーに下がって、とレフェリーに命じられた。でも、あたしは今のパンチで左手が完全に壊れて、痛みでその場から動けなかった。カウントを数えようとしたレフェリーに、小暮会長が猛然と抗議を始めた。コーナーに下がってないじゃないかと怒鳴っている。

ルール上、相手をダウンさせた選手は近くのコーナーに下がって、待っていなければならない。わかっていたけど、足を動かすことができなかった。

後ろに一歩だけ下がったけど、膝が笑ってその場に座り込む形になった。判断に迷ったのか、レフェリーがカウントを止めた。

「ふざけんな、何でカウントしない?」トップロープを摑んだ永倉会長が身を乗り出した。「早くしろ、カウント続行だ!」

ブーイングが起きていた。あたしに対してではなく、夕紀に向けてのブーイングだ。

コーナーに下がって、と再度レフェリーが命じた。二メートル進むのに、何秒かかっただろう。

ようやくコーナーを背にしたところで、レフェリーがダウンカウントを一から数え始めた。その時には、夕紀も上半身を起こしていた。

カウント九で立ち上がった夕紀の右目に、大きな青アザが浮いていた。鼻血も出ている。口からはみ出したマウスピースが、ゆっくりと落ちていった。

「愛ちゃん、ラッシュ！」

望美ちゃんの叫び声がした。チャンスだってわかっている。

夕紀はまるであたしを見ていない。本能的に立ち上がったけれど、何がどうなっているのか、意識が朦朧《もうろう》としているようだ。

でも、あたしも動けなかった。左手が痛くて、前に出ることができない。

開いていた左目を何度もこすっていた夕紀が、意識を取り戻したのか、あたしに向かって突進してきた。その時、ゴングが鳴った。九ラウンドが終わった。

望美ちゃんがあたしの体を抱えて、青コーナーへ連れ戻してくれた。そのまま、足のマッサージを始める。

「何だよ、今のは！　ＪＢＣに提訴してやる！」

怒鳴り散らしている会長を無視して、沖田があたしの左手を握った。こんな声が出せるのかと思うほど、大きな悲鳴があたしの口から迸《ほとばし》った。

「初めてポイントを取ったが、代償が大き過ぎたな」ここまでだ、と沖田が言った。「完全に左腕は使えん。ガードどころか、構えるのも無理だ。あと二分、戦えるはずもない。右腕だけでどうにかなる相手じゃない」

あたしは黙って首を振った。ここまで戦えたのは、沖田がいてくれたからだ。感謝している。でも、最後まで戦う。

勝ちたいとか、倒したいとか、そんなことじゃない。ここでリングを降りたら、この先ずっと胸を張って歩くことができなくなる。

あたしだけじゃない、とリング下に目を向けた。両手を合わせて祈っている唯愛がそこにいた。

唯愛のために、何もしてやれなかった。何ひとつ、与えたこともない。最低の母親だ。

この試合から唯愛が何を感じ、何を学んでくれるか、それはわからない。でも、覚えていてくれればそれでいい。

自分の母親が人としての誇りを守るために、最後まで諦めなかったことさえ覚えていれば、この子は大丈夫だ。

夕紀にもダメージがある、と望美ちゃんが沖田に向かって言った。

「ポイントは彼女が圧倒的に勝ってる。無理に攻めてきたりはしない。だから、愛ちゃんに最後まで戦わせてあげて」

こいつは左手を上げることすらできないんですよ、と沖田が声を荒らげた。

「そんな選手をリングに上げるなんて、許されることじゃありません」

沖田さんに悔いがあるのはわかってる、と望美ちゃんがうなずいた。

「リングであんな事故が起きてはいけない、あたしもそう思う。でも、愛ちゃんを信じて。必ず無事にリングを降りてくる。あたしたちのところに帰ってくる」

タオルを貸してください、と沖田が手を伸ばした。

「さっきのようなことは二度としないと、約束してください。セコンドは自分です。選手の命を預かっているのも自分で、責任があります。ほんの少しでも危険だと判断すれば、リング内に飛び込んででも止めます。いいですね？」

タオルを渡した望美ちゃんが、リング下に降りた。お嬢さんの言う通りかもしれん、と沖田があたしの耳元で囁いた。

「小暮会長はボクシングをよく知ってる。頭の切れる人だ。勝ちが決まった試合で、選手に無理をさせるような馬鹿じゃない。フルラウンド戦いたいというお前の気持ちはわかる。いいか、離れて戦え。この手じゃ、まともな試合にはならん。逃げろと言ってるわけじゃない。やり切って、胸を張って戻ってこい」

最終ラウンドのゴングが鳴った。グローブを構えたあたしの左腕に、血が伝っていた。

前に出るな、と小暮会長がコーナーポストを叩いて怒鳴っている。判定なら、3—0で夕紀の勝ちだ。

6

ダメージの残っている体で、攻める必要はない。あたしレベルのボクサーにもわかることだ。

いきなり耳元で大きな音が鳴った。素早い足取りで近づいてきた夕紀が、ノーモーションで左のストレートを打ったのだ。かわせたのが不思議なくらい、鋭いパンチだった。

「夕紀、もういい！　攻めるな、下がれ！」

小暮会長が絶叫していたけど、構わず攻撃を続けてくる。意地になってるんじゃない。夕紀にもプライドがある。KO勝ちでなければ満たされない何かがある。だから危険を顧みず、攻撃を仕掛けてきている。

彼女も苦しいんだ、とわかった。勝ち続ける以外、夕紀は自分の人生を証明できなかった。負けることが許されないのも、やっぱり苦しいだろう。

苦しいのは、辛いのは、寂しいのは、哀しいのは、あたしだけじゃない。みんな同じだ。そうであるなら、あたしも応えなければならない。

いつもは左半身で構えるけど、スイッチして右肩を前に出した。サウスポースタイルで、やったことはない。でも、左腕が使えないのだから、こうするしかなかった。

急にスタイルが変わったためか、戸惑った夕紀が一瞬攻撃を止めて構え直した。ガードの僅かな隙をついて、あたしの右のジャブが夕紀の左頬を捉えた。血しぶきが飛んで、よろけるように下がっていく。

もう攻めるしかない。前のめりになって、右のジャブ、フックと打ち分けた。

思い切り振ったフックが頭をかすめると、夕紀がそのまま座り込むようにダウンした。クリーンヒットではなかったけど、その前のダメージがあったのだろう。

「ダウン！」

歓声が上がった。愛ちゃん、という叫び声に振り向くと、柴田店長をはじめとするアニメスラムのスタッフ、そして希望荘の人たちが客席で総立ちになっていた。

二度グローブでマットを叩いた夕紀が立ち上がった。三十秒、と永倉会長が叫んだ。夕紀が泣いている。悔しいのか、痛いのか、苦しいのか。

下がれと指示する小暮会長を無視して、前に出た夕紀がワンツーを放った。左はかわせたけど、右がボディに突き刺さった。胃が破裂したんじゃないかと思えるような、強烈な一撃だった。

夕紀の右があたしの左手を弾き、更に左のパンチがまたボディに当たった。自分の意志と関係なく、膝が折れていた。

「ダウン！」

立て、と沖田と会長が同時に叫んだ。何もかもが歪んで見える。マットに赤い染みがぽつぽつと垂れていたけど、それはあたしの鼻血だった。

立つな、と小暮会長が怒鳴っていた。そうしたかったけど、上げた視線の先に身構えている夕紀の姿があった。待ってるのか。わかった、行くよ。

ラスト一分、と永倉会長が腕を振った。望美ちゃんが祈るようにコーナーポストに頭をつけている。会場に爆発が起きたような大歓声が響いていた。

夕紀が放った左のジャブをヘッドスリップでかわした。怖がるな、怯えるな、相手をよく見ろ。沖田の言葉が頭の中で何度もリフレインする。

返しの右フック、追撃の右ストレート。夕紀のコンビネーションパンチが襲ってきたけど、何百回も彼女の試合を見てきたから、パターンはわかっていた。

ストレートをすれすれのところでかわし、右のフックを打ち込んだ。カウンターに吹き飛ばされた夕紀の背中がロープに当たり、反動で前のめりに倒れた。

「ダウン！」

もういい、と右手にタオルを摑んだ小暮会長がコーナーに上がった。それをセコンドが止めている。

カウント七まで進んだところで、夕紀がゆっくりと体を起こした。どうして立ち上がれるのかわからなかったけど、彼女も同じことを思っているだろう。

どうして自分は立ち上がるのか。どうして相手は立ち上がってくるのか。

どうでもいい。あと三十秒、死力を尽くして打ち合うだけだ。

ボックス、と叫んだレフェリーが両手を振った。下がれ下がれ、とタオルを振り回しながら小暮会長が喚いている。同じことを沖田も怒鳴っていた。

でも、あたしたちは吸い寄せられるように足を前に出し、一メートルの距離まで近づいた。一歩踏み込めば、お互いのパンチが届く。ラスト二十秒、と永倉会長が叫んだ。

夕紀が左のジャブを放った。右肩でブロックし、一〇センチだけ近づく。

彼女のパンチは最初のスピードを失っていたけど、リーチが長い分、遠くても届く。あたしがパンチを当てるためには、どんなに危険でも接近しなければならない。

夕紀の左、あたしの右、夕紀の右。左を使えない分、あたしの方が不利だけど、夕紀はさっきのダメージから回復していない。このパンチなら耐えられる。

た。
ラスト十、と永倉会長がコーナーを叩いて叫んだ声が、観客の歓声でかき消され
夕紀が打ってきた右フックを、左のグローブでかち上げた。もう痛みも感じな
い。がら空きになった夕紀の顔面に、渾身《こんしん》の右アッパーをたたき込んだ。
でも、そのパンチは空を切った。バランスを崩したあたしの顔面に、夕紀の左が
食い込み、堪《こら》えようとした足がねじれて倒れた瞬間、ゴングが鳴った。
「ダウン！」
ワン、ツー、スリー、とレフェリーのカウントが始まった。ダウンを取られた。
立たなきゃ。ここまで来て、ＫＯ負けなんて絶対嫌だ。
夕紀がロープにしがみつくようにして、あたしを見ている。ぼこぼこに腫れ上が
った両眼から、涙がこぼれていた。
畜生と叫んで立ち上がろうとしたけど、それが限界だった。セブン、とレフェリ
ーがカウントした瞬間、何も聞こえなくなった。
意識を失っていたのは、数秒のことだったろう。乱打されるゴングの音。飛び込
んできた小暮会長が夕紀を抱えて、何か叫んでいる。
誰かがあたしの顔にアイシングしていた。村川くんがグローブの紐を外してい
る。頭を動かさないで、というドクターの声。

愛ちゃん、という声に顔を向けると、望美ちゃんがあたしの手を握りしめて泣いていた。

「二十年、ボクシングを見てきた。最高の試合だった」

立てるか、と沖田があたしの体を支えた。足元がふらついたけど、どうにか立つことができた。

永倉会長が小暮会長と握手を交わしていた。客席の拍手が信じられないほど大きくて、耳が割れそうだ。お前を誇りに思う、と沖田がうなずいた。

あたしは右手を挙げた。一瞬の静寂。そして大きな拍手が起こった。

「リングを降りろ。ここにいていいのは勝者だけだ」

うなずいたあたしの肩を、誰かが叩いた。振り返ると、美闘夕紀が立っていた。

血と汗と涙にまみれ、腫れ上がっていたけど、その顔は美しかった。

ラッキーだった、と夕紀がぼそりと言った。

「最後のアッパーをかわせたのは、運だけだ。今日はあたしが勝った。でも、あんたが負けたわけじゃない。もう一回戦って、決着をつけよう」

無言であたしは首を振った。こんなこと、二度とできない。

運が良かったのはあたしの方だ。生きてリングを降りること自体が奇跡だった。

会長が開けてくれたロープの間をくぐって、あたしはリングを降りた。

「第十ラウンド、二分〇九秒、勝者、美闘夕紀！」

リングアナウンサーが叫んだ。両手を挙げた夕紀が観客の歓声に応えている。

帰ろう、と会長があたしの肩を抱いた。

「病院に行かないとな……愛ちゃん、おれ、ジムを続けてて良かったよ」つぶやいた会長の目が真っ赤だった。「結局、おれもボクサーの息子だったんだな」

通路を歩いていたら、ありがとうというモモコの声が聞こえた。モモコだけじゃない。あたしの背中に、ありがとうという声と拍手が降り注いでいる。

通路の途中で、望美ちゃんがあたしの肩に手を置いた。振り向くと、会場内の観客すべてが立ち上がってあたしを見ていた。

スタンディングオベーション、と望美ちゃんがつぶやいた。

「こんなの見たことない。みんな、愛ちゃんを讃《たた》えてる。凄かった、よく戦ったって」

そうかな、とあたしは頭を掻いた。負けちゃったね、と望美ちゃんがにっこり笑った。

「惜しかった。紙一重だったよ」

そうでもない、と首を振った。やっぱり美闘夕紀は最強のチャンピオンで、彼女があたしの力を引き出してくれただけだ。

最初から勝ちたいとか、そんなこと考えていなかった。ただ自分自身を納得させたかっただけで、もう十分だ。

通路の一番奥で、最後に両手を振った。あたしの名前をコールする声は、控室に戻ってからも聞こえるほど、長く続いていた。

控室のドアを開けると、唯愛が飛びついてきた。顔を真っ赤にして泣いている。

「ママ、いたくないの?」

痛くない、と答えて唯愛を抱っこした。あたしも泣いていた。

「ママ、ボクシングは止める。もういい」

ママ、しぬかとおもったと唯愛が言った。死なない、とあたしは言った。

唯愛が生きている限り、あたしは死なない。百年でも二百年でも生きてやる。

あたしの名前をコールする声が続いている。二人でシャワーを浴びようと言うと、唯愛が嬉しそうにうなずいた。

シャワールームに入り、扉を閉めると声が聞こえなくなった。笑いながら、あたしはシャワーを全開にした。

『スタンドアップ！』謝辞

・「『ロッキー』をいつかやりたいですね」とPHP「文蔵」で私の担当である大山耕介氏（現・『歴史街道』編集長）と盛り上がったのは、もう十年以上昔のことです。その後も折に触れ、「そろそろどうですか」と何冊も参考資料をお送りいただき、なかなか踏み出すことができずにいた私の背中を押し続けてくれたおかげで、ようやく念願であったボクシング小説を書くことができました。感謝以外、言葉はありません。ありがとうございました。

・また、単行本化に関してはPHP横田充信氏の、文庫化に関しては同小串環奈氏の厳しくも優しいお心遣いに励まされ、作業を進められたことを、感謝しております。

・本書連載中、吉祥寺鉄拳8ボクシングジム会長・権喆俊氏、同ジム所属の女子プロボクサー・内藤チサ選手に取材協力していただきました。特に内藤選手には直筆の練習メニューの提供、デビュー戦直前、直後のインタビューなど、女子プロボクサーとしてのリアルを率直にお話しいただきました。お二方の協力がなければ、本書は完成していませんでした。ありがとうございます。

・以下の書籍を参考資料としております。

富樫直美『走れ！　助産師ボクサー』NTT出版
小笠原恵子『負けないで！』創出版
山本茂『エディ　6人の世界チャンピオンを育てた男』PHP研究所
井田真木子『井田真木子と女子プロレスの時代』イースト・プレス
佐々木亜希『殴る女たち』草思社
高崎計三『蹴りたがる女子』実業之日本社

本書は、二〇一八年にＰＨＰ研究所より刊行された作品に、加筆・修正したものです。

この小説はフィクションです。実在する団体、個人とは関係ありません。

著者紹介

五十嵐貴久（いがらし　たかひさ）

1961年、東京都生まれ。成蹊大学文学部卒業後、出版社に入社。2001年、『リカ』で第２回ホラーサスペンス大賞を受賞し、翌年デビュー。2007年、『シャーロック・ホームズと賢者の石』で第30回日本シャーロック・ホームズ大賞受賞。

著書に、『1985年の奇跡』『交渉人』『安政五年の大脱走』『パパとムスメの７日間』『相棒』『年下の男の子』『ぼくたちのアリウープ』『ぼくたちは神様の名前を知らない』『７デイズ・ミッション』『ＰＩＴ　特殊心理捜査班・水無月玲』『能面鬼』などがある。警察小説、時代小説、青春小説、家族小説など幅広い作風で映像化も多数。

ＰＨＰ文芸文庫　スタンドアップ！

2022年１月20日　第１版第１刷

著　者　五十嵐貴久
発行者　永田貴之
発行所　株式会社ＰＨＰ研究所
東京本部　〒135-8137 江東区豊洲5-6-52
第三制作部　☎03-3520-9620（編集）
普及部　☎03-3520-9630（販売）
京都本部　〒601-8411 京都市南区西九条北ノ内町11
PHP INTERFACE　https://www.php.co.jp/
組　版　朝日メディアインターナショナル株式会社
印刷所　大日本印刷株式会社
製本所　東京美術紙工協業組合

ISBN978-4-569-90181-7

PHP文芸文庫

相棒

五十嵐貴久 著

大政奉還直前に起こった将軍暗殺未遂事件。探索を命じられたのは、坂本龍馬と土方歳三だった……。異色のエンタテインメント時代小説。

PHP文芸文庫

7デイズ・ミッション

日韓特命捜査

五十嵐貴久 著

与えられたのは7日間！ 麻薬王変死事件を追う韓国エリート女刑事と警視庁の新米男刑事が、衝突を繰り返しつつも辿り着いた真相とは。

PHP文芸文庫

ぼくたちは神様の名前を知らない

五十嵐貴久 著

森で遭難した彼らに突きつけられたのは、
まだ癒えない〝あの日〟の傷だった――。
3・11を生き延びた子供たちの冒険と再生
を綴った感動作。

PHP文芸文庫

ぼくたちのアリウープ

五十嵐貴久 著

バスケ部に入れないってどーいうこと!?
高校バスケを舞台に、入部を巡り奮闘する
少年たちの青春を描いた笑い溢れる爽快ス
ポーツ小説。

PHP文芸文庫

駒子さんは出世なんてしたくなかった

碧野　圭　著

私が部長になる？　その辞令は嵐の日々の始まりだった。女性の出世にまつわるトラブルを「書店ガール」の著者が痛快に描くお仕事小説。

PHP文芸文庫

逃亡刑事

中山七里 著

警官殺しの濡れ衣を着せられた、千葉県警捜査一課警部・高頭冴子。事件の目撃者の少年を連れて逃げる羽目になった彼女の運命は？